L'Enfant double

Georges-Emmanuel Clancier

L'Enfant double

Albin Michel

Pour Julie et pour Eliane

22, rue Huyghens, 75014 Paris

ISBN 2-226-01929-4

« Je cherchais à revoir l'image palpitante
d'un enfant dont le sort tenait aux anciens jours. »

Raymond QUENEAU (*Chêne et chien*)

Première partie

I

PEU de temps après ma naissance, la guerre, la « grande », éclatait. Cinq ans plus tard, la paix revenue, une double vie allait commencer pour moi. Quatre jours de la semaine, je serais fils d'un couple petit-bourgeois, les trois autres jours petit-fils d'un ménage ouvrier ; du lundi au mercredi et du vendredi au samedi, amoureux d'une blonde Élise, ma mère ; le restant de la semaine, épris d'une belle brune, Louise, ma grand-mère sans rides ; ici, rejeton obéissant et craintif de mon père le guerrier ; là, admirateur complice de celui que j'appelais : pépère Jules, cet ouvrier dont les mains savaient tout faire, et d'abord mes jouets : pantins articulés, châteaux forts, bateaux, échasses, etc.

La semaine s'écoule lentement, pleine du vague ennui de l'école que prolonge celui des devoirs à faire, des leçons à apprendre à la maison, dans l'*intérieur coquet* du 7, rue Bernard-Palissy à Limoges. J'ai droit à quelques jeux silencieux. (« Ne va pas déranger les voisins »), jeux d'enfant solitaire (« On ne va quand même pas te laisser jouer dans la rue avec les petits voyous ! »).

Du moins le temps connaît-il deux trouées de joie : les deux brèves — immenses — vacances du jeudi et du dimanche chez mes grands-parents. Si vaste à mes yeux de cinq ans, le jardin descend depuis l'usine (la chocolaterie) où travaille Jules Reix, et la maisonnette de gardien qu'il habite avec grand-mère Louise, jusqu'à la route d'Ambazac, le faubourg populaire (ses façades de torchis gris abritent ouvriers, boutiquiers, cheminots du P.O. — la Compagnie du chemin de fer Paris-Orléans-Midi — dont la gare est toute proche). Là aussi, la permission ne m'est point accordée de franchir les limites de notre territoire. « Va jusqu'à la grille si tu veux, mais ne sors pas dans la rue... Ne fais entrer personne dans le jardin !... C'est plein de bourineurs. » (« Untel, c'est un bourineur », décrétait-on, c'est-à-dire : « un bon à rien », « un chenapan » ; « des bouris », c'est de la poussière, une maison mal tenue est « pleine de bouris ».)

En tout cas, dans le jardin de la route d'Ambazac, je pouvais rêver et jouer à ma guise, bien que grand-mère Louise préférât me garder à portée de vue. Je commençais à m'affairer devant la cuisine dont la porte, précédée de deux marches, donnait sur les quelques carrés de fleurs ou de légumes réservés à mes grands-parents. Me voici occupé à traîner une chaise sous les branches d'un cerisier qui dépassent le vieux mur d'un verger voisin.

— Attention, Georges, ne monte pas sur la chaise. Il ne faut pas cueillir ces cerises.

— Laisse-le faire, Louise, puisque les branches dépassent, puisqu'elles sont au-dessus de notre terrain, on a parfaitement le droit d'attraper les cerises.

— C'est ça, on sera bien avancé quand le voisin ira se plaindre à M. Daccord.

M. Daccord, c'est le « bourgeois », le patron, le propriétaire de la chocolaterie (« Toujours d'accord avec le chocolat Daccord », pouvait-on lire sur des affiches où un garçonnet et une fillette, le visage barbouillé de brun, paraissaient les meilleurs amis du monde) ; au demeurant un bien brave homme qui m'en imposait cependant avec son costume noir, ses lorgnons, sa moustache, son accent « pointu ». On estimait tel tout accent qui échappait au chantonnement déjà méridional de nos voix limousines. Mes grands-parents, moi-même, les ouvriers et les ouvrières de l'usine, les gens de la route d'Ambazac, nous n'avions point l'accent « pointu »; ma mère, mon père, si. Ils me reprenaient quand « je parlais mal ». « Non, Georges, ne dis pas " rue du Clochais ", mais " rue du Clocher ", dis " les ponts ", pas " les punts "... Comment m'appelles-tu? " Mamin "? Je te répondrai quand tu parleras comme il faut, je ne suis pas ta " mamin ", je suis " ta maman ". » En fait, je crois que Jules et Louise avaient moins l'accent limousin que moi-même. Sans doute devais-je éprouver quelque plaisir à épouser le leur et à l'aggraver. Pourquoi? Pour me sentir plus proche d'eux ou pour m'éloigner de la voix, de la parole paternelles?

Donc, me voilà en train de jouer à quelques pas de grand-mère Louise. Elle s'active dans sa cuisine; de temps à autre s'avance sur le seuil pour me surveiller, oh! avec indulgence; aussi bien, peu à peu je m'éloigne. Je gagne le coin où la maison jouxte le mur vitré de l'usine. Là, dans un baquet dont le bois noir s'orne de mousses verdâtres, s'écoule le trop-plein des eaux de gouttière. Prudemment, je me penche au-dessus. Je m'attends toujours à découvrir, au fond sombre de l'eau, je ne sais quels animaux dont l'étrangeté me donnerait des peurs délicieuses, mais, à part quelque insecte tombé malencontreusement, ou quelque araignée d'eau qui file par saccades rythmées à la surface, nul monstre ne sort de son antre.

— Hé, où es-tu passé?

— Je suis là.

— Où ça ?

— Dans le coin des salades.

— Ah ! je parie que tu te penches sur le baquet ! Reviens tout de suite.

A regret, je quitte mon poste d'observateur des eaux profondes.

Devant la cuisine, je recommence à pousser quelques cailloux du bout des doigts. Le premier caillou sera la locomotive, les autres les wagons. J'accompagne le voyage de tche-tche-tche-tche décidés et sonores. A ce moment, là-bas, de l'autre côté de la rue, derrière les murs noircis de charbon, me répondent les crachements de vapeur et les coups de sifflet d'une compound qui manœuvre à la gare de triage. Exaltant voisinage que celui de ces machines, de ces trains, de ces rails ; il prolonge avec une sombre magnificence les pampas, savanes, forêts vierges et chaînes rocheuses du jardin-du-bas.

J'espère bien me rendre tout à l'heure dans ce luxuriant royaume, mais pour le moment il me faut demeurer sagement en ce sage jardin-du-haut. Il me tarde que mes amies, Yvonne et Madeleine, qui habitent la grande maison dressée entre notre jardin et l'église du faubourg, descendent de leurs étages et apparaissent de l'autre côté du « chemin des camionneurs ». Sur ce chemin bordé de talus herbeux qui mène de l'usine à la rue, passe en grinçant la voiture chargée de caisses que tire le Gris, l'énorme et placide percheron. J'ai parfois la surprise et la joie de voir grand-père Jules conduire l'attelage. Il se tient raide et droit sur son siège, là-haut, mais au passage ne manque pas de grimacer pour me faire rire.

Quand Yvonne et Madeleine seront là, en leur compagnie, je pourrai m'échapper vers le jardin-du-bas. Penchées aux fenêtres, leurs mères prendront le relais de la surveillance.

— Ne vous inquiétez pas, madame Reix, nous les voyons... Sois sage, Madeleine.

— Sois sage aussi, Yvonne.

En attendant, sous le cerisier, je reprends le jeu du chemin de fer avec coups de sifflet et grands chuintements de vapeur. Cela me permet de gagner peu à peu le large. Entendant ma voix, grand-mère ne se méfie pas, elle continue de vaquer à son ménage, et moi, j'avance déjà un pied dans le jardin défendu, le jardin du curé Isaïe.

Oh ! rien de bien extraordinaire dans ces allées tracées au cordeau et bordées de buis taillé bas : des plates-bandes vouées aux légumes, d'autres aux fleurs ; contre le mur, en espaliers, de maigres poiriers dont les fruits ne parvenaient guère à mûrir ; tout au fond, une rangée de cassis, des groseilliers, des « berberins » (petites groseilles rouges que je mangeais à pleines poignées, et qui me donnaient le « genzi » — cette irritation agaçante que l'acidité des baies provoquait sous la langue). Non, rien d'extraordinaire, sinon le jeu excitant qu'il me fallait mener pour parcourir cet espace et cueillir ces fruits en échappant à la vigilance de grand-mère et à l'œil soupçonneux du curé Isaïe si prompt à paraître là-haut à sa fenêtre, au dernier étage de la bâtisse nous séparant de l'église Saint-Paul-Saint-Louis. De temps à autre, sa silhouette s'encadrait dans la fenêtre ouverte. Il grommelait des phrases brèves d'une voix forte, pleine de rocaille. Que disait-il ? Des menaces ? Des prières ? Nul ne le comprenait. Il était espagnol, le curé Isaïe, et Dieu seul savait la cause de son exil dans ce faubourg ouvrier de Limoges, dans cette paroisse toute noire de la fumée des trains. Me glissant, courbé, d'un massif de dahlias à un massif de « soleils », je guettais la fenêtre dangereuse.

Si jamais le prêtre me découvrait, menu larron prêt à piller les baies blanches, noires ou rouges, quelles malédictions allait-il me lancer? J'en tremblais à l'avance, mais trop fort était le plaisir de pénétrer en terre inconnue et défendue.

Je cessai néanmoins ces incursions le jour où ma grand-mère fut terrifiée par les accusations véhémentes et obscures que lui adressa le prêtre. La seule chose qu'elle crut comprendre dans cette avalanche de pierres jaillissant de la gorge de l'abbé, ce fut qu'il était question d'un vol de cassis. « Un charabia de diable, concluait-elle, un diable noir, ce curé Isaïe... »

Je ne voulais pas que ce démon fît du mal à grand-mère. Je ne mis plus les pieds dans son jardin de curé. Il n'en continuait pas moins à se pointer à sa lucarne, prêt à grommeler on ne savait quoi. Grand-mère prétendait que la nuit même, dans l'été, quand les fenêtres restaient ouvertes, elle entendait la plainte ou le réquisitoire de cet homme étrange. C'était à croire qu'il ne dormait jamais. Une nuit où la voix mauvaise paraissait soudain toute proche, grand-mère se leva, entrouvrit la porte sur le jardin : dans la lumière bleuâtre de la lune, elle aperçut une ombre qui allait et venait à quelques mètres devant elle. C'était l'Espagnol. Il arpentait à grands pas son médiocre domaine et semblait invoquer d'une voix furieuse les puissances des ténèbres.

Mes petites amies incarnaient au contraire à mes yeux la fraîche douceur du matin, et il me tardait que l'heure avançât pour que, enfin, Madeleine ou Yvonne, ou les deux ensemble, descendissent me rejoindre, à moins que ce ne fût moi qui, obtenant l'autorisation de grand-mère, ne franchisse le chemin des camionneurs pour jouer avec elles, dans l'autre partie du jardin.

Là, plus de potagers, d'allées ratissées, de bordures de

buis taillé, de massifs bien alignés, mais de l'herbe, des lilas, des troènes et des fusains, des touffes de lupins ou de reines-des-prés, des gerbes de pivoines cernées d'œillets, tout un désordre de feuilles et de fleurs. A la même hauteur que le territoire du curé Isaïe, la terrasse-jardin s'arrêtait ; de là, une pente herbeuse bordée d'un escalier de granit descendait vers un parterre que la grille séparait de la rue.

Se hasarder jusqu'à ce parterre, s'y cacher dans un fouillis d'iris, contourner les grands yuccas aux lames et lances agressives, faire de l'alpinisme sur les marches de pierre, ou encore s'agripper à la grille pour jouir du spectacle du faubourg, c'étaient là de fabuleuses aventures auxquelles je me risquais parfois en compagnie de mes deux amies que mon audace entraînait et fascinait — du moins aimais-je à me l'imaginer. Les iris et les yuccas ne donnaient-ils pas l'impression de quelque flore digne des « colonies » ? Des crocodiles, des boas, des panthères pouvaient, qui sait, s'y dissimuler, et quoi encore ? des Indiens ? des cannibales ! Je devais veiller au salut de mes compagnes ; il nous fallait parvenir, tous trois sains et saufs, jusqu'aux portes de la cité, c'est-à-dire à la grille qui devenait pour nous l'enceinte d'une ville élevée au seuil de la jungle.

En regard des « pays tropicaux », séparée de leur mystère par le chemin de camionnage, une « plaine » broussailleuse s'étendait en contrebas du jardin du curé Isaïe, clos au sommet du talus par une haie. Dans la « plaine », contre la grille, une cahute abritait deux vieilles : la mère et la fille qui veillaient en gardiennes soupçonneuses et irascibles sur l'ensemble des territoires. Les fillettes et moi-même détestions ces fieffées bigotes.

Pour le moment, assis près de Madeleine, derrière la touffe de yuccas, je lui raconte mes exploits de la matinée.

J'aime ses cheveux châtains aux boucles légères, ses yeux couleur du praliné que pépère Jules me rapporte parfois de la chocolaterie. Il me semble que les yeux de la fillette doivent exhaler le parfum de cette friandise. J'aime aussi de Madeleine la douceur, la patience, cette façon qu'elle a de m'écouter, de me suivre dans mes jeux. Son père est cheminot au P.O. Il conduit l'une de ces énormes compound qu'il m'arrive d'aller voir de près à la gare de triage, en serrant plus fort la main de mon grand-père. La gloire du mécanicien de locomotive rejaillit pour moi sur sa fille. Quelle fierté de prendre celle-ci sous ma protection. Je voudrais que Madeleine m'amenât devant le héros. Mais il est si souvent absent. Et, quand il est là, si j'accompagne la petite chez elle, il nous faut éviter de faire le moindre bruit car le héros dort. Il dort en plein jour pour se reposer de ses voyages. C'est ce que nous murmure la mère de mon amie. Je trouve qu'elles se ressemblent toutes deux, ce même regard, cette même patience. Yvonne, la camarade de Madeleine, est, elle aussi, enfant de cheminot, mais un cheminot de gare seulement. « Vovonne », appelle la mère, moi je comprends « Bobonne » ! Ainsi je nomme la grosse fille blonde, joufflue, potelée. Je consens que Bobonne joue avec nous à condition qu'elle nous obéisse en tout.

— C'est à toi de poner !

— Mais non, proteste-t-elle, chacun à son tour, maintenant c'est au tour de Madeleine.

Je hausse les épaules, prends la main de Madeleine, nous feignons de nous éloigner. L'autre court après nous, nous supplie :

— Oui, oui, je vais poner.

Quand nous jugeons qu'elle ne s'est pas assez soumise à nos caprices, nous la punissons. Pour cela, la saisissant chacun par un bras, nous la traînons, malgré sa résistance, ses pleurs, ses cris étouffés, jusqu'au jardin-du-bas, dans la jungle. Là, cachés aux yeux des deux vieilles, nous appliquons la sanction. J'arrache deux ou trois poignées de longues feuilles d'iris, Madeleine maintient la pleurnicheuse penchée en avant, jupes retroussées, et je fouaille à coups de lanière verte les grosses cuisses blanches jusqu'à ce qu'elles rosissent. Après quoi, tous trois, nous reprenons nos jeux.

La mère d'Yvonne finit un jour par se fâcher et défendit dorénavant à sa fille de nous rejoindre. Ce ne fut point à cause de mes sévices, que d'ailleurs la petite blonde ne dut point rapporter aux oreilles maternelles, mais, à diverses reprises, et malgré les observations qu'elle m'adressait à ce sujet, la mère m'entendit appeler « Bobonne » et non « Vovonne », sa progéniture. Elle prétendit que j'étais un vaurien pour me moquer ainsi, alors que je ne mettais nulle malice à déformer l'appellation familière. Pauvre Vovonne, elle dut être durement privée de notre compagnie et, plus encore, du jardin des délices. Sa mère demeura intraitable.

Mon duo avec Madeleine devint moins turbulent et plus tendre. Quel âge pouvions-nous avoir ? Cinq ans ? Six ans ? Nous restions longtemps, épaule contre épaule, à contempler le vol des papillons, le trajet d'un scarabée. Le manège des araignées nous captivait : dissimulées au sommet de leur toile, elles guettaient le passage de quelque mouche ; quand l'une dans son vol heurtait le filet, ses pattes, ses ailes avaient beau se débattre, le piège ne lâchait pas prise. Retenant notre souffle, nous observions le monstre ventru, velu, déboucher de son repaire et courir vers sa proie, vite enturbannée, emmaillotée, engluée et ficelée dans la bave soyeuse de l'ogresse.

Parfois, nous arrivions à capturer nous-mêmes deux ou

trois mouches ; l'une après l'autre, je les poussais au centre des délicates architectures de fil tendues entre les branches. Étions-nous donc cruels ? Peut-être. Mais, avant tout, je cherchais à susciter l'admiration de Madeleine par l'audace et le sang-froid de mes actes. Quant à elle, pour rien au monde, elle n'eût risqué de me décevoir en se montrant pusillanime.

Je me gardais de lui avouer que, certains soirs, je résistais aussi longtemps que je le pouvais à la montée en moi du sommeil : dès que je m'assoupirais, me semblait-il, une gigantesque araignée surgirait de la nuit, se précipiterait vers le lit où, à mon tour, j'étais pris au piège, me roulerait dans sa bave, entre ses pattes, puis m'avalerait.

A nous voir toujours si tendrement proches, les parents de Madeleine et mes grands-parents — ni elle ni moi ne surprenions les clins d'œil qu'ils ne devaient pas manquer d'échanger — commencèrent à parler de notre bonne entente et des « projets d'avenir » qu'elle semblait autoriser : ne devrions-nous pas songer au mariage pour un peu plus tard ? Ces propos durent faire leur chemin dans nos têtes, et, un soir, je déclarai gravement :

— Je vais me marier avec Madeleine.

— Te marier avec Madeleine ? s'étonna grand-père Jules sans rire. Mais d'abord, petit, t'es-tu renseigné ? Ta Madeleine, sait-elle au moins faire la cuisine ? Sinon, comment vivrez-vous ?

Je n'avais point pensé à une affaire aussi essentielle, et j'approuvai mon grand-père lorsqu'il promit de s'enquérir dès le lendemain, auprès des parents de ma jolie, de ses talents culinaires. La malheureuse entendit père et mère avouer qu'ils ne lui avaient pas encore enseigné l'art de préparer un rôti, une purée ou un dessert. Alors, l'ambassadeur conclut qu'il regrettait certes, mais qu'en ce cas, son petit-fils ne pouvait demander la brunette en mariage.

Madeleine pleura à chaudes larmes. Au récit que mon grand-père me fit de cette scène dramatique, j'eus moi aussi bien du mal à ne pas éclater en sanglots. Mais quoi, il ne saurait être question d'épouser une fille qui me ferait mourir de faim, reprenait grand-père. Je ne pouvais que me rendre à d'aussi péremptoires raisons.

Pour nous consoler, on nous « fiança », en attendant que Madeleine en sût plus long sur la cuisson des nouilles, des patates ou du ragoût.

C'étaient encore les repas qui nous contraignaient à nous séparer, fût-ce au plus fort de nos jeux. Tout en regagnant nos logis respectifs, nous nous retournions bien des fois, nous adressant de la main des adieux comme si nous ne devions plus nous revoir avant longtemps. Si, à ce moment, les ouvrières sorties à flots de l'usine nous surprenaient, nous avions droit à leurs affectueuses moqueries.

— Voyez un peu nos amoureux ! lançaient-elles.

— Sont-ils gentils, hein, on les croquerait !... La noce, c'est pour quand ?

Nous prenions la fuite en rougissant.

Parfois, les chocolatières nous rattrapaient ; elles nous soulevaient dans leurs bras, nous couvraient de baisers. Certaines étaient jeunes et belles, la chaleur de leurs bras, la fraîcheur de leur joue contre mon visage, et cette odeur de chocolat dont elles étaient imprégnées me rendaient un peu ivre. Mes premiers pas se montraient mal assurés lorsqu'elles me remettaient à terre. Je guettais si, à travers la danse des jupes, parmi les ouvriers qui franchissaient à leur tour le porche, je n'apercevrais pas mon grand-père. J'étais fier qu'il me prît par la main et que, tous deux, comme si moi aussi, j'étais un ouvrier sortant du travail, nous rentrions ensemble à la maison.

— Hé, Jules, disait quelque chocolatière, tu as fait embaucher un nouvel apprenti ?

— Il avait bien besoin d'un aide, ajoutait une autre en riant...

— Vous comprenez, il n'arrive plus à faire face, notre Jules Reix : camionneur, mécanicien, gardien...

— Sans compter qu'il lui faut bien s'occuper de sa bourgeoise, la nuit venue !... N'est-ce pas, monsieur Reix ?

Grand-père hâtait le pas.

— Allez, petit, viens.

Il m'entraînait cependant que je regardais en arrière s'éloigner les femmes.

— Des pies, ajoutait-il, de véritables pies.

Un sourire brillait dans ses yeux gris.

Plantée sur le seuil de la cuisine, grand-mère nous attendait.

— Voilà mes hommes, disait-elle, en s'effaçant pour nous laisser entrer.

« Les hommes » allaient à l'évier se laver les mains. Grand-père employait souvent du savon noir lorsqu'il lui fallait enlever le cambouis collé à ses doigts. Parfois, insigne faveur, il me tendait une noix de la crème brunâtre.

— Tiens, petit, tu as les pattes aussi sales que les miennes.

— Ah ! gémissait grand-mère, tu ne peux donc pas jouer sans te salir !

Elle m'installait sur la chaise au bout de la table, nouait une serviette derrière mon cou. Grand-père s'asseyait à ma gauche. Elle, allait et venait entre sa place, à ma droite, et le fourneau où elle manipulait casseroles et marmites.

Souvent nous avions du ragoût à manger, quelquefois du pot-au-feu. Grand-mère me servait copieusement, trop à mon gré. « Tu as besoin de te fortifier, de grossir », affirmait-elle. Je louchais avec envie vers les assiettes de mes grands-parents car la viande y était rare, et même, la plupart du temps, absente. Quand je protestais contre cette inégalité dont je me jugeais victime, ils m'assuraient que les adultes n'avaient pas besoin de viande. Pourtant, rue Bernard-Palissy, je voyais mon père et ma mère faire honneur au bifteck, à l'escalope ou aux côtelettes. S'il arrivait que grand-mère en achetât également pour son mari et pour elle, elle prenait un air gêné et s'excusait : « Tu vois, Jules, je me suis laissée tenter, j'ai pris de la viande pour nous aussi. » Puis, tous deux semblaient déguster leur noisette de chair grillée avec une lenteur et une application bienheureuses.

Eux n'avaient pas besoin de ces remèdes qu'on m'imposait pour « m'ouvrir l'appétit » et pour me « donner des forces » : la moins mauvaise de ces mixtures était ce « sirop iodotannique » dont je retrouve encore le suc épais et doux amer dans ma bouche lorsque j'écris son nom.

J'avais bien du mal à vider, à midi, mon assiette de viande, de purée ou de ragoût, le soir, l'écuelle de soupe, avant de passer aux friandises. « Petit, ne gaspille pas ton pain », si je m'amusais à pétrir entre pouce et index les boules de mie. « Petit, finis ton morceau de pain. » Et si je rechignais :

— Quand nous avions ton âge, n'est-ce pas, Jules, on n'avait pas besoin de nous dire de finir notre pain. Parfois, nous n'en avions qu'un morceau sec, sec et noir, et même, des jours, pas une miette, il n'en restait pas une miette à la maison.

— Oui, c'était dans les débuts, à la Ganne, quand

vous êtes arrivés de votre campagne, remarquait pépère Jules.

Il se tournait vers moi :

— Leur père, ton arrière-grand-père ne trouvait pas de travail, alors...

Il faisait un geste de la main au-dessus de la table, comme pour balayer des miettes.

— Pas de travail, pas de sous, pas de sous, pas de pain... Oh ! chez nous aussi c'était la misère, pourtant ils nous faisaient pitié, nous étions voisins.

Grand-mère rit doucement. (J'aime quand elle rit, elle a le même rire étouffé que maman, elle lui ressemble soudain. Tant qu'elle rit on dirait une jeune fille tout heureuse d'échapper à la surveillance de la dame sévère et grave dont elle a pris la place pour un instant. Puis le rire s'éteint, voici de nouveau sur le beau visage l'ombre de tristesse.)

— Je riais en pensant comment toi et ta sœur vous arriviez à cacher un peu de pain sans que votre père vous voie, à cacher ces quignons pour nous les apporter.

Un sourire revient dans les yeux couleur noisette.

— Un jour, ils nous ont même apporté une poule... Notre père, quand il est rentré, ah, là, là, il fallait l'entendre, il voulait qu'on la rapporte, la poule... Mère a dit que ce serait les dénoncer à leur père, qu'il les battrait. Parce que le poulet, Dieu savait où ils avaient pu le trouver.

Le rire encore, si jeune.

— Enfin on l'a mangée, la poule. Quel festin pour des affamés ! Pourtant, notre père, il y a à peine touché. Il devait avoir encore plus faim que nous, avec son grand corps, sa maigreur, mais l'idée que c'était là une aumône... et probablement une drôle d'aumône, le produit d'un vol...

— Oh ! d'un vol, fait Jules en se lissant les moustaches. On ne savait pas toujours, le Iandou, la Cul-Béni, et tant d'autres dans le faubourg, ils ne savaient pas toujours exactement à qui appartenaient les volailles qui picoraient autour de leur maison, alors..

Je mâchonne le bout de pain avec application. Quand j'ai avalé le dernier brin de croûte, je n'ose pas demander le dessert. Et grand-mère qui semble avoir complètement oublié les œufs au lait dont on sent pourtant la bonne odeur de caramel.

— Je crois que père, il serait mort de faim, et il nous aurait laissés mourir de faim, plutôt que de voler la moindre chose.

Grand-père hausse les épaules.

— Ma pauvre Louise, ton père, c'était l'honnêteté même, le malheureux, il n'avait pas compris qu'il vivait dans un monde de gredins.

Voilà les œufs au lait. J'attaque ma part à petites bouchées, comme à regret. Je regarde grand-mère Louise, pépère Jules tour à tour ; j'essaie d'imaginer à leur place les enfants qu'ils étaient dans le temps, au temps de la misère, de la faim : elle aurait pu mourir de faim, elle ne serait pas là, je serais seul, seul, pépère Jules ne pourrait pas me garder sans elle. « Le Père », comme elle dit, il serait mort avec ses enfants, mort de faim.

— Qu'est-ce qu'il y a, petit ? Ils ne sont pas bons, mes œufs au lait ?

Je ne peux pas répondre. Je fais encore effort, porte une bouchée à mes lèvres, manque de m'étrangler en retenant mes sanglots.

Mes grands-parents s'interrogent du regard.

— Ah ! sommes-nous bêtes ! s'écrie soudain grand-mère. C'est nos histoires, quand nous étions à Saint-Yrieix, à la Ganne !... Mais, petit, ajoute-t-elle en me caressant la tête, c'est si vieux tout ça, si vieux, c'est comme si ce n'était jamais arrivé... Tu vois bien, on mange à sa faim maintenant... Regarde, on est logé, c'est bien cette maison, le jardin, ton grand-père gagne sa vie à l'usine, toi tu vas à l'école, tes parents ils sont... ils sont à l'aise... Allez, mange, petit.

— Émile a encore fait des siennes à l'usine, enchaîne grand-père, sans doute pour m'arracher à mes pensées.

Émile, c'est sa bête noire, le contremaître. « Pas méchant homme, dit-il souvent, mais plus bête que nature. »

— Cet après-midi, le téléphone sonne, la secrétaire sort du bureau, elle appelle : « Monsieur Émile ! Monsieur Émile ! » Émile faisait son tour de piste pour faire suer le burnous...

— Oh ! Jules, après, le petit, comment il parlera ?

— C'est vrai, c'est vrai... Émile, comme d'habitude, il surveillait les ouvriers et les ouvrières, quoi, pour qu'ils ne perdent pas une seconde dans leur travail, tu comprends... Le vrai chien de garde... Alors, il rapplique : « Qu'est-ce qu'il y a encore ? » Et la secrétaire lui crie : « Dépêchez-vous, monsieur Émile, c'est le téléphone, c'est pour vous, le patron, il ne peut pas venir à l'usine, il veut vous parler au téléphone. » « Le pa... Le patron ! » Il en bégayait, l'Émile au garde-à-vous. « Eh bien, dépêchez-vous ! Qu'est-ce que vous faites ? » Devine un peu, Louise, ce qu'il faisait ?...

— Est-ce que je sais, moi ? (Les yeux de grand-mère s'éclairent.)

— « Attendez, attendez », qu'il fait l'Émile, et le voilà qui veut enlever son tablier, mais il se prend la tête dans la ficelle, la secrétaire s'impatiente : « Mais, bon sang, monsieur Daccord vous attend. » « Voilà, voilà ! » Il finit par décrocher son tablier et se met à courir vers le bureau... Tu l'as vu courir, Louise ? Non ? Ça vaut le coup d'œil, il a les pieds plats, et encore à la Charlot... Ce qu'on a pu rire ! Cet imbécile, à l'idée qu'il allait parler au patron, il lui a fallu enlever son tablier, comme si, au téléphone, l'autre allait voir sa tenue !

Grand-mère retrouve son rire, et moi je fais chorus.

En leur for intérieur, mes grand-parents doivent remercier Émile de me faire oublier leur enfance affamée.

Ce M. Émile, moi non plus, je ne l'aime pas. Si grand-père l'a pris pour tête de Turc, il semble que le contremaître m'a choisi, lui, pour cible de ses plaisanteries. Ainsi, lorsqu'il peut m'attraper dans le chemin-des-camionneurs, lors de la sortie des ouvriers, je vois ses yeux noirs et pointus briller, cependant qu'il lance à haute voix afin que les ouvrières l'entendent :

— Ah ! dis donc, petit, l'autre jour, je me promenais rue du Clocher — c'est la rue commerçante où chaque soir se donne rendez-vous la jeunesse de la ville, on « fait la rue du Clocher », la montant, la descendant maintes et maintes fois — et qu'est-ce que j'aperçois devant les Nouvelles-Galeries ?... Un avion ! Un avion dans la rue du Clocher avec ses ailes comme ça (il écarte les bras du corps)... Je n'en croyais pas mes yeux... Je m'approche et... en fait d'avion (il se tourne vers les ouvrières) c'était celui-là, le petit-fils de Jules Reix, vouais... (il m'observe en rigolant). Tu te rends compte ? C'étaient tes oreilles que j'avais prises pour les ailes d'un avion (il se fourre les pouces dans ses propres oreilles et agite les mains, paumes ouvertes en avant).

Je lève la tête, le regarde sans comprendre.

— Alors, qu'est-ce que t'en dis ? insiste-t-il, et, comme je continue à me taire, il s'en va en bougonnant.

Les ouvrières m'entourent, l'une me prend dans ses bras, elle pose un baiser sur mon oreille. « Quel pauvre type, dit-elle, se moquer ainsi de cet enfant. » Une apprentie rieuse tire la langue en direction du contremaître. « Non, mais, tu es folle, lui reproche une vieille, s'il te voyait, il te ferait mettre à la porte. » Je n'ai rien compris à cette histoire d'oreilles et d'avion, mais je suis ravi des cajoleries qu'elle me vaut de la part des ouvrières.

Plus tard, quand je raconte cela à grand-mère, elle rougit, fronce les sourcils. « Cet homme, décidément, il est trop bête ! » souffle-t-elle. Elle m'attire contre elle, prend ma tête dans ses mains. « Qu'est-ce qu'il a à propos de tes oreilles, elles valent bien les siennes, non ! »

Tout de même, quand je suis seul, je vais à l'évier, je me hisse sur le tabouret où grand-mère pose ses pieds lorsqu'elle coud, je m'étire pour apercevoir mon visage dans le miroir accroché au-dessus du robinet, un maigre visage en triangle, flanqué de deux oreilles qui soudain me paraissent monstrueuses. Souvent, ensuite, au milieu de nos jeux, Madeleine me voit soudain plaquer mes mains sur mes oreilles, ou, si la saison est fraîche, enfouir celles-ci sous mon bonnet.

Quand je demande à grand-père pourquoi le contremaître se moque de mes oreilles : « Parce que c'est un âne », répond-il. Il ajoute : « D'ailleurs, c'est sans doute pour cela qu'on lui a donné du galon à l'usine. Si ça continue, il pourra même devenir académicien à Ambazac. » Il me fait un clin d'œil : « On dit comme ça, petit, l'académie d'Ambazac, c'est l'académie des Anes ! »

Afin d'effacer en moi le souvenir des propos de... l'académicien, grand-père se lance dans des récits que j'écoute fasciné, que ce soit des contes ou bien des souvenirs de la vie d'autrefois, dans la campagne de Saint-Yrieix. Un conte que j'affectionne particulièrement est celui de « Misère et Pauvreté », « Le Bonhomme Misère et son chien Pauvreté ».

— Mais, petit, je te l'ai déjà raconté hier.

— Ça ne fait rien... Raconte... Raconte, comment Misère a attrapé le Diable !

— Bon... Alors, tu t'en souviens, Misère et son chien n'avaient plus rien, plus rien du tout à se mettre sous la dent... Et Misère de gémir : « Ah ! Pour un quignon de pain, je vendrais mon âme au Diable... »

— Dis, grand-mère Louise, quand elle était petite, ses parents, ses frères, ils étaient tous comme Misère, ils n'avaient rien à manger ?

— Sûr que Misère était bien de leur famille.

— Alors, pourquoi le père de grand-mère, pourquoi il n'a pas vendu son âme au Diable ?

— Hé, Louise, tu entends ?

En riant, il répète ma question. D'une main il ébouriffe mes cheveux.

— Tu sais, petit, le Diable, il n'existe que dans les contes... dans ceux que je te raconte et dans ceux qu'on raconte à l'église.

Grand-mère va vers la porte, l'entrouvre, jette un coup d'œil sur le jardin.

— Tais-toi donc, Jules... Si le curé Isaïe allait t'entendre !

— Les curés aussi, on pourrait les envoyer avec l'Émile à l'académie d'Ambazac... Bon, alors, petit, où en étions-nous ? Ah ! Oui... Voilà le Diable qui arrive : « Tu m'as appelé, Misère ? »

Et pour la centième fois, j'écoute, enchanté, les ruses de Misère ; comment il ne cessait de rouler cet imbécile de Diable : « Misère, on partagera la prochaine récolte, tout ce qui aura poussé au-dessus de la terre sera pour moi, ce qui sera dessous, je te le donne. » Et Misère de planter des pommes de terre, elles se multiplieront et lui appartiendront, et... les feuilles seront pour le Diable. « Ah ! cette fois-ci, tu ne m'auras pas, la nouvelle récolte, à moi ce qui est dans le sol, à toi ce qui est au-dessus ! » Alors, Misère semait du blé. « Nom de Belzébuth, fini de rire, dorénavant je prendrai et le sommet des tiges et les racines, tu devras te contenter de ce qui restera entre... ah ! ah ! ah ! » Bien, c'était du maïs que Misère semait, car il savait que les épis se tiendraient à mi-hauteur de la plante. Venaient ensuite les épreuves sportives, là encore défaite de Satan : d'une main il broyait un pavé, fûû... il ne restait plus qu'un peu de poussière dans le creux de la paume ; Misère, lui, dissimulait dans sa poche un fromage caillé, il feignait de ramasser à son tour une pierre, fûû... Il écrabouillait le fromage. « Goûte-moi ce jus de caillou », disait-il au Diable. De rage, ce dernier ramassait une autre pierre et il la lançait, loin, loin, si loin qu'on ne voyait retomber le point noir qu'à l'horizon. Misère demandait un sursis pour s'entraîner, bon diable le Diable, sûr cette fois de l'emporter, accordait le délai. L'homme en profitait pour attraper à la glu une hirondelle ; il la dissimulait dans sa manche et, au moment de tenter comme prévu le jet de pierre, au lieu de celle-ci il lançait l'oiseau en l'air : l'hirondelle filait comme une flèche et disparaissait à l'horizon... record infernal battu !

J'ai oublié les devinettes que le Diable posait à Misère. Qu'importe. Le malheureux, l'esprit terriblement aiguisé par la faim, se riait de toutes les énigmes ; son tour venu de poser sa devinette, il présentait à Satan un étrange monstre — c'était sa femme toute nue que Misère avait enduite de colle puis roulée dans la plume d'un édredon éventré, un pied de poireau sortait comme une queue végétale du cul de la dame. Non seulement le Diable donnait sa langue au chat, mais écœuré et épouvanté, il s'enfuyait sans demander son reste. « Et c'est pourquoi

Misère et son chien Pauvreté courent toujours autour du monde », concluait grand-père.

Était-ce de son père ou de son grand-père qu'il me parlait lorsqu'il me rapportait cette ruse d'un jeune bûcheron ? Celui-ci, se trouvant à l'étroit dans le lit qu'il lui fallait partager avec un scieur de long pour la durée du chantier, imagina d'effrayer son compagnon fort crédule. Il lui fit croire que la bâtisse où on les logeait était hantée, puis, une fois mouchée la chandelle, il commença son manège. « *Auvé-tu ?* » « *Noun...* » « *Qu'é lou revainen !*[1] » Doucement, le bûcheron sortait une jambe du lit, et, dans le noir, il frottait le mur avec son pied : « *Ho ! Liaunard. Auvé-tu... lou vequi !*[2] » Il sentait le grand corps près de lui trembler. Après deux ou trois nuits passées de la sorte, l'autre n'y tint plus. « *Vai durmi din lo gringeo*[3] », fit-il, terrorisé. Ainsi, le jeune et malicieux bûcheron put désormais s'étendre à son aise dans le lit dont il garda l'usage.

Y avait-il eu des bûcherons parmi les ancêtres de Jules Reix ? Je l'imaginais à cause de cette histoire, et aussi parce qu'il se moquait souvent des scieurs de long, dont il me fredonnait la chanson :

Loun laire loun la,
Fouchtri de fouchtra
Per moun arme loun la[4]

1. « Entends-tu ? » « Non ! » « C'est le revenant ! »
2. « Ho ! Léonard... entends-tu ?... le voici ! »
3. « Je vais dormir dans la grange. »
4. Peut-être déformions-nous les mots ? S'agissait-il de l'âme ou de l'arme (la scie) du chanteur ?

et, l'œil rieur, il entonnait le couplet en prenant l'accent d'Auvergne :

Vivent les sc(h)ieurs de long
Qui ont sc(h)ié et qui sc(h)ient
Et qui sc(h)ieront toujours
Loun laire loun la
Fouchtri de fouchtra
Per moun arme loun la.

— Pépère Jules, fais les scieurs de long.

Il prenait deux ficelles, les entrecroisait, tendait l'une verticalement et me faisait prendre dans chacune de mes mains un bout de l'autre placée à l'horizontale.

— Allez, petit, on y va.

En cadence, chacun à notre tour tirant notre ficelle qui se tendait et se détendait en vibrant, nous simulions le va-et-vient des longues scies telles que, dans les forêts, les maniaient les travailleurs venus du Cantal ou du Puy-de-Dôme. Oui, sans doute était-ce par fidélité à quelque bûcheron limousin de sa famille que mon grand-père perpétuait sur le mode plaisant la querelle de métier qui dut opposer jadis ce coupeur de bois à ces scieurs.

La scie pourtant plus que la hache lui était familière, du moins la scie à découper. Il disposait d'une collection de ces lames fines parfois comme fil. Le soir, j'étais ravi quand je le voyais sortir sa boîte à outils et choisir soigneusement quelques lames. Il fixait l'une d'elles entre les deux branches métalliques de la scie, posait sur un coin de table une planche de contre-plaqué, la fixait avec un étau, y traçait au gros crayon de charpentier le contour de la pièce qu'il voulait façonner et commençait le découpage. Parfois, en cours de travail, il changeait la lame, en prenant une plus mince pour qu'elle s'adaptât mieux aux sinuosités du dessin.

J'observais son labeur, m'efforçant en vain de deviner à quoi pourrait servir tel bout de bois puis tel autre qu'il extrayait successivement de la planche puis rangeait près de lui. Ensuite, au fur et à mesure du montage, je m'émerveillais de voir apparaître peu à peu l'arlequin, le polichinelle ou maints autres personnages dont il articulait la tête, le torse, les membres à l'aide de fil de fer qu'avec des pinces il tordait, nouait ou tranchait.

Un des plus beaux assemblages qu'il fabriqua ainsi pour ma joie fut, précisément, une équipe de scieurs de long. L'un se tenait sur un échafaudage au-dessus d'un tronc d'arbre, l'autre était fixé en bas sur le socle. Tous deux se courbant et se redressant en cadence maniaient une scie verticale : l'un la poussait quand l'autre la tirait et vice versa. Un moulin, composé de quelques lamelles de bois et qu'on plaçait dans l'évier sous le robinet de telle façon que le filet d'eau le mît en mouvement, servait de moteur pour actionner les deux bonshommes. J'aurais passé des heures à les contempler. Je pense que, sous prétexte de me distraire, grand-père prenait autant de plaisir que moi à installer la machinerie puis à la regarder fonctionner. Souvent, grand-mère devait se fâcher car le moulin encombrait l'évier dont elle avait besoin pour ses tâches ménagères. Cependant que je protestais et pleurnichais, le maître des scieurs de long parlementait avec elle pour gagner quelques minutes.

— Le petit ne les a pas assez vus travailler. Juste un moment, je t'assure, Louise. Comme ça, il aura meilleur appétit.

Ou bien :

— Il faut bien qu'il s'amuse un peu avant d'aller au lit ; ta vaisselle, tu la feras quand il sera couché.

— Ah ! mon pauvre homme, soupirait-elle, tu n'es pas plus raisonnable que lui... Après, Elise me reprochera qu'on le gâte trop, qu'on le rend désobéissant, et lui, il se fera fâcher par son père.

Jules haussait les épaules.

— Fâcher un enfant parce qu'il veut s'amuser ! Je trouve que...

Il s'arrêtait sous le regard inquiet que lui jetait grand-mère.

— Allons, disait-il, on les fera travailler une autre fois ces scieurs de long.

Il débranchait la ficelle qui servait de courroie de transmission entre la roue dentée ordonnatrice du mouvement des automates et la poulie fixée à l'axe du moulin, et il enlevait celui-ci de l'évier.

Devant mon air attristé, il ajoutait parfois :

— Tu comprends, il faut les laisser se reposer.

— Mais ils se fatiguent pas, ils sont en bois !

— Hé, le bois se fatigue, petit... Le bois, les articulations, ça s'use à force de bouger.

Un soir, il mit en marche, toujours grâce au moulin mû par la cascade du robinet, un nouveau chef-d'œuvre.

Il s'agissait cette fois d'un forgeron : il frappait à grands coups de marteau sur son enclume, et, comme son créateur avait pris soin d'ajuster un mince bout de tôle sur le dessus de l'enclume et d'enfoncer un clou à la tête convexe à l'extrémité du marteau, cela faisait un joli tintamarre.

— *Lu fauré !* s'exclama grand-mère.

Si vive son admiration, qu'elle en oubliait le français comme il lui arrivait quelquefois sous le coup d'une émotion. Elle prenait soin, et grand-père faisait de même, de toujours me parler en français, mais entre eux ils parlaient patois ; si je ne comprenais pas, je protestais, alors ils me traduisaient ce qu'ils venaient de dire. J'étais arrivé ainsi à me familiariser avec la langue limousine, à l'entendre aisément, non point à la parler.

— *Lu fauré*, répétait-elle.

C'était le forgeron, le maréchal-ferrant, son atelier était jadis en Limousin le centre le plus actif, le plus attrayant du village. Tous trois, nous contemplions le vaillant petit bonhomme que son créateur avait peint en bleu (un bleu de travail) et doté d'une figure ronde et rubiconde. Pan ! Pan ! Pan ! Pan ! Pan ! Ainsi, dans leur enfance à Saint-Yrieix, devaient-ils rester fascinés devant le vrai forgeron frappant le fer ardent sur son enclume, et ils se sentaient minuscules devant le puissant Vulcain qu'empourprait le reflet du feu.

Une fois passé l'agrément de la découverte, ma grand-mère, comme elle faisait pour les scieurs de long, dut bien souvent se fâcher à cause du forgeron. Le bruit du marteau lui donnait mal au crâne, disait-elle, et bien sûr le moulin encombrait l'évier. C'est pourquoi grand-père eut l'idée d'installer définitivement le petit ouvrier... sur le toit. Il remplaça le moulin à eau par un moulin à vent placé à côté du forgeron ; l'ensemble constituant une sorte de girouette qu'il planta au faîte de la maison.

Quand la brise se levait, elle poussait le gouvernail de fer-blanc dont grand-père avait muni la mécanique : alors, les ailettes du moulin se mettaient à tourner sous la pression du vent et le bonhomme, lui, à marteler son enclume. Dès que le vent s'affirmait, « *lu fauré* » semblait pris de folie. Panpanpanpanpanpanpan... les coups pleuvaient, frénétiques. Grand-mère se bouchait les oreilles. Elle jurait que ce fracas lui ferait perdre la tête ; d'autant plus qu'à présent, ajoutait-elle, « les nuits de vent, impossible de fermer l'œil » — là-haut, déchirant le silence nocturne, le forgeron menait une sarabande d'enfer.

Chaque jour, le constructeur promettait de prendre une échelle à l'usine et de décrocher la girouette, mais les jours passaient et le travailleur lilliputien continuait son labeur forcené. Sans doute, fier de son œuvre et heureux de la joie qu'elle me donnait, grand-père ne se résignait pas à détruire le fruit de son ingénieuse patience. Les jours passaient donc, les nuits aussi, et le temps vint où ma grand-mère ne prit plus garde au concert du marteau sur l'enclume.

A vrai dire, ce fut moi qui mis le plus longtemps à m'habituer, du fait du partage de mes nuits entre la maison de la route d'Ambazac et l'appartement de la rue Bernard-Palissy. J'avais bien du mal à m'endormir chez mes grands-parents, soit que le vent soudain vînt déclencher l'activité du forgeron, soit, les nuits où le calme régnait dans le ciel, que je ne pusse m'empêcher de guetter le moment où, peut-être, le vent d'ouest se lèverait et... panpanpanpanpan ! je me boucherais les oreilles en espérant que l'air et l'ouvrier, là-haut, s'endormiraient de nouveau pour me permettre enfin, à mon tour, de faire comme eux.

Ce qui me plaisait, c'était lorsque seul un souffle léger passait dans la nuit et que le bonhomme bleu égrenait quelques coups nonchalants. Il me semblait qu'il veillait sur la maison, qu'il nous protégeait. Alors, malgré leur sommeil dans la chambre voisine — on ouvrait pour moi le lit-cage dans la salle à manger où il était si rare qu'un repas eût lieu —, oui, malgré la distance où les ténèbres et leur somme emportaient mes grands-parents, je n'avais plus peur de la solitude. Je n'avais pas peur, puisque l'autre, au-dessus de nous, veillait et travaillait. J'écoutais les bruits qui venaient par moments de la gare de triage, au-delà du jardin et de la rue : entrechocs de wagons en manœuvre, voix d'un haut-parleur lançant des ordres que je m'efforçais en vain de comprendre, et parfois, plus lointain, le roulement d'un express en provenance de Paris. « Un soir qu'il fera beau, petit, nous irons jusqu'à la passerelle, au tournant de la route d'Ambazac, de là je connais le sentier des cheminots pour descendre jusqu'aux locomotives... » Quand donc pépère Jules m'emmènerait-il là-bas ? Samedi ? Demain soir grand-mère Louise va me ramener rue Bernard-Palissy, puisque vendredi j'ai l'école... Ah ! qu'ils passent vite, vite, ce vendredi et ce samedi pour que je revienne ici, que je retrouve le jardin, l'usine, ses ouvrières qui sentent le chocolat, Madeleine ma fiancée, la maison de Louise et de Jules Reix, *ma* maison que protège, dressé au bord du toit, le vaillant, l'infatigable forgeron.

II

ROUTE d'Ambazac, j'y revenais comme à la terre toujours promise. L'autre pôle de mon enfance, je l'ai dit, était cette maison au numéro 7 de la rue Bernard-Palissy où logeaient mes parents : deux pièces-cuisine au second étage. J'y suis né au printemps de 1914.

Notre rue n'était pas tellement passante, sauf aux jours de foire, car elle reliait précisément le champ de foire à l'une des deux gares de la ville : la gare Montjovis.

De sorte que ces jours-là, dès avant l'aube et jusqu'à la nuit tombée, il régnait dans la rue une étonnante affluence. Beuglant, bêlant ou couinant, les bestiaux y défilaient, dans un sens le matin, et le soir dans l'autre. Armés de bâtons ou d'aiguillons, les paysans houspillaient vaches, bœufs et veaux qui tentaient de s'égailler, de monter sur le trottoir ou de filer par quelque rue transversale. Le soir, bêtes à cornes et moutons étaient moins nombreux à repartir sur leurs pattes ; les camions des marchands de bestiaux emportaient leur chargement plein de cris et de gémissements vers la gare, cependant que maints paysans éméchés — ils avaient « arrosé » la vente de leur bétail — s'en allaient eux aussi, d'une marche incertaine, prendre leur train à Montjovis.

J'ai dû regarder bien des fois, et toujours avec un vif

intérêt, ce spectacle de nos fenêtres. Après, la rue sentait la bouse et le crottin. « Oh ! ça sent bon la campagne ! » concluait grand-père Jules en clignant de l'œil. C'est que lui et Louise n'habitaient pas encore route d'Ambazac mais, tout près de chez nous, faubourg Montmailler, un logement dont je n'ai pas gardé souvenir. En fait, mon père étant « parti à la guerre » dès le mois d'août 1914, ils vivaient pratiquement rue Bernard-Palissy, où ma grand-mère me gardait tandis que maman, secrétaire à l'état-major, allait à son travail.

Que reste-t-il dans ma mémoire du lieu natal ? D'abord un coin de cuisine : de la fenêtre qui domine une cour, on a vue sur des toits de tuile. C'est par cette fenêtre que j'entends à midi et à la tombée du jour les sirènes des usines. « Ah ! ton grand-père ne va pas tarder... Débarrasse la table de tes jouets, je vais mettre le couvert. » Et moi de protester : avec une patience, une application infinies, je suis parvenu à faire tenir en équilibre un assemblage hétéroclite de pièces de bois empruntées à un jeu de construction, de bobines, de fourchettes et de couteaux ; comment me résigner à détruire ce chef-d'œuvre ! « Mais petit, tu referas tout ça quand nous aurons mangé. » Mon désespoir est total : « Ça sera plus la même chose ! » Je vais sécher mes pleurs en jouant au chemin de fer dans le couloir menant de la cuisine au palier et sur lequel donnent la porte de la chambre et celle de la salle à manger. Je me vois aussi perché sur une chaise devant l'évier de la cuisine. Grand-père Jules me tient d'un bras pour éviter que je ne tombe, car je me penche au-dessus d'une bassine pleine d'eau où flotte une armada de navires gros comme des noix qu'il a construits, les uns justement avec des coquilles de noix, les autres à partir de rondelles de chêne (il me les rapporte de chez

Laroudie, l'usine de meubles où il travaille) sur lesquelles il plante des allumettes en guise de mâts.

De la chambre, je me rappelle que ses murs sont ornés d'un papier à larges rayures verticales d'une teinte assez pâle ; le grand lit en noyer clair doit faire face à la fenêtre, et le mien — avec ses barreaux surmontés aux quatre coins de boules de cuivre — est placé contre le mur, dans la ruelle ; il me faut me dresser sur mes pieds, si je veux apercevoir par-dessus le bord de mon lit dont les côtés sont tendus d'une étoffe bleue, ma mère endormie. Ainsi, sur une photo, me voici en longue chemise blanche, debout, les yeux rieurs, les bras écartés ; au-dessus de l'enfant s'évase le double rideau de tulle qui devait protéger son sommeil (contre quoi ? les courants d'air ? les moucherons ? les mauvais rêves ?). Avec son Kodak de poche, mon père a dû prendre cette image lors d'une permission — ce doit être en 1916, car je parais avoir entre deux et trois ans. Est-ce lors de ce même répit, avant de repartir au front, qu'il a pris ces autres photos à demi effacées : l'une où ma mère, de profil, arrange quelques fleurs dans un vase en cuivre torsadé fait d'une douille d'obus, cette autre où la jeune épouse en déshabillé découvre le drap du lit avant de s'y glisser : inclinée en avant, de ses tendres grands yeux elle regarde sans doute le soldat photographe qui la contemple : sa chevelure dénouée tombe en cascade claire sur son épaule et de là, le long du bras nu, jusqu'au poignet. Qu'il devait être amoureux de son ingénue voluptueuse, le guerrier ! Comme il devait rêver à elle, à ses yeux bleus, à sa chevelure, à son corps et à son cœur d'une égale douceur, là-bas, dans les tranchées, sous le fracas de la mort. Il y a encore cette photo qu'il a prise lors d'un cantonnement, à quelques kilomètres des premières lignes : le lieutenant Pierre Clancier devait être logé chez l'habitant, on voit sur une cheminée, entre deux vases, eux aussi faits de douilles d'obus, agrandies et encadrées les trois images qu'il a prises rue Bernard-Palissy : de sa femme arrangeant un bouquet, de sa femme prête à se glisser au lit nuptial, de leur fils enfin tout droit et rieur, debout sur son propre lit. Et moi aussi, comment n'aurais-je pas été amoureux d'Élise ? Je la presse dans mes bras sur cette autre photographie, vestige d'une nouvelle permission un ou deux ans plus tard : j'ai grandi et le visage maternel sans perdre de sa jeunesse s'est fait plus grave (tant de jours, de semaines, de mois loin de l'époux qui, à chaque instant, risque d'être tué, et chaque semaine ces télégrammes chez tel ou tel voisin, telles ou telles familles amies pour annoncer la mort d'un mari, d'un frère, d'un père).

Souvent, j'entends dire : « Pauvre petit, son père est à la guerre. »

Non, je ne me sens pas pauvre, je ne suis pas pauvre avec ces deux mères, Élise et Louise, ces deux beaux visages qui se penchent vers moi. Au contraire, lorsque le porteur d'uniforme vient en permission, je me sens trahi, volé. Qui est-ce ce soldat barbu, avec sa grosse voix qui me fait peur ? « Va embrasser ton papa. » Je ne le connais pas, je ne le connais plus, je l'ai oublié depuis les six ou huit mois qu'on ne l'a plus vu ici. Et lui, épuisé, harassé, dépaysé dans ce soudain bonheur, cette paix, comme si là-bas, d'où il vient, on ne continuait pas à tuer, à être tué, lui, irritable, irrité par ce marmot, ce tyranneau qui règne sur deux femmes toujours prêtes à le cajoler, à le couver. « Ça suffit comme ça, Lison, si vous continuez, ta mère et toi, vous allez en faire une poule mouillée... Arrête de pleurer, Georges. Regardez-moi ça... pour une écorchure de rien du tout, il pleure comme un veau... Tu vas ramasser une paire de gifles, comme ça tu sauras pourquoi tu pleures. »

Et mon lit que, maintenant — maintenant que j'étais grand, prétendaient-ils ! on traînait dans la salle à manger.

— Tu comprends, ton papa est si fatigué, il faut qu'il puisse se reposer, dormir, beaucoup dormir pendant sa permission.

Alors, pourquoi n'était-ce pas lui qu'on installait dans la salle à manger ? De quel droit se couchait-il dans le grand lit ? Et elle, n'avait-elle pas peur de dormir avec ce soldat mal rasé ? N'avait-elle pas honte de s'étendre à côté de cet inconnu qui osait me commander, me menacer, me tancer ?

Ce matin-là, il était pourtant plus calme, radouci ; il veut me prendre dans ses bras, pose un baiser sur ma joue — que sa barbe pique ! Je me raidis, me débats jusqu'à ce qu'il me lâche, puis, me plantant devant lui :

— Va-t'en à la guerre, vilain poilu !

Malheureux « poilu », il riait ce jour-là et tant de fois plus tard, au cours des ans, lorsque la famille rapportait complaisamment « le bon mot » d'enfant. Ne devait-il pas, malgré lui, juger décidément bien insupportable ce rival au nez encore sucré du lait maternel, ce moutard si vite surgi pour estomper la lune de miel des jeunes époux, sans compter qu'à l'accouchement, le maladroit avait bien failli coûter la vie à sa mère et périr lui-même étouffé en venant au monde ; ensuite : trois mois de vagissements, de cris et pleurs intarissables pour vous faire passer les nuits blanches, cependant que monsieur s'endormait chaque fois qu'on lui présentait le sein ou le biberon et, quand enfin cette petite bête malingre, pleurnicharde commence à se métamorphoser en un vif bébé au crâne de Socrate, aux yeux écarquillés et brillants d'étonnement perpétuel, il vous faut quitter l'enfantine mère et l'enfant pour aller vous faire trouer la peau en Champagne. « Va-t'en à ta guerre ! »... Il y était allé et il revenait. Sa seule chance, peut-être, ce fut, sergent, d'être pendant le terrible été de 1914, mobilisé dans un état-major, sinon, ne serait-il pas tombé parmi ces milliers et ces milliers de soldats que nos généraux, joyeusement, envoyaient se faire faucher, baïonnette au fusil, cibles rêvées, par les mitrailleuses allemandes dans les plaines du Nord ? Quelques mois plus tard, quand il fut muté au front, l'infanterie avait appris à se terrer dans les tranchées, là, troglodyte pendant trois années, la faim, le froid, la détresse, les poux et l'ypérite ne l'épargnèrent point, mais la mort si.

Mes oncles aussi — Henri Maigner, le frère de grand-mère Louise, Louis Demarty son beau-frère — étaient au front, l'un d'eux dans l'Est, l'autre à Salonique. A leurs permissions, ils venaient saluer maman, et, paradoxalement, eux, je ne les traitais pas de « vilains poilus » ; leur uniforme me plaisait, et me plaisait la joie qu'ils apportaient à la maison. Le soir, quand l'heure sonnait pour eux de partir, je m'accrochais à leurs basques, les suppliais de rester :

— Mais, petit, comment veux-tu que je reste, il faut bien que je vous laisse dormir et que moi aussi j'aille me coucher.

— Tu n'as qu'à dormir ici.

— Ici ? Tu vois bien qu'il n'y a pas de place.

— Tu n'as qu'à coucher dans le grand lit, avec elle.

— Georges, as-tu fini de dire des bêtises !

Pourquoi maman se fâche-t-elle et pourquoi rit-il, le soldat ? Celui-là, il ne me gronde pas, il me laisse jouer avec les boutons de sa vareuse, avec sa... comment dit-il ? sa fourragère.

— Moi aussi, quand je serai grand, j'irai à la guerre, les Boches, pan, je les tuerai !

Maman soupire :

— Non, non, j'espère bien que non... Ton papa, tes oncles, ils font la guerre pour qu'il n'y ait plus jamais de guerre.

Parfois j'entends pépère Jules marmonner : « Les Dumas, ça y est, c'est leur tour, ils ont appris que leur fils Jean vient d'y rester... Il avait vingt ans... Il venait d'arriver au front... Tous ces pauvres bougres qu'on envoie à l'abattoir. »

Les jours de foire, devant le bétail qu'on transporte vers la gare Montjovis, il dit aussi : « Ça en fait aujourd'hui des cochons et des veaux pour l'abattoir. » Y aurait-il donc des foires à bétail humain ?

Et le « front » ? Ce serait là qu'il y aurait des abattoirs pour les hommes ? « Tu as un front, un nez, une bouche, un menton, et tu as deux yeux, deux oreilles, deux bras, deux jambes », me répète souvent grand-mère ; elle ajoute : « Il faut apprendre à compter jusqu'à deux : un front, deux yeux, tu comprends ? » Non, je ne comprends rien à ce qu'ils disent, ni à ce qu'ils font.

— Ah ! gémissent Louise et Élise, leur sale guerre, quand finira-t-elle ?

Des gens leur assurent que « l'été prochain, ou bien l'hiver prochain, ce sera fini. Les Boches vont se rendre, ils n'ont plus rien à manger ». L'été passe, ou l'hiver, et la guerre continue. Mais comment est-ce quand il n'y a pas de guerre ? Il n'y a plus de soldats, avec ces costumes qui me plaisent tant ? Et celui qu'on me dit d'appeler papa, que fait-il alors ? Il reste tout le temps à la maison, tout le temps avec maman ? Pourquoi faut-il qu'elle finisse, la guerre ? Moi, je trouve qu'on est bien comme ça. Ah ! oui, il y a ces méchants Boches, il ne faudrait pas qu'ils arrivent à tuer tous les soldats car plus rien ne les empêcherait de venir jusqu'ici rue Bernard-Palissy! Qu'est-ce qu'ils nous feraient? Ils nous mangeraient? Un Boche, un ogre, ça doit être la même chose. Mais je prendrais mon fusil de bois — c'est pépère Jules qui me l'a fabriqué — et les Boches, je les tuerais tous.

Un jour, le poilu est revenu en permission. Cette fois, un autre soldat l'accompagnait. « C'est mon ordonnance », a dit papa. J'ai cru qu'il était malade, parce que le médecin, quand il vient m'examiner, il écrit sur un papier et il dit : « Voilà l'ordonnance pour notre malade. » Non, le poilu ne semble pas malade. Il a dit au soldat ordonnance :

— Gaston, va donc promener le petit.

L'autre a claqué les talons :

— A vos ordres, mon lieut'nant.

Maman m'a coiffé d'un béret de laine blanche.

— Vous pourriez aller au Champ-de-Juillet, a-t-elle proposé.

Le soldat-ordonnance m'a tendu la main, je me suis faufilé entre les jambes de mes parents pour rentrer dans la salle à manger. « Georges », a commencé à gronder mon père, mais il a ri quand je suis revenu dans le couloir, mon fusil à la main. « Attends », a-t-il dit. Il est allé dans la chambre, en a rapporté sa fourragère d'où pendent deux bouts de cuivre. Il me l'a accrochée à l'épaule. « Attends encore. » Cette fois, c'est une médaille de bronze fixée à un ruban de couleur rayé qu'il a épinglée à mon manteau. « Voilà un fier officier. » Il m'a pris dans ses bras.

— Ne vont-ils pas avoir des ennuis? s'inquiète maman.

— Rien à craindre, affirme le poilu, puis, se tournant vers le soldat-ordonnance :

— Saurac, hein, si jamais quelque embusqué galonné vous cherchait des histoires, dites-lui qu'il vienne me trouver.

— A vos ordres, mon lieut'nant.

Et nous sommes sortis. Je me redressais, le fusil sur l'épaule, de l'autre main ne lâchant pas la grosse patte du soldat-ordonnance. On souriait sur notre passage. Moi je gardais mon air sévère pour ressembler, du moins je l'espérais, au lieutenant Pierre Clancier.

Pour nous rendre au Champ-de-Juillet, nous passâmes devant le « château du général ». C'était, place Jourdan, la demeure à noble façade de granit réservée au général commandant la place. Un jardin abondamment fleuri séparait le monument de la rue, un haut portail à double battant demeurait ouvert, par où l'on avait vue sur les massifs, les pelouses et, plus loin, « le château ». Deux sentinelles montaient la garde de chaque côté du portail, elles avaient comme moi le fusil à l'épaule. Je mourais d'envie qu'elles nous fissent le salut militaire, mais Gaston Saurac détourna la tête quand nous défilâmes devant elles. Un peu plus loin, je l'entendis grommeler : « Sales embusqués. »

Le soir, je racontais notre promenade et ne manquais pas de rapporter le mot de l'ordonnance sur les sentinelles.

— Il a bien raison, conclut mon père, ces gars doivent avoir un fameux piston pour qu'on les laisse là à faire la parade, tranquillement, pour un vieux scrongneugneu de général, tandis que nous... Et le général ! Celui-là, il a dû faire bousiller des milliers de troufions dans quelque offensive ratée, alors, en guise de sanction, on l'envoie à Limoges, à cinq cents kilomètres du front, dans un beau château où il peut faire joujou.

— Il faudra quand même que ça change, tout ça, après la guerre, déclarait grand-père Jules.

Papa haussait les épaules.

Pendant son séjour, le soldat-ordonnance m'apprit à chanter « La Madelon » et aussi : « As-tu vu Guillaume — Suspendu par les pieds — Qui saignait du nez — Chez le charcutier ? ». Quelques mois plus tard, l'été venu, je me taillais un franc succès avec ce répertoire. Grand-mère Louise m'ayant emmené prendre l'air à Saint-Yrieix-la-Perche, chez sa marraine, la tante Félicie, le boulanger installé près de la maison de celle-ci me donnait un croissant chaque fois que j'entonnais un de ces airs martiaux. Je bombais le torse puis lançais d'une voix fluette : « La Madelon vient nous servir à boire... »

Vers la fin des hostilités, le jardin privé devant le « château du général » s'orna d'un énorme obus gris dresssé au milieu d'un massif de roses. Je ne sais si c'était là un trophée ramené dans ses bagages par le général limogé, ou bien un « échantillon » destiné à rassurer l'arrière en montrant la puissance invincible de notre artillerie. Cet engin m'impressionnait chaque fois qu'avec maman ou grand-mère j'avais l'occasion de passer devant le Q.G. Je ne manquais pas de le comparer à ce petit obus noir cerclé de cuivre qui trônait sur la cheminée de notre chambre, souvenir rapporté de ses campagnes par mon père et qui servira plus tard de presse-papiers. L'obus de chambre, je pouvais, en m'appliquant, le soulever dans mes deux mains auxquelles plaisaient fort son poids et le contact lisse du métal. L'obus du jardin, je le voyais comme un gigantesque parent du premier. Pépère Jules disait qu'en tombant et en éclatant sur le « château du général » il aurait pulvérisé la bâtisse, le jardin et le quartier environnant.

Ce devait être un dimanche, puisque j'étais de sortie

avec maman et grand-mère, alors que, les jours de semaine, ma mère ne pouvait nous accompagner, retenue qu'elle était à son bureau. Nous revenions du Champ-de-Juillet et passions devant le « château » pour nous rendre à la station du tramway qui nous ramènerait au logis. Je pus, sans qu'elles y prissent garde, lâcher les mains de mes promeneuses, et, cependant qu'elles continuaient d'avancer, je demeurai sur place, devant la grille grande ouverte, à contempler l'engin meurtrier érigé parmi les fleurs. De chaque côté du portail, les sentinelles, l'arme à l'épaule, paraissaient d'immobiles et aveugles statues. Soudain, je m'enhardis, pénétrai dans le parc et vins me planter devant l'obus géant. Il me fallait lever la tête pour regarder la sienne pointée bien au-dessus de moi — il devait être de la taille d'un homme. Lorsque j'eus ainsi satisfait ma curiosité, je fis demi-tour pour quitter le parc et rattraper maman et grand-mère. J'imaginais seulement à présent et leur inquiétude lorsqu'elles avaient dû s'apercevoir de ma disparition, et leur colère qu'il me faudrait subir, mais enfin, je me sentais un tel héros d'avoir osé pénétrer dans l'enceinte pour toiser de près l'énorme et redoutable obus ! D'un pas décidé, je m'apprêtai à repasser la grille du château. Au moment où j'allais sortir, les deux sentinelles qui n'avaient même pas semblé remarquer mon entrée, à l'unisson se retournèrent et croisèrent leur baïonnette devant moi, à hauteur de ma poitrine. Terreur ! Prisonnier, j'étais prisonnier ! Qu'allait-il advenir de moi ? Bien des fois, j'avais entendu mes parents ou nos voisins parler des prisonniers : « Le fils Untel, les Boches l'ont fait prisonnier », « Nos troupes ont fait des milliers de prisonniers. » Et voilà que c'était mon tour. On envoyait les prisonniers dans des camps, ils avaient faim, ils avaient froid, ils ne savaient pas quand ils retrouveraient, si jamais ils devaient les retrouver un jour, leurs familles. Si vive fut ma terreur, que je demeurai sur place, pétrifié. Je croyais lire une cruauté impitoyable sur le visage des soldats. Comment le monde, juste un instant auparavant si facile, si bienveillant, pouvait-il ainsi prendre d'un coup cet aspect d'horreur ? Sans doute, l'incident dut-il durer quelques minutes à peine, mais je garde encore en moi l'impression d'éternel exil qui m'étouffait alors. Enfin, ô miracle, au-delà des baïonnettes, maman soudain apparaît, telle une bonne fée, à la fois inquiète, étonnée, et son air grave s'efface dans un sourire en même temps que mes gardiens bourreaux rient eux aussi en relevant leurs fusils, et que je m'élance pour me jeter dans les deux bras sauveurs. On dut juger mon effroi une suffisante punition. Nul ne me gronda ; mais, dorénavant, chaque fois que nous passions devant le portail du général, je m'éloignais vers le bord du trottoir et jetais à la dérobée un regard de crainte et de haine sur l'obus en majesté comme sur les sentinelles qui le gardaient.

Un soir, rue Bernard-Palissy, toute la maisonnée parle, s'agite, se lamente. La voisine de palier est là qui pérore :

— Comme je vous le dis, il pouvait être trois heures, quand ce jeune homme, ce militaire, a frappé à ma porte. Il a demandé si Mlle Élise allait bientôt rentrer. J'ai répondu qu'à mon avis pas avant sept heures et que vous, Mme Reix, vous étiez sortie avec le petit et que, comme il faisait beau, sans doute vous ne rentreriez pas tôt non plus, ni M. Reix de son usine. Alors, il a paru tout triste, ce militaire, il a dit qu'il repartait au front, qu'il avait pu avoir juste un battement entre deux trains à Limoges sur son trajet de retour, du Midi où il était en permission, vers la zone des armées, et qu'il aurait tant voulu revoir Mme Louise et Mlle Élise. Il n'arrivait pas à dire Mme Élise, je lui ai répété pourtant que vous étiez mariée et que vous aviez un petit. Je ne sais pas comment il est arrivé jusqu'ici. Ah ! si, il était allé à une ancienne adresse, rue du... rue du Clos-Augier et là on avait fini par lui dire d'aller rue Montmailler chez vous, Mme Reix, et un de vos voisins, ou je crois plutôt la buraliste, lui a donné l'adresse d'ici. Tout cela lui a pris, bien sûr, beaucoup de temps, ces allées-venues, ces discussions ; il me disait qu'il ne lui restait plus que le temps de regagner la gare des Bénédictins... Rougemont, il s'appelle Henri Rougemont, il demandait tout le temps comment vous alliez, madame Élise, comment vous étiez...

— Mon Dieu, le petit Rougemont, Henri, c'est Rougemont. Depuis si longtemps nous ne savions plus rien de lui, gémissaient maman puis grand-mère.

— Pauvre gosse, marmonnait grand-père Jules, de l'Assistance à la guerre, une belle vie qu'on lui a faite...

— Oh ! oh ! c'est bête, c'est bête que nous soyons sortis, regrettait grand-mère en me regardant, comme si j'étais coupable de l'avoir entraînée au jardin public au lieu de la laisser attendre cet inconnu.

Je me demandais qui pouvait être ce Rougemont dont le passage leur donnait une telle émotion. Était-ce un enfant, comme les propos semblaient parfois le laisser entendre : « Le petit Rougemont... » « Pauvre gosse », ou au contraire, un de ces poilus pareils à mon père ?

Grand-mère me raconta l'histoire de cet « enfant des rues » : pour mère une Marie-couche-toi-là, pour père... pouvait-on dire pour père ?... un voleur. Une dizaine d'années avant la guerre, les Rougemont étaient voisins des Reix dans le faubourg. Toute la journée, le petit restait dans la rue, à grelotter l'hiver, efflanqué comme un chat de gouttière. De loin en loin — quand Rougemont père avait réussi quelque coup — on faisait bombance, le couple s'enfermait dans son taudis et ne dessoûlait pas de trois jours, envoyant le gosse chercher à l'épicerie de nouvelles bouteilles de rouge chaque fois que nécessaire. Ma grand-mère, ses sœurs et maman parvinrent peu à peu à apprivoiser le sauvageon. Au début, il s'obstinait à se geler sur le trottoir en grignotant un croûton de pain plutôt que d'accepter leur invitation à venir se chauffer près de la cuisinière et à boire un bol de café au lait. « Viens, Rougemont, ne reste pas dans le froid, je vais te préparer un goûter. » Il faisait la sourde oreille, battant la semelle devant la maison. « Écoute, je ne peux pas passer mon temps à me geler sur la porte pour te supplier. Décide-toi. » Rien, si ce n'est un grognement et un coup d'œil noir. « Tant pis pour toi, je rentre. Mais, écoute : quand tu voudras, tu n'as qu'à monter, tu frappes à la porte et j'ouvrirai. » Du temps passait, Louise, ses sœurs : Cathie, Margot, la petite Élise, restaient à guetter derrière la fenêtre. Comment pouvait-il demeurer en bas dans la bise qui s'engouffrait par les déchirures de ses hardes ? Ah ! il bougeait, il pénétrait dans le couloir. Il montait. Il allait frapper à la porte. Non, le silence.

— Je vais lui ouvrir, disait Élise.

— Garde-t'en bien ! sinon, il va encore déguerpir.

Le café et le lait étaient tenus au chaud sur le fourneau.

— Maman, il y a un chien ! remarquait Élise.

— Un chien ?

— Oui, derrière la porte... Écoutez...

En effet, des sortes de jappements, puis le bruit d'une bête qui du pied gratterait le plancher. Elles ouvrent. C'est lui, c'est Rougemont qui aboie ainsi sourdement et racle le sol de ses galoches trouées. Il entre sans un mot, tressaille lorsque Louise referme la porte derrière lui. Ensuite, comme un affamé, il avale le bol de café au lait.

Il fallut des semaines et des semaines pour qu'il abandonnât peu à peu ses manières d'animal traqué.

Crasseux, infesté de poux, il finit par se laisser épouiller, peigner, laver et enfin habiller de neuf. Bref, il était devenu l'enfant chéri de toute la maisonnée, en particulier de la jeune Élise, tout juste âgée de quelques années de plus que lui, qui le cajolait, lui apprenait à lire. Mais les Rougemont commirent de nouveau quelque mauvais coup, on les mit en prison. Pour leur fils, ce fut l'Assistance publique, malgré ses cris, ses larmes, et les protestations et les prières des Reix et des Maigner.

« Bon débarras de toute cette racaille », déclaraient les voisins qui auraient bien laissé périr de froid et de faim « le petit bourineur ». Élise et sa jeune tante Margot, encouragées par Louise Reix, tentèrent d'aller voir leur protégé à l'Assistance publique. « Êtes-vous de sa famille ? Non ? Alors vous n'avez rien à faire ici ! » décréta quelque directrice, chien de garde de la société. Et plus jamais on ne sut ce qu'était devenu l'enfant, plus jamais jusqu'à ce jour (de 1917 ?) où un soldat passa quelques instants rue Bernard-Palissy en quête de « Mlle Élise », puis regagna le front, d'où il ne revint plus.

La timide Élise eut la témérité un jour d'aller voir son époux dans la zone des armées. Mon père, pour faire, je crois, l'instruction des jeunes recrues, bénéficiait alors d'un répit de quelques semaines à l'arrière du front. Ma mère se fit mettre en congé, cependant qu'un commerçant de Châlons eut la complaisance d'écrire une lettre « engageant Élise Clancier comme secrétaire ». Nantie de ce certificat, elle partit pour le long et difficile voyage. « Surtout, lui avait-on conseillé, ne dites jamais que votre mari est militaire là-bas, pas un mot à ce sujet, que ce soit des civils, des soldats ou des gendarmes qui vous interrogent. » Et, justement, quand elle débarque sur le quai de Châlons, alors que Pierre est là qui l'attend, lui sourit, déjà lui tend les bras, voilà les gendarmes ! Plus morte que vive, elle passe à côté de son mari en feignant de ne pas le voir. Il se demanda à quel point les épreuves de la guerre avaient dû le rendre méconnaissable pour que sa Lison ne le vît même pas. Ce ne fut qu'à l'abri des regards de la maréchaussée qu'enfin elle lui sauta au cou.

Combien de fois écoutai-je, tantôt inquiet, tantôt fasciné, tantôt distrait, le récit que nous fit la voyageuse de son aventure « à quelques kilomètres du front ».

— On entendait le canon sans arrêt, comme un orage qui n'en finirait pas au loin. Ah ! les malheureux... Et une nuit, Pierre et moi on venait de se coucher, un drôle de bruit dans le ciel, des moteurs, et bientôt des sifflements puis un vacarme affreux. Des aéroplanes boches. Ils bombardaient... Je me suis glissée sous l'édredon, les mains sur les oreilles, et Pierrot qui bondit du lit et va à la fenêtre regarder le bombardement. Je le suppliais de revenir, mais rien à faire...

— Ah ! petite, soupirait grand-mère, si une bombe.. oh ! mon Dieu... (Son visage s'empourprait.) Aussi, je me demande, il est bien fou, ton mari, cette idée qu'il a eue de te faire venir là-bas.

— Mais je suis... j'ai été si heureuse, maman, de le voir, et lui, mon pauvre Pierrot...

Grand-père Jules tentait une diversion : « Viens, petit, on va regarder un livre d'images, tu veux ? » Mais je tirais la jupe de grand-mère :

— Dis, pourquoi elle pleure maman ?

— Je ne pleure pas, je ne pleure pas, affirmait-elle en ravalant ses larmes.

— Si, si, elle pleure, tu pleures... c'est le vilain poilu qui la fait pleurer ?

— Méchant ! Tu n'as pas honte ?

Elle levait la main sur moi, je me réfugiais dans les bras de grand-mère et maman s'enfuyait dans sa chambre.

— Il faut comprendre, il faut comprendre, Georges, ta maman, elle se fait du souci, beaucoup de souci pour ton père parce que... parce que ton papa il est à la guerre, alors... il ne faut pas, tu comprends...

Toujours, leur : « Tu comprends... » Non, non, il n'y avait rien à comprendre, sinon que, soudain, c'était comme si tout basculait dans le noir puisqu'elle... ne m'aimait plus.

Notre vie, rue Bernard-Palissy, plus que par la fugue amoureuse à Châlons-sur-Marne, dut être bouleversée par le nouveau voyage que fit ma mère en 1917 pour se rendre à je ne sais quel hôpital dans le Nord, auprès de mon père grièvement « gazé », « les yeux, les poumons, les parties génitales brûlées ». On craignait qu'il ne restât aveugle. Il recouvra la vue. Il guérit. Il partit en convalescence avec ma mère : les Pyrénées, Biarritz... Je conserve quelques photos brumeuses du Kodak : Élise devant le cirque de Gavarnie (je cherchais en vain les clowns, les acrobates, les chevaux lorsqu'on me montrait cette image plus tard en nommant le lieu où elle fut prise), encore la jeune blonde, les cheveux au vent, sur un rocher face à la mer. Combien de semaines dura le paradis pour les deux amants, pour Eurydice et son Orphée qu'elle arrachait aux enfers ? La vue, le souffle et la santé retrouvés, le guerrier fut renvoyé aux tranchées. Un homme qui échappait ainsi depuis trois ans à la mitraille, aux obus, aux grenades et qui ressuscitait après avoir été gazé, il fallait, n'est-ce pas, s'en servir, le faire servir... jusqu'au bout.

Du moins, changea-t-on pour lui le lieu des périls, il fut dépêché sur le front italien. Après la guerre, il en parlait, malgré les risques mortels là aussi affrontés, comme d'un « divertissement ».

« Regarde les cartes postales que ton papa a envoyées

d'Italie. » C'étaient, les unes en noir et blanc, les autres en couleurs, des vues de Vérone, les arènes, le fleuve, des statues, des images fleuries de lacs avec des îles et des châteaux et tout autour des montagnes bleues et blanches. Au verso des cartes, le guerrier parlait de soleil, d'orangers, de citronniers, et, une fois, de « Roméo et Juliette » — ces deux mots semblaient rendre maman rêveuse lorsqu'elle les prononçait.

— Papa a vu la maison où ils habitaient autrefois à Vérone...

— Et, où ils habitent maintenant ?

— Ils ne sont plus sur la terre... mais comme ils se sont tellement aimés, ils restent dans notre... nous nous souvenons d'eux, tu comprends...

— Ils ne sont plus sur la terre...

Où alors ? dans la lune ?

— Ah ! quoi, tu veux donc la lune ? s'écriait parfois grand-mère impatientée.

Et moi, le plus naturellement du monde :

— Oui... Oui, je la veux...

— Eh bien, monte la chercher !

— Mais... y a pas d'*ercalier.*

Et grand-mère de rire, et tous riaient encore quand elle leur rapportait notre conversation. Plus tard, moi aussi j'irais en Italie, même s'il fallait pour cela se rendre dans la lune.

La guerre, leur guerre, me valut enfin une fameuse fête : carillons de toutes les cloches de la ville, foule immense, bruyante, qui rit, qui crie, qui chante ; des drapeaux, des rubans, des gens qui s'embrassent. Ah ! oui, tous ces drapeaux, ces musiques, ces couleurs, tout ce peuple — je me cramponne à la main de grand-mère pour ne pas être emporté. Et puis, moi aussi je ris, je crie, je fais de la musique — grand-mère m'a acheté un tambour de basque, je cogne dessus, ça résonne joliment et autour du tambourin des clochettes tintent. On voudrait prendre le tramway pour revenir à la maison, mais le tramway ne peut plus avancer tellement il y a de monde en travers de la rue, et des danses, des galopades. « Vive la France ! »... « Les Boches, on les a eus ! »... « A mort Guillaume ! »... Pris dans les remous de la foule, nous voici à présent devant le château du général, on croirait qu'il va s'envoler avec ses centaines de drapeaux qui dansent eux aussi dans le vent.

Je frappe de bon cœur sur mon tambourin et me mets à chanter « La Madelon ». Grand-mère me soulève dans ses bras : « Ah ! oui, chante, petit, chante, c'est l'armis tice, la guerre est finie ! »

— La guerre est finie.

Ils n'arrêtent pas de dire cela. Comme s'ils n'arrivaient pas à le croire.

— La guerre est finie... Ton papa va revenir... tu es content, hein ?

Je ne réponds pas. Ils ont l'air si heureux. Chaque jour, je m'attends à voir le poilu entrer dans le vestibule et me chasser de la chambre de maman. Comme elle est belle, comme elle rayonne de joie. Mais non, elle redevient triste : « Pierre a écrit. Il ne va pas être démobilisé tout de suite. Il reviendra en permission. Mais on va l'envoyer en Allemagne, faire l'occupation en Allemagne. » Eh bien, elle ira le rejoindre au-delà du Rhin. L'hiver sera si froid que lacs, étangs, rivières seront gelés en Germanie. Ils rapporteront, en guise de trophée, deux paires de patins à glace dont ils n'auront jamais ensuite l'occasion de se servir.

En attendant, en les attendant, avec mes grands-parents, je gardais, *j'occupais* la rue Bernard-Palissy. L'animation y devenait plus grande, que j'observais passionnément de ma fenêtre. Un certain nombre de machines en particulier m'intéressaient. D'abord la locomotrice du tramway départemental : tirant ses larges wagons bruns, elle emplissait de son grondement la rue entière, cependant que des étincelles crépitaient parfois entre les fils électriques et les trolleys. Avec la paix revenue, le tramway départemental entreprenait au moins deux voyages quotidiens : le matin, il arrivait de la gare Montjovis en direction du champ de foire, de là, m'apprenait grand-père Jules, il conduirait les voyageurs — principalement des pêcheurs à la ligne — le long de la Vienne, à l'Aiguille, Aixe-sur-Vienne, et je ne sais quels autres lointains pays ; le soir il rentrait au bercail dans un tintamarre d'essieux grinçants, de chaînes entrechoquées : aux portières, les visages semblaient ahuris, on eût dit ceux d'explorateurs qui retrouveraient la ville après des mois et des mois passés au désert ou dans la jungle. L'autre machine, toute rouge et or, vraiment royale, était celle des pompiers. Leur caserne s'élevait dans le voisinage, aussi avais-je assez souvent la chance de voir et d'entendre passer leur équipage, soit qu'il se rendît en manœuvre, soit qu'un incendie eût éclaté. Je ne connaissais rien d'aussi splendide que ce char et ces soldats couleur de feu et de soleil... J'assurais que, lorsque je serais grand, je serais pompier. Intérieurement, mesurant le caractère grandiose de cet état, je n'étais pas si sûr de pouvoir jamais y accéder.

Une troisième machine retenait encore mon attention. En vérité, beaucoup moins pimpante que celle des pompiers, et même plutôt répugnante, selon ma grand-mère, mais quand j'entendais se mettre en marche sa pompe, je me précipitais à la fenêtre, me penchais, me tordais le cou pour apercevoir, rangés le long du trottoir, à quelques maisons de là, le camion et sa citerne qu'un gros et long tuyau traversant le trottoir devait relier à quelque cave. Poum-poum, poum-poum, poum-poum, le cœur de l'engin pompait avec force ; un cylindre de verre fixé au flanc de la citerne tenait lieu de jauge : un des servants de la machine y observait par transparence le niveau du liquide brunâtre qui montait et clapotait à l'intérieur. Tout l'ensemble, y compris les hommes, était de cette même couleur brunâtre. Non, ce n'était pas l'or et la pourpre du carrosse des pompiers, cependant rien n'aurait su m'arracher à la contemplation, rien, sinon ma grand-mère qui, au bout d'un moment, survenait en grondant contre la puanteur qui, criait-elle, infestait la chambre. Elle m'arrachait à mon poste d'observation, fermait la fenêtre. « Mais c'est affreux, mais c'est dégoûtant. Tu as laissé entrer cette odeur épouvantable, et maintenant ça va sentir toute la journée. »

Je ne sais trop ce qui me plaisait dans ce spectacle. Sans doute, l'importance de la machine, la façon dont elle prenait possession de toute la rue, par sa masse, le battement puissant et régulier de son moteur et même cette odeur terrible qu'elle répandait à la ronde et qui faisait fuir les passants en se bouchant le nez... et puis, ce long, ce gros tuyau grisâtre qui plongeait sous le sol, au fond du ventre de la maison ! La pompe à vidange, je devais la voir à la fois comme une machine et comme une sombre, énorme bête : et son tuyau rampait lui aussi à la façon d'un boa dont l'image sur un des almanachs que me montrait grand-père me fascinait et me terrifiait. Enfin, la maison qu'on vidangeait, reliée qu'elle était par le tuyau de sa fosse noire et puante à la pompe, à la panse de la citerne et au bocal où bouillonnait le liquide aspiré, prenait à son tour quelque chose d'animal, de vivant avec ses entrailles qui n'en finissaient pas de se vider.

Pépère Jules me disait :

— Petit, je sais, tu voudrais être pompier quand tu seras grand, mais vois-tu, ce n'est pas toujours facile... Que feras-tu, si on ne peut pas te prendre chez les pompiers ?

Sans hésiter, je répondais :

— Alors, je veux faire vidangeur.

Qu'avaient-ils donc tous à rire et à se répéter ma réponse ?

D'ailleurs, à les en croire, plus tard je ne serais ni pompier ni vidangeur. « Ce petit, ça fera peut-être un artiste ! Voyez comme il desssine ! » Gribouiller avec des crayons de couleur sur des feuilles que maman me rapportait de son bureau me plaisait. J'y passais des après-midi entiers.

— Qu'est-ce que c'est ça, petit ?

— Tu vois bien !

Ils ne semblaient pas voir ce qui pour moi était l'évidence même : une maison, avec des fleurs devant, et un garçonnet donnant la main à sa mère et à sa grand-mère ; sur une autre feuille : un Boche étendu sur le sol. Il saigne du nez ; un enfant et son père l'ont tué avec leurs fusils.

— Dis donc, c'est trop gribouillé.

— C'est pas gribouillé ! Tu vois pas ? C'est la guerre !

— Tu veux me le donner ton dessin, celui de la maison avec les fleurs ?

— Non.

— Écoute, Georges, je te l'achète, tiens : dix sous, c'est beaucoup tu sais.

Je prends la pièce et, le cœur gros, je regarde l'acheteur s'emparer du feuillet. Au bout d'un moment, ma peine devient trop forte, il me semble qu'avec mon dessin on a pris une partie de moi-même. Bien souvent, je reviens trouver l'acheteur, le supplie de me rendre mon « œuvre ». En riant, il accède à ma prière.

— Mais toi, il faut me rendre mes dix sous.

Je ne veux rien entendre, je m'enfuis en pressant le dessin contre mon cœur.

Je produis deux ou trois dessins chaque semaine, alourdissant ainsi ma tirelire et suscitant l'admiration familiale.

— Il a de qui tenir, ce petit, se réjouit grand-mère Louise, mon frère, Jeanet, quand nous étions au Mézy et qu'il était malade de sa jambe, il n'arrêtait pas de sculpter des têtes dans des marrons, de tailler de jolis fuseaux, les voisines se disputaient pour les lui acheter, et vous voyez, c'est un artiste maintenant.

Elle jette un regard connaisseur sur les vases de porcelaine aux formes pures, œuvres et cadeaux de son frère.

— Et puis, remarque maman rougissante, Pierre aussi adore tout ce qui est beau.

Elle caresse furtivement d'un doigt l'une des statues dont son mari, malgré leur impécuniosité, a orné le logis. Ce sont des dames toutes nues que j'aime bien regarder. La plus grande de marbre blanc est plus haute que moi, elle est debout sur un socle, une draperie enserre ses jambes ; dénudés, ses hanches, son ventre, sa gorge, ses bras, ses épaules offrent une plénitude voluptueuse... La belle tient dans la conque que forment ses mains un papillon qui a la taille d'un oiseau, et elle penche son visage comme pour frôler les ailes du captif.

— Ah ! oui, murmure grand-mère en jetant un regard réprobateur à l'impudique statue, quand je pense qu'à peine étiez-vous mariés, il s'est mis dans les dettes pour acheter à tant par mois celle-là.

— Pierrot a voulu m'entourer de choses belles, alors il a bien fallu qu'il achète à crédit.

— Pour votre salle à manger, d'accord, concède grand-mère.

Elle soupire, puis :

— Ma pauvre petite, je n'ai pu vous offrir que votre chambre.

— Mais maman, le lit, l'armoire à glace, tout ça, c'est beau, tu nous as gâtés.

Elles m'oublient en parlant de ces meubles. Je m'accroche à leurs jupes.

— Dis, et les autres, où il les a trouvées ?

— Les autres quoi ?

— Les autres dames.

— Ah, les statuettes... Ton papa les a ramenées de la guerre.

— De la guerre ?

— Je veux dire : il les a ramenées d'Italie, il y a beaucoup de sculptures là-bas et beaucoup d'artistes.

— Comment elles s'appellent ?

— Celle-ci, c'est Phryné, et là, celle qui est étendue, c'est Psyché, le jeune homme qui se penche vers elle, c'est l'Amour.

— Pourquoi il a des ailes ?

— Pour pouvoir voler.

— Et pourquoi il est tout nu ? Et les dames aussi ?

— Oh ! Monsieur-pourquoi-pourquoi, tu nous fatigues avec tes questions... Tu ferais mieux de dessiner, tiens.

Et je dessinais.

— Qu'est-ce qu'il y a sur ton dessin, petit ?

— Tu vois pas ?

Ils ne reconnaissaient pas ce... Lamour, comme ils le nommaient, volant dans le ciel, et en bas, les dames sans voiles qui l'appellent.

III

— PAN ! Boum ! Pan !

— Ah ! petit, la guerre est finie, finie, tu pourrais pas jouer à autre chose ?

Ces lamentations de ma mère, de ma grand-mère, au long des jours : « Le fils Blanzac, disparu... Le frère de Jeanne, on a dû l'amputer d'une jambe... Les Duchemin, leur aîné est revenu, deux ans de captivité au fin fond de la Prusse, il est dans un état, méconnaissable... Tu sais, Élise, Jeanet est inquiet pour le Gros (on appelait ainsi, Henri, l'aîné des fils de mon grand-oncle), les gaz ont dû ronger ses poumons, il n'arrête pas de tousser. »

Maman soupirait. Elle restait un moment rêveuse, puis, peu à peu, un sourire glissait dans la profondeur bleue de ses yeux. Du moins, elle, son guerrier allait revenir, la vie allait reprendre, leur vie de jeunes mariés sur laquelle la guerre venait de leur voler près de cinq années.

— Des millions, des millions de tués, grommelait pépère Jules, elle est belle, leur société de marchands de canons !

Et mon père revint. Il revint harassé, égaré devant cette ville qui lui était devenue étrangère. Il eût pu rester dans l'armée, et, jeune lieutenant chargé de décorations et de citations, y faire carrière, mais ce héros... au regard sévère... qui, sans se plaindre jamais, avait enduré tant de saisons en première ligne, pris part à tant d'offensives dont certaines — il le savait — criminellement inutiles, notamment celle où les gaz l'avaient aveuglé, brûlé, à demi asphyxié (de la civière sur laquelle on l'emportait, il cria au colonel qui voulait lui donner sa propre croix de la Légion d'honneur : « Gardez votre croix, vous êtes un assassin ! »), ce patriote exécrait l'esprit militaire et le militarisme. Nanti du modeste pécule ramené de l'armée, il revint voir les patrons de l'entreprise où il était comptable avant les hostilités. On le reçut avec force compliments : comme on était heureux de le revoir sain et sauf, ah ! il avait de la chance, lui, de revenir de là-bas... On lui vouait, comme à tous ses camarades qui s'étaient magnifiquement battus pour sauver la patrie, on leur vouait une reconnaissance éternelle. Mais voilà, il avait bien fallu que l'entreprise continuât pendant qu'il était au front... C'était le devoir de l'arrière, n'est-ce pas, de travailler, de maintenir le pays en état de marche... Alors on avait été forcé de le remplacer et, ma foi, maintenant, puisque sa place était prise, eh bien... il lui faudrait chercher ailleurs... Bah, connu, estimé comme il l'était, il n'aurait nul souci à se faire, il trouverait facilement un emploi.

Il frappa à d'autres portes, partout il entendit les mêmes discours sur la dette contractée par le pays entier envers ses glorieux défenseurs et, partout, avec politesse et regrets, on lui signifia que, décidément, les places étaient toutes occupées ; d'ailleurs, les affaires avaient si mal marché pendant la guerre, elles paraissaient encore si précaires... Les temps demeuraient si difficiles.

Et lui, le téméraire qui, à peine était-il démobilisé, avait incité son épouse à quitter l'emploi de secrétaire à l'état-major ! Il la voulait toute à lui, elle lui avait tant et si longtemps manqué, peut-être aussi était-il de tempérament jaloux, enfin il pensait qu'elle devait d'abord élever son fils... et les autres enfants qu'il rêvait sans doute de lui donner.

J'ai su, plus tard, la tristesse et l'inquiétude éprouvées alors par mon père, bien qu'il n'en soufflât mot autour de lui.

Au bout de quelques mois de cette vaine quête, il se décida brusquement : un de nos voisins, homme d'un certain âge, possédait un modeste portefeuille de représentant, il vendait ainsi aux grossistes je ne sais quels produits alimentaires et percevait des commissions sur ces ventes. Il convainquit mon père de lui acheter le portefeuille. Les économies du « chômeur » fort entamées par les premières semaines d'attente ne suffirent pas pour payer la somme requise ; il fut convenu que l'acquéreur partagerait le fruit de son travail avec le vendeur, jusqu'à ce que la dette fût épongée.

Quant à moi, je continuais à mener ma vie d'enfant sans que rien n'y fût changé, sinon la joie nouvelle de voir maman toute la journée, joie, il est vrai, assombrie, chaque soir, lorsque venait l'heure d'aller dormir, non plus dans la chambre d'où l'ex-guerrier m'avait chassé, mais dans la salle à manger où l'on avait de nouveau — mais cette fois sans espoir de retour — installé mon lit. Enfin, il me fallait bien me résigner à cette organisation comme aux réprimandes de mon père que mes caprices et plus encore mes pleurnicheries agaçaient.

J'ai imaginé depuis lors combien il pouvait être épuisé et irritable lorsqu'il rentrait à la maison après avoir en vain « visité » les clients de notre ancien voisin. Que de rebuffades, de déceptions il devait encore subir ! Les marchands ne se gênaient certainement pas pour lui faire sentir et même pour lui dire que les « marques » dont il proposait les produits étaient à leurs yeux de second ordre, qu'en outre, ils étaient excédés de recevoir les offres de service de représentants et de voyageurs de commerce plus nombreux que jamais, à croire que les citadins revenus du front ne trouvaient, pour la plupart, d'autre emploi que celui de... placier. C'était donner à entendre que les combattants auraient mieux fait « d'y rester ». Sans doute finit-il par penser que, là aussi, face à ces mufles, dans cette « paix retrouvée » qui ne ressemblait guère à son espoir, il fallait faire front, il fallait tenir, qui sait même? passer à l'attaque. C'est ce qu'il fit le jour où il annonça la prochaine installation chez nous d'un téléphone! Maman s'effraya : se lancer dans de nouveaux frais, alors qu'ils étaient endettés, et que si peu d'argent entrait à la maison. Mon père tint bon. Bientôt je pus admirer cet étrange appareil dont on m'assurait qu'il permettait de parler avec des gens situés à d'immenses distances. « Est-ce qu'on pourrait parler avec pépère et grand-mère de Châlus? » Certainement. Je ne pouvais le croire. Châlus, pour moi, c'était le bout du monde, à une trentaine de kilomètres de Limoges.

— Et chanter?... Le téléphone, ça peut chanter?

C'est que, le dimanche matin, lorsque grand-père Jules m'emmenait place d'Aine où se tenaient, près du marché aux puces, les chanteurs des rues, j'avais pu voir une sorte d'énorme fleur de liseron posée au-dessus d'une boîte, et, en même temps, j'entendais une voix de femme, une voix un peu bizarre, chanter : « Je t'ai rencontré... simplement... et tu n'as rien fait pour chercher... à me plaire. » Les badauds faisaient cercle; je tentais de les écarter car je n'apercevais pas la chanteuse. Quand je fus enfin au premier rang : rien, pas de cantatrice, et pourtant la voix chantait toujours. Mon grand-père eut beau m'assurer que c'était la machine, « un phonographe », qui faisait entendre cette chanson, je continuais à me tourner de tous côtés pour découvrir la soprano. Je conclus qu'elle devait se cacher dans la boîte sous le liseron géant. « Je veux voir la petite dame ! » m'écriai-je. Grand-père Jules eut du mal à m'empêcher d'aller jusqu'à l'appareil ; j'eusse certainement fait tomber le phonographe dans l'espoir que sa caisse se brisât et qu'en sortît la minuscule chanteuse emprisonnée.

Le téléphone, lui, n'avait pas de caisse où pourraient se cacher les parleurs. Mon père le décrochait et parlait à ce bout de bois et de métal. Il l'appelait « monsieur », lui demandait comment il allait, énonçait des chiffres — les mots kilos et francs revenaient souvent dans ses phrases. D'autres fois, on entendait une sonnerie. Mon père se précipitait sur le téléphone : « A l'eau ! A l'eau ! » répétait-il. Un jour, peu de temps après l'achat de cette mécanique, la sonnette se fait entendre, mon père s'empresse :

— J'attends un coup de téléphone de La Ruche, souffle-t-il. A l'eau ! A l'eau ! Oui, c'est moi. Je vais bien... et vous ?... Oui, oui, je note. Je vous remercie. J'envoie la commande dès ce soir. Au revoir, monsieur.

Il court vers maman, la serre contre lui, l'embrasse.

— Lison, Lison, hein, tu avais peur parce que j'ai fait cette dépense du téléphone ! Le patron de La Ruche vient de me commander un wagon de sucre, tu entends, un wagon ! Nous serons bientôt riches !...

— Un wagon, un wagon de sucre, répétait Élise songeuse ; puis elle se met à rire et rend ses baisers à l'ancien poilu, métamorphosé en homme d'affaires.

Décidément, les parents ! Ils parlaient à une mécanique, le patron des abeilles commandait un wagon en sucre, et ils allaient être riches ! Et comment ferait-il, mon père, pour construire un wagon en sucre ? Ce serait sans doute un wagon miniature comme ceux que j'avais pu admirer à la vitrine d'un marchand de jouets, car imaginer un de ces énormes wagons que je voyais à la gare, fabriqué en sucre, cela dépassait l'entendement.

« Nous serons bientôt riches ! » Sans doute, si le miracle était devenu quotidien ! Mais, après cette commande prodigieuse, le téléphone semblait bouder, il ne sonnait plus guère. Tout de même, en signe de joyeux avènement, maman eut droit à une nouvelle robe et moi à une chèvre sur roulettes suffisamment grande pour que je pusse y monter à califourchon.

Riche, ni alors ni plus tard mon père ne le devint ; du moins peu à peu ses affaires s'améliorèrent et, à force de travail, il parvint à une certaine aisance qui, à mes yeux d'enfant, et même d'adolescent, me semblait digne d'un « millionnaire ». Déjà, le seul fait de posséder un téléphone, n'était-ce pas signe de fortune ? Mes grands-parents n'en avaient pas et n'en auraient jamais de téléphone. Mes grands-parents de Limoges, bien sûr, les ouvriers. Ceux de Châlus non plus d'ailleurs, eux pourtant passaient pour riches, d'après les dires de grand-mère Louise et de maman, pour riches et avares. Certes, comparées à la pauvreté de Louise et de Jules Reix, les possessions d'Emmanuel et de Marie Clancier (leur maison de Châlus où grand-père tenait échoppe de sabotier et commerce de bois, leurs terres des Bessières et de Négrier, plus un pré sur la route de Dournazac où Emmanuel faisait paître son âne et, à l'automne, préparait les barils de champignons — cèpes et girolles qu'il achetait à travers la campagne environnante afin de les expédier à quelque conserverie de Périgueux ou de Bordeaux —, leurs possessions donc faisaient figure de trésor. Ils avaient vu d'un œil torve le mariage de leur cadet avec une fille de la ville, une sans-le-sou, et une sans-Dieu par-dessus le marché. « Pierre, puisque cette fille ne t'apporte pas de dot, nous ne te donnerons rien non plus. » C'est le marié qui dut pour le repas de noces payer deux louis d'or le déjeuner de ses parents ; sans cela ils n'auraient pas daigné se déranger et faire le sacrifice du prix de l'aller-retour en chemin de fer Châlus-Limoges. Le reste du banquet — une trentaine de personnes conviées à l'hôtel Vialle —, la toilette de la mariée et les meubles de la chambre nuptiale absorbèrent les maigres économies constituées sou après sou pendant plus de dix ans par ma grand-mère Louise.

Un an plus tard, à ma naissance, la dévote Marie Clancier ayant demandé par lettre quand son petit-fils serait baptisé, sans rancune mes parents proposèrent qu'Emmanuel fût mon parrain. Les choses se gâtèrent lorsque le couple villageois prétendit que le baptême devait donc avoir lieu à Châlus, le reste de ma famille tenant pour l'église de ma paroisse natale, mais pour cela il eût fallu à Emmanuel et à sa femme faire à nouveau les frais du voyage. Les semaines, les mois passèrent, l'été survint, et la guerre, du baptême il ne fut plus question. Marie Clancier dut penser que les ouvriers, les villauds, les Rouges, les sans-Dieu entraînaient définitivement son fils et le fils de son fils dans le sillage de Satan. Elle fit donner la garde en la personne d'une sienne cousine germaine — laquelle avait fait des études, était entrée au couvent et se trouvait en 1914 jeune mère supérieure d'une communauté au Canada. La religieuse écrivit de belles lettres très chrétiennes à ma mère qui y répondit poliment, jusqu'au jour où l'épouse de Notre divin Seigneur s'avisa, dans l'une de ses missives, d'affirmer que la guerre était le juste châtiment envoyé par Dieu, le Christ et la Vierge, pour punir la France, patrie de trop de mécréants. L'indignation de maman comme celle de toute sa famille fut grande. Désormais, les épîtres de la nonnette demeurèrent sans réponse. On devait pourtant faire sa connaissance beaucoup plus tard : un quart de siècle était passé, la sainte Trinité venait d'envoyer une nouvelle guerre pour punir les libres penseurs de France et de Navarre, et notre cousine était devenue générale, je veux dire mère générale de son ordre en la maison mère du Puy. De passage en Limousin pour une mission, elle faisait son pèlerinage familial : ni maman ni elle ne firent allusion à leur ancien échange épistolaire, et la générale qui me parut une vieille femme pleine d'autorité et point sotte se garda de risquer des commentaires sur Hitler, instrument des vengeances célestes !

Je n'attendis pas aussi longtemps pour faire la connaissance de ma grand-mère de Châlus et de mon grand-père. Ce dut être en 1919 que fut prise la photo où j'apparais à califourchon, non plus sur ma chèvre, mais sur un âne, un bel âne en chair et en os, et, près de ma monture, le petit homme qui tient ma jambe de crainte sans doute que je ne tombe, c'est Emmanuel, l'œil malicieux, la moustache à la Gauloise, le chapeau plat enfoncé sur le crâne. Sans doute, retour de la guerre, et toujours sans rancune (il ne reçut pas un seul colis de ses parents pendant ses années de tranchées), mon père estima-t-il qu'avec femme et enfant il se devait d'aller visiter ses parents.

Le voyage à Châlus fut pour moi pendant quelques années : le Voyage. Chaque fois que je jouais « au chemin de fer », en poussant sur le palier quelques carrés de bois figurant wagons et locomotives, ma destination était, invariablement, Châlus. Ce bourg pourtant ne devait guère alors me séduire malgré ses tours médiévales qui vers la fin de mon enfance me firent souvent rêver ; les rues grises me semblaient tristes, et triste la maison familiale où grand-mère Marie m'empêchait de jouer et nous contraignait à chuchoter à cause d'un mystérieux « malade » — qui quelques années plus tard devait m'intriguer et m'inquiéter profondément — dont nous entendions les pas au-dessus de la cuisine. Mais il y avait l'échoppe du sabotier Emmanuel, ses outils, son établi, les monceaux de copeaux, les rangées de sabots de toutes tailles, certains si jolis sous leur vernis et leurs ornements peints ou gravés au feu ; il y avait surtout l'âne logé dans l'écurie et qu'on attela pour nous mener au pré sur la route de Dournazac, l'âne sur lequel je fis le tour de ce pré.

— Quand on revient à Châlus ?

Combien de fois je dus lasser maman avec cette supplique. Elle n'aimait pas se rendre là-bas.

— Rien que d'y songer, disait-elle, et me voilà abattue.

Elle ne connaissait pas la joie, elle, des chevauchées sur l'âne d'Emmanuel.

Dans mes dessins d'alors, l'âne apparaissait souvent. J'en parlais à nos familiers et à nos voisins. Même la bonne, grosse, rose laitière qui chaque matin nous apportait lait et légumes de sa ferme, que j'appelais la Rouge et qui était ma bête noire car elle se plaisait à me taquiner, à me dire par exemple : « Tiens, tu as un joli jouet, je vais l'emporter pour mes enfants », et moi, furieux, je lui arrachais le pantin ou le camion des mains, en hurlant : « Ah ! la Rouge, je vais te faire brûler dans ma cuisinière », oui, même à elle, je vantais les mérites de l'âne de Châlus, sachant qu'elle ne pourrait pas me le prendre. Je le comparais au vieux cheval qui traînait à travers la ville la charrette de la laitière, j'assurais qu'à la course mon âne battrait cent fois cette haridelle.

J'aimais par-dessus tout confier mes souvenirs de voyage châlusien à notre jeune voisine, Suzanne Lacore. Quel âge avait-elle ? Quinze ou seize ans, je crois. C'était une douce aux cheveux châtains. Mes parents s'étaient liés d'amitié avec sa mère qui était veuve. Ils me laissaient volontiers à la garde de Suzanne. Elle ne quittait pas son fauteuil près de la fenêtre au rez-de-chaussée. Il lui fallait beaucoup, beaucoup de repos, assurait sa mère. Suzanne me parlait d'une voix frêle, moi je lui racontais mes aventures : le bruit, la vitesse du chemin de fer, la traversée des tunnels, le passage sur un viaduc d'où l'on voyait tout en bas briller une rivière, l'arrivée à la gare, les moustaches d'Emmanuel, les copeaux, les sabots dans l'échoppe, et bien sûr la promenade à dos d'âne. Elle souriait, feignait de s'étonner des péripéties que je lui contais pour la centième fois. Pour la récompenser de son attention, je lui donnais des dessins.

Suzanne avait beau se reposer, ses forces ne revenaient point, elle devenait de plus en plus mince, de plus en plus pâle. A peine entendait-on sa voix et elle toussait. « Une mauvaise bronchite », soupirait sa mère. « Lorsqu'il fera beau, je l'emmènerai à Ambazac, là-bas notre maison possède un jardin, l'air y est bon, Suzanne sera vite guérie. » Ma grand-mère, ma mère qui me couvraient de lainages, prenant des mines inquiètes s'il m'arrivait d'éternuer, continuaient à me laisser chaque jour des heures entières en compagnie de la malade. Au printemps, à mon grand désespoir, elle partit pour Ambazac. L'air du jardin ne la sauva pas, elle mourut dans l'été d'une phtisie galopante.

Quand, une douzaine d'années plus tard, après une première alerte vers l'âge de neuf ans, j'eus besoin, à mon tour, de « beaucoup, beaucoup de repos », car mes poumons... je me souviens de maman, éplorée, s'écriant : « Et dire que nous te laissions toute la journée auprès de Suzanne, nous étions inconscientes, ma mère et moi !

Comment as-tu échappé à la contagion à ce moment ? Tu aurais pu mourir d'une méningite, on ne pouvait rien en ce temps-là, il y avait bien des enfants que la méningite tuberculeuse emportait ! »

La jeune fille disparue, sa mère se retira à Ambazac. Mes parents lui succédèrent comme locataires de son appartement, tout en gardant le logement que nous occupions déjà au second étage. Mon père installa son bureau avec le téléphone dans la pièce donnant sur la rue, les deux autres pièces abritaient la cuisine et la salle à manger ; au deuxième demeuraient nos chambres.

Dans la salle à manger, sur un coin de table dont on relevait le tapis, je dus m'astreindre à mes travaux d'écolier. Car c'en était fini des vacances perpétuelles de ma prime enfance : à la « rentrée » de l'automne 1919, ma mère m'avait conduit à la classe enfantine du Petit Lycée. Celui-ci occupait un bâtiment qui fut, sous les règnes de Louis XV puis de Louis XVI, la demeure de l'intendant d'Orsay et de ses successeurs : Tourny et le sage Turgot. Y étudiaient-ils leurs dossiers, comme nous-mêmes, deux siècles plus tard, nos leçons ? En tout cas, leurs noms étaient alors pour nous rien d'autre que l'appellation, respectivement, d'un jardin (le jardin d'Orsay), d'un carrefour (le carrefour Tourny) situé devant le Grand Lycée, et d'une rue (la rue Turgot). Ce n'était point leur ombre de personnages historiques qui me faisait trembler lorsque, tête basse, je passais le haut portail, traversais la cour d'honneur pavée de granit et me dirigeais vers le perron de la classe enfantine dont la salle occupait, au rez-de-chaussée, une avancée du palais de l'intendant.

Je devais être un enfant sage, honoré de l'amitié des « bons élèves », mes pairs : Marcel Michelet, ou bien Jacques Peuch (j'imaginais à peu près en quoi consistait le métier du père de Marcel : un garagiste; il n'en allait pas de même pour la profession du père de Jacques : un magistrat — à mes yeux ce devait être le roi des gendarmes auquel aucun voleur, fût-il le plus malin du monde, ne saurait échapper). Cette amitié sans problème ne m'empêchait pas de rechercher, non sans crainte, la camaraderie des « rebelles » : celle par exemple du grand Garnerie, chef incontesté de ceux-ci. Je rêvais, sans oser le lui dire, de faire partie de sa bande. La plupart du temps, superbement, il m'ignorait, imité de façon servile par ses sujets qui feignaient de ne pas me voir. Mais, parfois, si l'un d'eux venait à manquer, le grand Garnerie daignait me remarquer, immobile, rouge d'émoi, appuyé à un pilier du préau. D'une main, il me faisait signe; j'accourais, il m'expliquait ce que j'avais à faire. Dieu que la récréation passait vite. Sans doute, Garnerie ne jugeait-il pas convaincants mes exploits accomplis à son service, car il ne renouvelait pas souvent son appel. Il arrivait qu'il montât des équipes de Peaux-Rouges et de cow-boys; il s'efforçait alors qu'elles fussent les plus nombreuses possible, j'avais ainsi ma chance d'être désigné pour l'une d'elles. Mais, que je fusse sioux ou visage pâle, neuf fois sur dix, je ne parvenais qu'à me faire capturer par la bande ennemie. On m'attachait à l'un des tilleuls de la cour de récréation. J'avais beau savoir que nous étions en train de jouer, les menaces proférées par mes geôliers me causaient une frayeur que j'avais bien du mal à dissimuler.

Je soupirais d'aise lorsque enfin la cloche sonnait. Mon gardien défaisait mes liens, d'ailleurs plus symboliques que réels, et je me précipitais pour être un des premiers à rentrer en classe. Que le regard et la voix de l'institutrice, Mlle Vergnaud, me semblaient rassurants, je m'appliquais avec une ardeur nouvelle à déchiffrer les lettres ou les syllabes que d'une craie magistrale elle inscrivait au tableau.

— Alors, petit, l'institutrice est contente de toi ?

— Oh ! oui...

— Elle te l'a dit ?

— En sortant de classe, quand je suis passé devant elle, elle m'a dit : « Mon petit mignon, il faut enlever ta casquette quand tu passes devant la maîtresse. »

J'apprends à lire, à écrire, à compter, mais les niches, les mille sottises que peuvent faire les derniers de la classe me fascinent de telle sorte que, distrait, plus d'une fois j'écope une mauvaise note.

— Georges, tu as ton carnet de notes ? Donne-le-moi... Encore un quatre ! Et là, tout juste un cinq ! Tu m'avais pourtant promis... Tant pis pour toi, tu auras à faire à ton père !

Et le soir, lorsque le chef de famille a terminé ses comptes de la journée, à son tour il consulte le maudit carnet.

— Et voilà ! Monsieur a encore récolté de mauvaises notes ! Quand je te le dis, Lison, que ta mère et toi, vous le gâtez trop. Tu vois le résultat ? Eh bien, mon garçon, si la semaine prochaine tu as une note inférieure à la moyenne, samedi tu n'iras pas route d'Ambazac. J'irai moi-même t'attendre à la sortie et tu me montreras ton carnet !

Le samedi arrive, dans une heure je vais sortir du Petit Lycée, courant et riant ; grand-mère sera là, m'embrassera, me prendra la main et... en route pour les vacances jusqu'à lundi !

La maîtresse passe dans les rangs, à chacun elle remet son carnet. Mon cœur se met à battre fort cependant que je me risque à ouvrir le maudit cahier. Hélas, dans la colonne « conduite » : un 3 à l'encre rouge se tortille comme un serpent. C'est fini, mon père va venir, il l'a dit, il va m'ordonner : « Donne... donne ton carnet », et l'affreux serpent rouge du 3 fera éclater sa colère. J'attends un moment, puis, je me risque : de ma plume Sergent-Major trempée dans l'encre noire, je ferme les deux boucles du 3. Il devient ainsi un 8, mais un 8 mi-parti, rouge à droite, noir à gauche. Hop, je referme le carnet, ni vu ni connu.

A la sortie, grand-mère était là. Je me suis précipité vers elle, j'aurais tant voulu qu'elle me gardât dans ses bras, qu'elle m'emportât là-bas, dans le jardin et la maison du bonheur. Près d'elle, se tenaient mère et père, l'air suspicieux.

— Alors, Georges, montre-moi le carnet de notes.

J'ouvre le cartable, je n'arrive pas à mettre la main sur le cahier détesté ; enfin le voici. Mon père l'ouvre. Il reste un instant interdit, puis il montre la page à maman, d'un doigt lui désigne certainement le signe de mon forfait, le 3 rouge changé en 8 rouge et noir. C'est lui qui devient maintenant tout rouge. Il me saisit par le col de ma veste, m'arrache à grand-mère qui pâlit.

— Cancre ! Tricheur ! Allez, ouste, à la maison ! Je vais t'apprendre, moi, à te moquer de nous !

Je crie, je pleure, je supplie : « Grand-mère ! grand-mère Louise ! » La pauvre est toute blanche, on dirait qu'elle va pleurer elle aussi, mais la poigne paternelle m'entraîne et, soudain, grand-mère, tête basse, s'éloigne en hâtant le pas. Quant au faussaire mal avisé, il renifle, il sanglote tout le long du trajet. Arrivé rue Bernard-Palissy, on le met au lit sans souper.

Combien de fois, plus tard, ma grand-mère me conta qu'elle aussi ce soir-là, à peine arrivée route d'Ambazac, elle s'était jetée sur le lit, malade de mon chagrin, bien plus malade que je ne l'étais de mon « désespoir » qui ne résista sans doute pas à une nuit de sommeil.

Faut-il croire que la leçon porta ses fruits ? Peut-être, car je ne me souviens pas d'avoir encouru de nouvelles punitions pour de mauvaises notes. A moins que mes deux alliées, Élise et Louise, ne se soient liguées contre mon père pour l'empêcher dorénavant de sévir si jamais je récoltais d'autres 3 au lieu des 8 convoités.

La plupart du temps, la main maternelle me conduisait de la rue Bernard-Palissy au Petit Lycée, du moins pendant mes deux premières années d'école. Nous descendions la rue Montmailler, étroite, sombre, animée, sans que maman ne me lâchât une seconde, car le tramway passait au ras du trottoir.

Parmi les boutiques qui se succédaient jusqu'à la place Denis-Dussoubs, je n'ai mémoire que d'un magasin de vélos alignés derrière la vitrine, et dont la vue me faisait rêver d'escapades, de courses, de championnats, et, presque en face, d'une pharmacie où nous entrions parfois acheter quelque sirop destiné à me fortifier (j'aimais l'odeur qui régnait dans l'officine ; il me semblait pénétrer dans une immense pastille de gomme parfumée, j'aimais aussi les deux vases de verre pansus emplis l'un d'un liquide rouge, l'autre d'une eau bleue qui garnissaient l'étalage de chaque côté de la porte).

La place Denis-Dussoubs me paraissait le centre du monde. Plusieurs lignes de tramways vert et jaune s'y croisaient, des charrettes, des fiacres, parfois même une ou deux voitures automobiles tournaient autour de la statue érigée sur un haut socle de granit au milieu du carrefour : celle d'un homme barbu, le bras levé, la bouche ouverte, le cheveu long. Je croyais que la place tenait son nom d'une autre pharmacie devant laquelle on passait pour prendre la rue Adrien-Dubouché, et qui portait sur sa vitrine ce nom en lettres d'or : DUSSOUBS. Grand-père Jules plus tard me conta l'exploit de ce

Denis : lequel, ceint de l'écharpe tricolore empruntée à son frère député, monta sur les barricades parisiennes de 1848 dans l'espoir de convaincre les soldats : « Ne tirez pas sur le peuple ! » ; ce fut sur Denis qu'ils tirèrent.

Parfois, maman nous faisait emprunter un autre itinéraire où la circulation était moins turbulente ; nous traversions le champ de foire, longions le musée Adrien-Dubouché, coupions la place d'Aine bordée par le tribunal, sorte de temple grec lourdaud et gris, et dominée par la statue de Gay-Lussac. « Quand tu seras grand, tu iras au Grand Lycée, au lycée Gay-Lussac » — il me semblait que la haute statue se dressait sur mon passage pour me montrer combien seraient sévères, un jour, les heures au Grand Lycée, et je me demandais pourquoi alors on disait de ce lycée qu'il était... gai... Lussac ? Enfin nous descendions la rue Monte-à-Regret. Là aussi je m'interrogeais sur ce nom : c'est « Descente-à-Regret » qui eût convenu, puisque c'était à regret que les écoliers descendaient la ruelle conduisant au Petit Lycée tout proche, alors que, la classe terminée, ils montaient avec joie la côte qui les éloignait de l'école. On m'apprit que la prison jadis était voisine du bâtiment où se tenaient maintenant nos maîtres : se rendant au tribunal qui allait les condamner au gibet ou aux galères, les prisonniers montaient à regret le chemin menant de la geôle aux juges, d'où le nom de la vieille rue. Quand je la prenais au retour, je ne manquais pas de m'arrêter, malgré les protestations maternelles, devant la boutique brunâtre d'un horloger. On pouvait y admirer toutes sortes de montres, de réveils, de pendules, en particulier une horloge dont le balancier agitait à sa base deux poupées, l'une blonde, l'autre aux cheveux châtains, qui me regardaient, me semblait-il, avec de grands yeux étonnés ; en outre, au-dessus de la porte s'avançait, en guise d'enseigne, une énorme montre de cuivre, grosse comme une roue de camion.

De loin en loin, il arrivait que ce fût mon père qui me conduisît à l'école. J'en étais fier, en même temps je regrettais de devoir marcher plus vite et de ne pouvoir m'arrêter et flâner sous n'importe quel prétexte comme je le faisais avec maman. Un jour que j'allais ainsi sous l'escorte paternelle, nous fûmes salués par je ne sais quel collègue de mon père, non loin de la place Denis-Dussoubs :

— Où allez-vous comme cela ? demanda le quidam.

— J'emmène mon gamin à l'école...

« Mon gamin ! » il a dit « mon gamin » !

Plus d'un demi-siècle plus tard, je retrouve — sans maintenant pouvoir en saisir la raison — cette impression de suffoquer, de m'étrangler de honte et d'indignation qui alors s'empara de moi. Je me tus tout le long du trajet ; le soir, rentré à la maison, je ne pus garder le secret qui m'étouffait, le confiai à maman. Elle éclata de rire : « Eh bien quoi, " mon gamin ", c'est gentil, papa a dit ça gentiment. » « Mon gamin », « mon gamin ». Elle eut beau dire et beau rire, je restai persuadé que cette appellation avait quelque chose d'infamant.

De son « gamin », mon père n'était guère satisfait. Il m'eût voulu à l'image de sa propre enfance, plus énergique, plus bagarreur. « Mais défends-toi, bon sang », grondait-il, lorsque je rapportais plaintivement quelque mauvais tour que me jouaient les chenapans de l'école. Une fois, on me ramena mal en point à la maison : une plaie et une bosse assez laides sur l'arête de mon nez que j'avais alors, je crois, encore menu et droit. Comme je me tenais sur un muret longeant la cour de récréation, un écolier s'était glissé derrière moi et... vlan, des deux mains, il me pousse, je tombe, m'écrase le nez sur le sol.

On me relève, étourdi, ensanglanté ; on me lave, on me panse, et je ne sais plus quel employé me reconduit rue Bernard-Palissy. Une fois l'émoi de la famille un peu apaisé, lorsque j'eus raconté à mon père l'accident dont j'avais été victime, il s'écria :

— J'espère que tu l'as remis à sa place, cette brute !

— Oh ! oui... Je lui ai dit comme ça, trois fois, bien fort : Vilain ! Vilain ! Vilain !

Je devais décourager mon père, lui qui, dans son enfance châlusienne, gringalet batailleur, rossait tout garnement qui osait lui chercher noise, l'insulteur fût-il deux fois plus grand et plus gros que lui ; il s'attaquait même à qui s'en prenait à son frère aîné, le doux Baptiste, brisant un jour la jambe à un vaurien qui avait frappé celui-ci. Voilà ce qu'il arrive à qui s'en va se battre avec les Boches, laisse deux tendres femmes élever son fils, puis, au retour des tranchées, d'une forte voix entend ramener à trop d'obéissance le « gamin » changé en craintif tyranneau ! Du moins lui faisait-on plus d'une fois compliment de ce fils peu belliqueux :

— Comme il est sage, votre garçon, comme il est sérieux. Il travaille bien à l'école, je parie ?

— Oui, oui, répondait-il en souriant, Georges ira loin si les petits cochons ne le mangent pas en route.

Je n'appréciais guère cette remarque. J'irais loin ? Mais où donc ? Et pourquoi ? Et ces cochons, risquais-je vraiment un jour d'être mangé par eux ?

Ainsi se creusait le fameux « fossé entre les générations » ! Qu'on m'entende. J'étais fier de mon père, de l'officier dont, bambin, j'avais arboré les décorations pour me pavaner ensuite dans les rues ; j'étais fier aussi qu'il fût le maître du téléphone. Et je suis sûr qu'il aimait ce fils qu'il eût voulu plus combatif, cet enfant dont les yeux lui rappelaient le regard bleu rêveur de sa Lison. Mais, sottement, sournoisement, s'installe dès l'origine le malentendu entre père et fils ; pas plus l'adulte que l'enfant ne le soupçonnent et il demeure entre eux, au cœur même de leur réciproque affection, faisant croire à l'un que l'autre ne le comprend pas, donc ne peut l'aimer pleinement. Il faudra, trente ans plus tard, qu'une crise survienne dans ma vie d'homme pour que soudain mon père se révèle à moi comme l'ami, comme le « frère » silencieux, pudique, dont la main nous sauve.

Pour le moment, il demeurait le jeune père de famille — à mes yeux si vieux avec son crâne chauve et ses cheveux déjà blancs — ne sachant comment s'y prendre avec ce bébé de cinq ou six ans qu'il n'avait pas vu vivre ni grandir.

Ce que j'aimais bien, c'était quand, rentré de l'école, je le voyais revenir avant le repas du soir, s'installer à son bureau, prendre le téléphone et « passer des ordres ». « Allô, mademoiselle, je voudrais Paris » — ou bien Marseille, ou Lyon ; ces villes où des usines fabriquaient les produits : sucre, conserves, huile, savon, qu'il devait vendre. Quelle importance il revêtait alors à mon regard ! Je le revois, le téléphone au poing, son beau front éclairé par la lampe de bureau à abat-jour vert : « Allô, mademoiselle ! mademoiselle ! Ne coupez pas ! Allô ! monsieur, vous m'entendez ? Notez, je vous prie : Dix mille. Dix mille kilos de sucre, raffiné, n'est-ce pas ? » J'imaginais ces murailles, ces montagnes, ces wagons, ces trains de sucre... « Franco ! J'ai dit : franco ! »

Le bureau s'encadrait dans la porte de la salle à manger où j'étais censé faire mes devoirs, apprendre mes leçons. J'aurais voulu que mes camarades, l'institutrice, toute l'école fussent là derrière moi, pour voir eux aussi mon père dans l'exercice de ses fonctions, dans sa gloire. Ils en auraient fait une tête, les copains, ils n'auraient plus osé me chercher chicane : « Dix mille kilos de sucre ! Clancier, son père, il téléphone ça au bout du monde, à Paris, et il commande des trains entiers de sucre, ou alors, à Marseille, des bateaux garnis d'huile, de tonneaux d'huile qui viennent d'Afrique là où il y a des nègres. »

J'aime bien aussi quand mon père est content et qu'il chante : « Lorsque tout est fini », ou bien « Ma mère, oui je la vois, oui je revois sa douce image », ou encore : « L'amour est enfant de Bohême » (je comprends : « L'amour est au fond des bois... Aime »). Qu'est-ce que c'est donc, cet aaamour dont les grandes personnes ont plein la bouche ? A la fois ça m'étonne et ça m'inquiète, mais quand même c'est gai, la maison est gaie, je la sens autour de moi solide et tendre quand mon père chante. Il a une belle voix, une voix de ténor, dit maman, et, pour chanter, il parle pointu comme les Parisiens. Je préférerais qu'il m'apprît ses chansons, dont je retiens d'ailleurs l'air facilement, plutôt que ces fables de l'école où les animaux me paraissent bizarres et par trop bavards. Maman s'acharne à me les faire répéter le soir. « Bon, ça va, finit-elle par concéder, tu la sais à peu près, ta fable. Je te la ferai répéter demain matin avant d'aller en classe. Comme cela, tu auras une bonne note. »

Grand-mère Louise aurait tellement voulu que sa fille devînt institutrice, mais, maman, non, à la fin les études l'ennuyaient. Elle doit avoir quelque remords, c'est peut-être pour cela qu'avec moi elle s'applique à faire l'institutrice, une institutrice pour moi tout seul.

— Eh bien, Lison, si on passait à table ?

— Si tu veux, je lui faisais réciter sa fable.

— Il la sait ?

— Ça peut aller.

Père se frotte les mains : son épouse est belle, le sucre se vend bien, son fils lui fait honneur. Il me regarde, me sourit, se penche vers moi. Je sens l'odeur de tabac, son odeur. Maman attache la serviette derrière mon cou. « Tu crois qu'il n'est pas assez grand pour faire cela lui-même ?... Quand il sera au régiment, il faudra qu'il se débrouille tout seul. »

Ça y est, le charme est rompu. Au régiment ! Je ne veux pas y aller, au régiment. Pourquoi et de quel droit veut-il m'y envoyer ?

Après le dîner, je fais traîner mes préparatifs : placer mes cahiers, mes livres, mon plumier dans ma « carnassière », ranger mes jouets. Père, revenu à son bureau, prépare, lui, sa « tournée » de demain. Je lui pardonne son accès de tyrannie, car il me semble soudain un écolier comme moi, mais les objets qu'il manipule sont plus plaisants et plus prestigieux que les miens. Il ouvre une mallette noire, fait jouer ses compartiments que protège une vitre ; il y glisse des tubes transparents garnis de bonbons roses, jaunes, verts, ailleurs des friandises enveloppées dans des papiers d'or, d'argent ou de pourpre, ailleurs encore des fioles ou des bidons miniatures. Ma gourmandise n'est pas éveillée à cette vue, je sais que ce sont là souvent des sucreries factices, faites de bouts de plâtre ou de verres colorés ; rares sont les « échantillons » qu'on peut manger.

— Allons, Georges, il est temps de monter se coucher... Va embrasser papa.

Je m'approche du bureau. Le maître du téléphone est maintenant plongé dans sa correspondance. Il écrit des lettres d'une écriture fine et ferme, puis il plaque sur le papier une autre feuille, jaune celle-ci, et mince comme une pelure ; ensuite il place ces feuillets sous une presse en bronze, tourne le levier qui actionne lentement le plateau mobile, encore un tour de vis, un autre, un autre. Il attend quelques instants, desserre l'emprise de la presse, en sort le dossier : la lettre originale s'est imprimée sur le papier pelure.

— Ça t'intéresse, petit ? Tu vois, il me faut garder un double des lettres que j'envoie.

Je hoche la tête comme si je comprenais. Il reste un moment pensif avant d'ajouter :

— Dès que je pourrai, j'achèterai une machine à écrire.

Il me regarde, semble étonné de ma présence.

— Tu n'es pas encore couché, mon gros ?

Il pose un baiser sur mon front que chatouille sa courte moustache.

Je m'endormirai au second étage en essayant vainement d'imaginer ce que peut bien être cette machine à écrire.

Si un jour nous en avions une à la maison, ne serais-je pas dispensé dorénavant d'aller à l'école ? Je n'aurais plus besoin d'apprendre à écrire, la machine écrirait à ma place.

Le jour vint où mon père put réaliser son nouveau rêve. Il apporta une caisse noire, la posa sur le bureau, nous appela maman et moi, ouvrit la boîte, en sortit l'engin. Je m'approchai, le nez sur le clavier : c'était bien une machine à écrire puisque je reconnaissais, je lisais les lettres apprises en classe. Papa s'assit, glissa une feuille blanche dans la mécanique, puis, d'un doigt, se mit à taper sur les touches. Il s'arrêta, observant son œuvre. D'un geste qui fit crisser les rouages, il tira le papier, me le tendit.

— Lis, petit.

Intimidé, je déchiffrai difficilement le texte, l'épelant à mi-voix :

Pierre Clancier
Agent commercial
7 rue Bernard-Palissy
LIMOGES

Mes parents souriaient.

— Il va falloir que je me mette à la dactylographie, dit l'agent commercial.

— Je t'apprendrai, Pierrot ; au bureau de l'état-major je tapais quelques lettres... Tu sais, ajouta maman, ce qu'il faudrait ?

Il l'interrogeait du regard.

— Du papier à en-tête commercial.

Rougissante, elle reprit :

— Oh ! non, non... c'est trop de dépense, cette machine aujourd'hui, ça doit coûter une fortune... Une Underwood !

— Pas du tout, Lison, pas du tout, je l'ai achetée d'occasion à un collègue... Souviens-toi, ta mère et toi, vous vous inquiétiez quand j'ai fait installer le téléphone, et tu as vu, grâce à ce machin (il fit osciller l'écouteur du téléphone)... le succès...

L'Underwood nous valait un surcroît de considération de la part des voisins. Depuis peu, un jeune ménage s'était installé au premier étage : lui était chauffeur de taxi, il travaillait nuit et jour ; son épouse, fière de l'argent qu'il rapportait à la maison, tenait à montrer qu'eux aussi... faisaient carrière.

— Avec mon mari, disait-elle, nous n'allons pas tarder à avoir de quoi. D'ailleurs, il m'a offert de me payer des leçons...

— Quelles leçons ? demandait maman.

— Ah ! c'est à moi de choisir, il a dit... comme je voudrai... des leçons de piano, ou, si je préfère, des leçons de machine à écrire.

C'était bien une sorte de musique, il est vrai, que faisait dans la nuit l'Underwood. Parfois mon père la montait au second étage ; alors, dans mon lit, je me laissais bercer par le cliquetis de la frappe, scandé régulièrement par une brève et frêle sonnerie quand le chariot butait en fin de course et de ligne. Je m'endormais, gardant en moi l'apaisante image de mon père au travail devant sa machine.

IV

— JULES, qu'est-ce qu'il y a aujourd'hui, dans le journal ?

Mon grand-père relevait la tête, posait un instant, ouvert sur ses genoux, *Le Populaire du Centre.*

— Que veux-tu qu'il y ait ? Toujours la même chose...

Grand-mère haussait les épaules, cette réponse semblait l'attrister. Elle hésitait un peu, puis, avec un soupir de résignation, elle demandait :

— Et les morts ?

— Les morts... les morts, maugréait grand-père.

Il reprenait le journal, tournait une page.

— Brrr... On voit que c'est l'hiver... il y en a une flopée qui cassent leur pipe... Attends, je regarde, je crois pas qu'il y ait des connaissances.

Il lisait à mi-voix les noms des défunts : M. Louis Masson, retraité de l'imprimerie, Jean Feytiat, Mme veuve Pierre Dognon née Feuillade, dans sa 92e année...

Il émettait un sifflement admiratif.

— Feuillade ?... Feuillade ?... Ça serait pas Solange Feuillade ? Tu sais bien, les Feuillade de Saint-Yrieix ?... Mais oui, elle avait épousé un fils Dognon. Ah ! elle est morte, Solange Feuillade, la veuve de Dognon, de Pierre Dognon...

— On l'enterre quand ?

— Attends... Les obsèques auront lieu... vendredi... à onze heures... l'adresse 87, rue du Chinchauvaud.

— Il faut que j'y aille... Nos familles se fréquentaient à Saint-Yrieix.

— Tu ne serais jamais rentrée pour midi.

— Avant de partir, je te préparerai un plat, je le laisserai au chaud, dans le four.

Grand-père déjà n'écoutait plus, il était reparti dans sa lecture qu'il ponctuait parfois de rires brefs ou de : « Ça, pardon », ou encore de « Nom de Dieu » qui faisaient froncer le sourcil à ma grand-mère. Il arrivait même qu'il émît une remarque comme si nous partagions sa lecture : « Pardon, qu'est-ce qu'il lui a envoyé au préfet, Léon Betoulle, il n'a pas mâché ses mots ! »

— Hé, Jules, ton café va être froid.

— Hein ?...

La tête apparaissait de nouveau au-dessus du journal.

— Ah ! oui, merci, Louise.

Il repliait soigneusement *Le Populaire,* vidait d'un trait la tasse de café, puis de son gousset, sortait la grosse montre au boîtier et à la chaîne d'acier, objet de mon envieuse admiration.

— Moins cinq... Allez, au boulot.

Il se levait, ajustait sa casquette tout en marchant vers la porte. Là, il se retournait, nous souriait.

— Tu as de la chance, Georges, pour toi, jeudi c'est jeudi.

— Prends ton cache-nez, implorait grand-mère.

— Ah ! là, là, pour faire cinquante mètres d'ici à l'usine.

Il nouait tout de même le lainage autour de son cou, refermait vite la porte derrière lui pour ne pas laisser entrer le froid. Je l'entendais chausser ses sabots sur la marche de pierre. Le vent en malmenant là-haut le petit forgeron effaçait le bruit de ses pas.

Grand-mère achevait de desservir la table, elle l'essuyait, balayait les miettes qui jonchaient le plancher. Ensuite, elle venait s'asseoir près de moi, parfois reprenait un peu de café dans la cafetière laissée sur la cuisinière.

— Je ne suis pas raisonnable, disait-elle en prenant l'air d'une fillette grondée, peut-être ce soir, je ne pourrai pas m'endormir.

Quelquefois, elle rouvrait le journal, son regard errait d'une page à l'autre comme si elle avait pu comprendre les titres. Si je faisais mine de vouloir lire, elle refermait *Le Populaire,* le replaçait sur le coin de la machine à coudre où Jules Reix l'avait abandonné.

— Non, non, le journal, ce n'est pas pour les enfants. C'est... c'est trop triste... les accidents, les... les batailles.

— Mais... ce serait... je pourrais le lire pour toi, te le lire.

— Oui, peut-être, quand tu seras grand, toi, tu me le liras.

Un jour, sans doute, j'ai dû demander :

— Pourquoi tu sais pas lire ?

Et elle m'a raconté cette fois comme tant d'autres fois son enfance : le bonheur des premières années à la métairie des Jaladas où régnait le père ; les jeux avec ses garnements de frères : Marcelin, Jeanet, Henri, Aubin, la vaillance de la jeune mère ; la pauvreté aussi mais on mangeait à sa faim, et la tendresse était là, si chaude, et l'émerveillement devant les prés, le canal, les bois, les animaux, les nuages, les oiseaux. Ce bonheur eût-il duré, peut-être aurait-elle fini par aller à l'école, malgré les craintes du père ingénu à l'égard du savoir, de la lecture, de l'écriture (« Père Maigner, conseillaient les maîtres du domaine, vous ne savez ni lire ni écrire, vous, est-ce que cela vous empêche d'être un bon métayer ? Faites-en de bons laboureurs de ces enfants ! Pourquoi les envoyer à l'école ? »). La mère, elle, aurait voulu que sa Louise apprît à lire. Mais voilà : le malheur était si tôt venu, et la misère ; plus question, alors, plus jamais, de devenir écolière pour la fillette contrainte d'être servante, loin des siens, à sept ans.

Comme ils étaient tristes, les yeux couleur de noisette, cependant que grand-mère me parlait de cette enfant d'autrefois (il me semblait la sentir près de moi, j'aurais voulu la serrer dans mes bras pour la protéger, pour la consoler). Plus grave encore se faisait le beau regard lorsqu'elle disait :

— Pauvre père, il n'y avait pas meilleur homme, ni plus honnête. Le propriétaire chez qui il travaillait, lorsque nous avons eu quitté les Jaladas, un infirme et son couple de domestiques, trois démons, ils avaient écrasé avec leur voiture un fermier voisin, ils auraient voulu que mon père fasse un faux témoignage, dise que le fermier avait bu, qu'il s'était jeté devant la voiture... Tu penses, jamais mon père n'a voulu, alors ils lui ont fait tant et tant de méchancetés qu'il en devenait fou. A la fin, il a quitté la métairie avant les récoltes ; ça a été la ruine pour nous, la misère noire. Dans le faubourg de Saint-Yrieix où l'on est venu habiter, pas d'argent, rien, rien à manger, ma mère nous laissait au lit pour qu'on ait moins faim et moins froid. Le père courait toute la journée pour chercher du travail. Quand il rentrait le soir, il me paraissait vieux, vieux ; parfois il ramenait un sou, un seul sou, qu'il posait sur la table ; de mon lit je voyais son dos voûté secoué de soubresauts, et je devinais qu'il pleurait.

Les yeux noisette regardaient loin en eux-mêmes, si loin.

Une fureur m'envahissait : j'aurais voulu être grand, être fort, j'aurais voulu revenir ainsi dans ce temps si loin, si loin que contemplaient les beaux yeux, et là, je les aurais écrasés, tous les méchants, et j'aurais sauvé la fillette affamée, et son père, et sa mère.

— Qu'est-ce qui m'a pris de te raconter ça, vieille bête que je suis?... Ah! Oui, tu demandais pourquoi je ne savais pas lire?

Elle restait un moment pensive, me souriait.

— Tu sais, petit, tu as de la chance, toi, d'aller à l'école... Quand ça t'ennuie de rentrer en classe, d'apprendre une leçon, de faire un devoir, crois-moi, dis-toi qu'au contraire c'est une chance, tu verras... ça t'aidera.

J'en doutais fort. Je me disais que grand-mère Louise croyait cela, justement parce qu'elle n'avait jamais connu, elle, le poids accablant de l'école; par exemple : quand il fait beau et qu'on serait tellement mieux à jouer dans le jardin de la route d'Ambazac. Mais si mon regard croisait celui des yeux noisette, clair et désarmé comme devait l'être le regard de l'enfantine servante privée de pain, j'avais honte de mon ironie et je répétais en moi-même : « J'ai de la chance d'aller à l'école, j'ai de la chance... »

— On est vraiment stupide de pas pouvoir lire, reprenait-elle. Tu as vu... Je sais même pas ce qui se passe en ville ou ailleurs si ton grand-père n'a pas le temps de me dire ce qu'il lit dans le journal.

Elle riait, légèrement.

— Oh! mon frère, Jeanet, à un moment, il a bien essayé de m'apprendre, quand il était malade, jeune, quand sa jambe était malade et qu'il devait rester allongé... Moi, j'avais trop de choses à faire à la maison, et encore... quand j'y étais ! quand je n'étais pas placée... alors, on n'est pas allé loin.

Elle baissait le front comme prise en faute.

— Et puis, que veux-tu, je dois avoir la tête trop dure, ça ne peut pas entrer... Plus tard, Jules... pépère Jules, il a dit lui aussi qu'il allait m'apprendre... Il n'a pas tardé à abandonner la partie.

Que s'est-il alors passé ? Ai-je continué un instant à voir en ma grand-mère, au lieu de la femme que je vénérais et dont la tendresse me comblait, l'enfant que ses propos m'apportaient comme une amie ou une sœur à protéger, à aider ? Ou bien le vertige m'a-t-il poussé ? Ce vertige qui me prenait de n'être là, aujourd'hui, que le garçonnet sans pouvoir, au lieu de l'adulte tout-puissant que j'aurais voulu être dans le passé pour venger et pour sauver la petite Louise et les siens ? Je ne sais plus ; mais j'ai dû dire :

— Moi, je vais t'apprendre à lire.

Et elle ? Comment a-t-elle pu croire cet enfant, cet écolier ? Pour cela, n'a-t-il pas fallu qu'elle redevienne elle-même un instant la bergère d'autrefois qui rêvait de pouvoir déchiffrer les almanachs de ses frères ? N'a-t-elle pas oublié la femme, vive, vaillante, mais que peu d'années encore séparaient de la cinquantaine, et dont l'existence, depuis si longtemps, avait subi tant d'épreuves ? Ou bien a-t-elle eu souci de ne pas me décevoir sur le moment, tout en se disant au fond d'elle-même : « Demain, il aura oublié » ?

Je n'ai pas oublié. Rue Bernard-Palissy, j'ai retrouvé mon abécédaire de la classe enfantine — comme mon arrivée à l'école devait me paraître lointaine ! Deux ans déjà !

Le mercredi ou le samedi suivant, j'ai apporté toute

d'Ambazac le maître livre, le *Régimbeau,* et les leçons de lecture ont commencé.

Il me semble — ah ! comment vérifier en soi la mémoire du cœur ? — il me semble que, tant que durait la leçon, pour ma grand-mère et pour moi, les ans, ni la vie, l'enfance, ni l'âge, rien ne faisait plus différence entre nous. Et sans doute l'un et l'autre apportions-nous la même ferveur dans cette rencontre ! Elle pour tenter d'apprendre, de recevoir, moi pour que ces lettres, ces syllabes, ces mots, je parvinsse à lui en communiquer la clef. Mais ces signes qui me paraissaient si aisément reconnaissables, bien souvent mon élève demeurait comme aveuglée et muette devant eux. Alors, je lui rappelais les images qui accompagnaient les lettres dans le livre : l'âne pour le *a,* le pont pour le *p,* ou encore j'essayais d'inventer d'autres visions familières plus proches du dessin de chaque lettre : A comme une échelle double, les deux bosses de B... Mais voilà que ce même *b,* lorsqu'il n'avait plus la dignité de la majuscule du même coup perdait l'une de ses bosses et que ma grand-mère le confondait avec le *d.* Et combien de lettres ne ressemblaient à rien ! « Tu vois, petit, je suis trop vieille et trop bête... Je n'y arriverai pas... Je te fais perdre ton temps, va jouer, va... Ou bien tu as peut-être des leçons à apprendre toi, et au lieu de cela, je t'empêche de les lire. » Je m'obstinais cependant ; je lui affirmais qu'elle progressait, qu'au début, c'était ainsi, on avait l'impression de rester sur place, mais bientôt, elle verrait : à sa grande surprise, tout deviendrait facile.

Combien de temps, dura... mon enseignement ? Une année ? Deux ans ? Je ne le sais plus. Toujours est-il que d'un jeudi à un samedi, d'un dimanche à un mercredi, nous reprenions notre travail, joyeux et fiers lorsque les lettres puis les mots se laissaient capturer, apprivoiser par l'apprentie ; découragés quand lettres et syllabes refusaient de se lier malgré l'attention désespérée qu'elle leur portait.

Lors d'une leçon où tout allait bien, enthousiaste, je m'écriai : « Et puis après, je t'apprendrai à écrire ! » Je ne le fis pas, jamais ; ni même ne poursuivis assez longtemps pour lui apprendre à déchiffrer l'écriture manuscrite. Sans doute, au fur et à mesure que je grandissais, des « distractions » devaient m'écarter peu à peu de cette patience que j'apportais d'abord dans nos leçons, et puis, à l'école, ma propre charge de leçons et de devoirs allait croissant.

Quant à mon élève, tous les jours, tous les soirs où j'étais loin d'elle, elle s'appliquait à revoir, à relire les pages que nous avions étudiées ensemble le jeudi ou le samedi précédents.

— Ta grand-mère, elle ne parle plus, c'est tout juste si elle prépare les repas ; quand je rentre de l'usine, je la trouve toujours plongée dans l'alphabet.

Pépère Jules riait en me disant cela. Je m'inquiétais :

— Elle a raison ! Il faut pas l'empêcher de lire !

Elle me rassurait :

— Tu sais bien qu'il blague toujours... Au contraire, il m'aide, quand je ne reconnais pas une lettre, je lui demande.

Combien ce devait être ingrat pour elle, toutes ces heures passées devant des signes rebelles, des phrases insipides conçues pour des écoliers ! Elle s'acharnait pourtant. N'était-ce pas, avant tout, par amour : elle voulait faire honneur à son professeur de sept ans. Avait-elle peur aussi qu'en abandonnant la partie, après avoir vu quel sérieux j'apportais dans mon rôle d'instituteur et quelle confiance j'avais en elle, elle m'incitât à la méjuger, à la croire sotte ?

Jamais pourtant ne m'effleura le moindre dédain lorsque la fatigue de la journée ne lui permettait plus, le soir, de répondre correctement aux énigmes que je lui désignais du doigt sur l'abécédaire. Je ne songeais pas à mettre en balance cette mince ignorance avec le merveilleux savoir dont elle me faisait partager le trésor : celui des récits de son enfance, celui des contes de fées ou des légendes limousines, et celui des gestes quotidiens par lesquels elle s'ingéniait à me rendre la vie plus douce que celle d'un enfant de riches.

Lorsque mon élève me parut lire sans commettre trop d'erreurs, non plus seulement les lettres, puis les mots, mais les phrases présentées dans le *Régimbeau,* j'affirmai de nouveau qu'à présent j'allais lui apprendre à écrire. Hélas, la main dont j'admirais l'habileté pour tirer l'aiguille ou pour tresser quelques joncs en forme de « grelot », la chère main tailladée, crevassée par les travaux d'autrefois dans les fermes et les usines de porcelaine, et par les lessives d'aujourd'hui, la main dont la caresse sur mon front ou ma joue était si tendre, ne parvenait pas à maîtriser le porte-plume; trempée dans l'encre violette, la plume Sergent-Major crissait terriblement sur le papier, les maudites lettres perdaient toute apparence reconnaissable sous les taches, les griffures ou les dérapages du trait. L'étudiante se désespérait : « Bête je suis, bête je resterai », disait-elle. Elle ajoutait : « Je continuerai à signer avec une croix. » Cette fois, je sentais la partie trop forte pour nous; je tentai du moins de m'accrocher à cette possibilité de signature dont grand-mère Louise semblait rêver. Si ma mémoire ne m'abuse, mes nouvelles leçons lui permirent d'esquisser, fort gauches, les deux ou trois premières lettres de son prénom et la première lettre de son nom. Je l'étonnais en lui disant qu'elle pouvait compléter ces signes avec un simple trait; que c'était ainsi : les signatures des grandes personnes n'avaient pas besoin d'être lisibles. Elle s'entraîna un certain temps à couvrir des pages et des pages de Lou---- R----, et plus tard elle dut bien avoir l'occasion d'apposer cette marque sur quelque registre des P.T.T.

J'essayai également de lui faire déchiffrer l'écriture, mais entre la lettre d'imprimerie et la lettre manuscrite, il y avait à ses yeux tantôt convergence tantôt divergence, et ce flottement l'irritait, l'égarait, tellement qu'à la fin, elle me demanda de la dispenser de ce nouvel enseignement. « Vois-tu, petit, au lieu d'en savoir davantage, ces lettres écrites m'embrouillent, je n'arrive pas à les reconnaître et elles me font oublier les lettres du livre; si on continue, je risque de ne plus savoir lire. »

Je cessai donc de faire le maître d'école. Je me suis demandé, devenu adulte, si réellement ma grand-mère avait alors souhaité mettre ainsi un terme à nos leçons, ou si elle pressentait que ma patience enfantine s'épuisait et que bientôt je ne porterais plus autant de ferveur à tenter de lui communiquer ma science?

Du moins l'élève privée de maître ne manqua pas de poursuivre ses premières études : que de fois, à la veillée, je l'ai vue s'appliquer à déchiffrer les titres du journal. De temps à autre, elle me demandait mon aide. Les soirs où je restais chez mes parents, c'était à mon grand-père qu'en cas d'incertitude sur une lettre ou sur un mot, elle faisait appel. Elle épelait les titres lentement, à mi-voix. Au fur et à mesure qu'elle progressait, son chuchotement se faisait de moins en moins perceptible. Vint le temps où seul le sifflement des *s* rythmait sa lecture. Des titres, elle passa à la lecture des articles. Elle se plaignait lorsque ceux-ci étaient un peu longs de ne plus se souvenir du début en parvenant à la fin. Puis sa mémoire peu à peu s'adapta, et, un jour, à ma vive surprise, je la vis lire une brochure à couverture illustrée : on y voyait une femme les bras levés, la bouche ouverte, au plus fort d'une scène tragique. C'étaient les deux vieilles tapies dans leur loge au bas du jardin qui avaient prêté ce roman. Désormais, elles devaient passer à ma grand-mère maintes œuvres du même genre.

Quand Jules Reix voyait sa femme se plonger dans ces livres de quatre sous, il maugréait :

— Ma pauvre Louise, c'était bien la peine d'apprendre à lire ! Tu parles d'histoires à dormir debout ! Ceux qui les écrivent, ceux qui les impriment, ceux qui les vendent, ils se moquent de toi, ils se moquent de nous, ce qui les intéresse, c'est d'abrutir les ouvriers ou leurs femmes, et en même temps de gagner des sous sur notre dos !

Elle protestait :

— C'est une très jolie histoire... Il y en a, je ne dis pas, c'est pas toujours bien malin, mais d'autres me plaisent, oui... Et puis, pour connaître la suite, ça m'oblige à faire un effort, à lire régulièrement, comme ça je n'oublierai pas ce que le petit m'a appris.

Grand-père haussait les épaules. Ce qu'il aimait lire, lui, à part *Le Populaire du Centre,* c'était les magazines scientifiques : *La Science et la Vie,* si je ne me trompe. Il nous montrait les images en les commentant : d'étranges animaux, des vues de pays lointains, des machines... Les machines ! Elles étaient la passion de Jules Reix. Il étudiait leur plan dans sa revue, se souvenait de leurs caractéristiques, de leur puissance. Il aurait aimé en inventer, en fabriquer. Il avait lu qu'en Russie on élevait un barrage gigantesque sur le Dniepr.

— Ça, petit, me disait-il, c'est l'avenir, les ouvriers avec les ingénieurs, en fabriquant des machines, toujours de nouvelles machines, en installant des barrages, des centrales électriques, tu verras... Les machines feront tout le travail quand il est pénible. Ils ont compris cela en Russie.

— Le barrage en Russie, il est plus grand que la nouvelle gare ?

Jules riait.

— Oh ! oui, il doit être... il doit être mille fois... non... enfin, je ne sais pas... peut-être, dix fois plus haut... mais, petit, on ne peut pas comparer.

Pouvait-t-on imaginer un chantier plus vaste que celui de la gare en construction ? A la belle saison, grand-père m'y conduisait le soir, afin que, d'une semaine à l'autre, nous pussions juger des progrès des travaux. Une haute, haute, étroite tour métallique dominait le chantier. A cette heure-là, déserte, elle s'élevait vers le ciel assombri où s'éteignaient des lueurs rougeâtres. Je regardais son sommet jusqu'à ce que le vertige me prît ; au moment où je fermais les yeux, il me semblait voir de minuscules ouvriers agrippés à la cime.

— La journée, les ouvriers travaillent sur la tour ?

— Bien sûr.

— Ils tombent pas ?

— Quelquefois il y en a qui tombent... La semaine dernière, un ouvrier... son pied a glissé sur une poutrelle. Il était jeune.

— Il s'est tué ?

— C'est le cinquième depuis qu'ils ont monté cette tour.

— Tu l'as vu tomber ?

— Non, j'étais à l'usine... Ce sont des cheminots qui l'ont vu, des camarades du père de Madeleine... Et puis le journal l'a annoncé.

— Pourquoi ils travaillent encore sur la tour ? Pourquoi ? Ils n'ont qu'à plus y monter.

Jules soupirait.

— Hé... que veux-tu... c'est leur travail... c'est leur gagne-pain...

Nous faisions quelques pas en silence. Je me retournais pour jeter un coup d'œil à la tour meurtrière. Grand-père s'arrêtait. Lui aussi contemplait de nouveau la tour, squelette de quel monstre ?

— Et puis, reprenait-il d'une voix plus ferme, il faut bien qu'elle soit construite, cette gare.

Je pensais à cette gravure d'almanach qu'un jour il m'avait montrée. On y voyait un château médiéval : sur le toit d'une tour un couvreur posait des ardoises et, du haut du donjon, un seigneur en riant armait son arbalète et visait le malheureux artisan. Comme elle m'avait paru changée, si sourde, la voix de pépère Jules !

— Tu vois, petit, pendant des siècles, pour s'amuser, pour un oui, pour un non, pour rien, les seigneurs pouvaient tuer des couvreurs, des maçons, des paysans, et pourtant, sans les ouvriers, sans les maçons, sans les paysans, ils n'auraient rien été, les seigneurs, ils n'auraient rien eu, ni château, ni armes, ni blé.

Les ouvriers qui tombaient maintenant des échafaudages de la tour, n'étaient-ils pas visés de loin, de très loin, par quelque invisible assassin ?

Pressant la main de grand-père, je le tirais en avant pour rentrer à la maison.

— Tu as raison, petit, je lambine, pourtant avant de me coucher, il faudra encore que je passe à l'usine.

En effet, il lui incombait chaque soir de veiller sur les feux des chaudières, elles ne devaient pas s'éteindre afin d'assurer une chaleur constante dans les cuves où se préparait le chocolat. Malgré mes supplications, il était rare qu'il acceptât de m'emmener avec lui pour cette visite nocturne. Cédait-il à mes prières, grand-mère s'indignait :

— Tu es fou, faire veiller ce petit, si c'est comme ça que tu l'élèves !... Demain, il sera joli !

— Pour une fois, demain, demain, tu le laisseras dormir une heure de plus, c'est jeudi... non ?

Nous repartions, main dans la main. La nuit était là. On n'apercevait plus la tour métallique au pied de laquelle tout à l'heure nous flânions. La fenêtre de l'abbé Isaïe demeurait éclairée à l'angle de la bâtisse au-dessus du jardin. « Lui aussi, il fait le veilleur de nuit », remarquait mon compagnon ; et je devinais à sa voix qu'il devait sourire. Nous arrivions à la fabrique. Jules sortait de sa poche un trousseau de clefs. Je ne voyais pas la porte s'ouvrir, mais une bouffée chaude et parfumée m'enveloppait, comme si j'étais trempé tout entier dans un immense bol de cacao. J'entendais grand-père tâtonner dans l'ombre, il y avait encore un cliquetis de clefs, et, d'un coup, le hall des machines apparaissait devant nous, éclairé par de grosses ampoules à la lumière crue. Je courais reprendre la main de mon cicérone. Nous nous faufilions entre les presses, les poulies, les courroies. J'évitais de me retourner : derrière moi les machines n'allaient-elles pas se changer en bêtes mauvaises ? Parfois, grand-père me demandait de m'écarter d'un moteur : « Il faut que je vérifie comment il tourne, celui-là. » Il se haussait sur la pointe des pieds, atteignait au milieu d'un tableau de bois sombre l'un des nombreux leviers de commande, l'abaissait. Dans un grondement rauque le moteur démarrait. Grand-père faisait glisser une courroie autour de la poulie d'acier tourbillonnant, elle entraînait là-haut d'autres poulies et leurs axes : tout un secteur de machines démarrait à son tour. Quelques secondes de tintamarre, puis Jules coupait le courant :

avec des soupirs, des chuintements, des glissements de courroies, l'usine se rendormait. Émerveillé par la toute-puissance du maître des machines, je le suivais jusqu'à la salle des chaudières. « Attention, petit, recule-toi. » Je m'arrêtais au bord de la fosse. Déjà il descendait par l'échelle de fer; arrivé au fond, il ouvrait les portes de fonte, les flammes rougeoyaient par leur gueule béante; il y enfournait des pelletées de coke. Une fois refermées les portes, il se hissait de nouveau jusqu'à moi. Parfois, arrivé au sommet de l'échelle, il s'arrêtait, haletant; quand il avait repris souffle, il me souriait. « Y a des soirs où je suis pas bien leste. C'est pas moi qui pourrais travailler sur la tour de fer, au chantier de la gare. » Nous traversions l'usine en sens inverse. Jules éteignait l'éclairage des ateliers l'un après l'autre derrière nous; je serrais sa main cependant que l'ombre grandissait et s'épaississait sur nos talons. Quand nous passions dans la salle où se préparait le praliné, il allait scruter les plateaux de tôle, cherchant quelque plaque odorante que les ouvrières auraient laissée en place quand la cloche du départ avait dû sonner. Il était rare qu'il ne trouvât pas des débris de cette pâte de sucre, de noisettes écrasées et de cacao dont il me savait friand. Il riait en me regardant savourer le praliné. Je m'étonnais qu'il ne fît point comme moi. « Bah ! tu sais, petit, toute la journée et tous les jours dans cette odeur de chocolat, c'est comme si je n'arrêtais pas d'en manger, alors, non, ça suffit comme ça. »

Certains soirs, où nous faisions ainsi la « tournée » de l'usine, il disposait dans les coins d'ateliers des ratières fabriquées par lui-même (j'avais eu plaisir, le nez collé à la table, cependant que se prolongeait la veillée, à le regarder monter minutieusement le piège, tendre le ressort pour que s'abatte au moindre heurt l'étau qui retiendrait le rat captif, ou que tombe, tel un couperet de guillotine, la paroi grillagée qui couperait la cage en deux, barrant désormais la retraite à l'animal imprudent attiré par un bout de lard). C'étaient surtout des souris et aussi quelques ratons qui venaient se prendre à ces traquenards, mais il restait de vieux rats que leur taille, leur force et leur ruse rendaient imprenables. Jules avait beau jurer leur perte, ils lui échappaient toujours. Une nuit, au moment où nous allions quitter l'usine, un bruit nous fit nous retourner : sur le mur du fond, le long de la tuyauterie, l'un de ces vieux rats, noir, énorme, trottinait. Grand-père lâche ma main, empoigne une pelle à charbon, court vers le mur, s'arrête à quelques pas : à deux mètres du sol, la bête elle aussi s'immobilise. Tous deux, eût-on dit, se guettaient. Je demeurais transi de peur, il me semblait que le rat — à mes yeux, gigantesque — allait bondir sur mon grand-père, dévorer son visage, puis il courrait sur moi, m'égorgerait. Les deux adversaires demeuraient figés dans une attente qui me paraissait interminable. Soudain, mon grand-père frappe à toute volée de sa lourde pelle, mais, avec un cri bref — il me sembla entendre le rire d'un diable — le rat fila le long des tuyaux. Jules courait, donnait à nouveau de furieux coups de pelle... en vain. L'animal parvint à l'angle du mur et là disparut dans une fente. Grand-père vint vers moi, il était pâle. Il respirait vite comme quelquefois en remontant de la fosse aux chaudières. Il resta un long moment appuyé des deux mains au manche de la pelle, avant de reprendre haleine.

— Sale bête, finit-il par marmonner d'une voix étouffée.

Il me prit par l'épaule et sourit.

— Mais je l'aurai, je finirai bien par l'avoir. Tu comprends, lui, et un ou deux autres, ils peuvent faire du dégât dans les stocks.

— Les... quoi ?

— Les provisions de sucre, de cacao. Ils ont vite fait d'éventrer des paquets, des cartons, des sacs... sans compter qu'un jour, ils pourraient mordre une ouvrière lorsqu'elles viennent prendre justement un des ces cartons de sucre... Ça pourrait faire crever, une morsure de ces sales bêtes... Ou encore, quand je suis au fond de ma fosse, il pourrait m'en tomber un sur les épaules.

En revenant à travers le jardin, nous vîmes une ombre qui s'avançait vers nous. J'étais encore si impressionné par la bataille avec le rat que de nouveau j'eus peur. Grand-père dut le sentir à la crispation de ma main qu'il tenait dans la sienne.

— Eh bien, petit, dit-il d'une voix rassurante, voilà ta grand-mère, elle devait s'impatienter.

— Qu'est-ce que tu dis ? demanda l'ombre sur un ton courroucé... Ah ! je t'assure, vous n'êtes pas plus raisonnables l'un que l'autre. J'allais à l'usine, je finissais par croire qu'il vous était arrivé quelque chose.

— Que veux-tu qu'il nous arrive ? Pensais-tu qu'on était tombé dans une bassine de chocolat ?

— Tu peux bien rire ! protestait-elle.

— Il y avait un rat ! m'écriais-je.

— Un rat ?

— Gros, gros, il était gros, si tu l'avais vu !

— On n'arrive pas à s'en débarrasser... Mais son tour viendra, conclut grand-père cependant que nous arrivions à la maison.

Sur le seuil de la cuisine, grand-mère Louise encapuchonnée sous son fichu noir me parut soudain triste et vieillie. Lorsqu'elle eut de nouveau la tête nue, elle retrouva, à mes yeux, son expression et son allure familières. Pourtant, je ne parvenais pas à goûter, ce soir-là, l'impression de quiétude, liée pour moi aux soirées de la route d'Ambazac. Ce lieu qui me paraissait à l'abri de tout danger, ce bien-être que j'éprouvais entre Jules et Louise, mes protecteurs depuis toujours et à jamais, cette avancée à la fois paisible et passionnante que je me sentais prêt à poursuivre avec eux, avec leur sage, leur tendre escorte, à travers l'espace et le temps, tout cela était, me semblait-il, perdu.

L'affrontement entre le rat et l'ouvrier, cette façon qu'avait eue la bête de s'immobiliser, menaçante, puis sa disparition dans l'ombre de l'usine, et la fatigue inscrite sur les traits pâlis et tirés du chasseur, voilà qui avait suffi pour lézarder cet édifice de bonheur et de paix qu'étaient pour moi jusqu'alors les nuits passées chez mes grands-parents. C'était comme si, brusquement, j'avais vu sur leurs visages, sur leurs corps, se poser un instant la vieillesse qui plus tard s'emparerait d'eux — et nous serions arrachés l'un à l'autre, leurs bras ne pourraient plus m'entourer ni me défendre, et que pourrais-je faire moi-même pour leur porter secours ?

J'imagine que, ce soir-là, grand-mère a dû faire infuser quelque tisane de tilleul pour nous réchauffer et nous pacifier, et, bien que ce ne fût pas encore l'hiver, elle glissa entre les draps de mon lit-cage ouvert dans la salle à manger une de ces briques toujours gardées à chauffer dans le four de la cuisinière, et qu'elle enveloppait de maints torchons afin de la rendre moins brûlante à mes pieds nus. Mais ni la tisane ni la chaleur du lit ne devaient sans doute effacer la faille que j'avais vu s'ouvrir dans mon paradis.

Dorénavant, chaque fois que grand-père, après le dîner — nous disions le souper, le dîner étant pour midi —, jetait un coup d'œil à sa montre, mettait sa casquette et déclarait : « Bon, je vais faire ma tournée à l'usine », je feignais d'être absorbé par quelque leçon ou quelque jeu comme si je ne voyais ni n'entendais rien, de crainte qu'il n'ajoutât : « Tu m'accompagnes, petit ? » Pourtant, peu à peu, le souvenir du rat dut s'estomper en moi ou du moins perdre ce halo d'horreur dont il était cerné, ou bien mon grand-père déclara-t-il être parvenu à détruire le monstre ? Toujours est-il que je recommençai de temps à autre à l'accompagner à l'usine pour sa tournée vespérale. J'étais content de revoir les machines figées dans la maigre lumière électrique, d'écouter au fond de la fosse le ronflement de fauve que faisait le feu dans les chaudières, j'étais surtout ravi de cueillir de nouveau sur les plaques de tôle, à l'atelier de confiserie, quelques morceaux de praliné que j'avalais goulûment. Ils avaient la forme de ces débris de planchette jonchant la table de la cuisine lorsque grand-père achevait de découper à la scie les pièces nécessaires à la confection d'un pantin ou d'un jouet. Les ouvrières découpaient-elles donc des arlequins ou des poupées dans des planches de praliné ? En riant, grand-père me montrait les cylindres métalliques dont elles frappaient comme d'un poinçon la plaque à goût de sucre et de noisette : le creux du cylindre s'emplissait du petit pavé de praliné qui, enrobé ensuite, dans un autre atelier, de chocolat bouillant, deviendrait le cœur succulent d'une bouchée. J'avais plaisir aussi à m'attarder dans l'atelier central : celui où l'on enveloppait de papier d'or ou d'argent les bonbons dont on garnissait les coffrets fantaisie. Mon compagnon me permettait de prendre et d'emporter quelques feuillets de ces papiers. Je les conservais, jalousement enfouis dans une boîte colorée où j'avais coutume d'enfermer mes trésors de la route d'Ambazac : deux ou trois cailloux blancs, la carapace mordorée d'un scarabée, une bille d'agate. A Noël, ma collection de papiers dorés s'accroissait considérablement. En effet, en cette période de « presse », ma grand-mère était appelée en renfort à l'usine auprès des plieuses ; pendant plusieurs semaines, elle travaillait à la parure puis à la mise en boîtes « de fantaisie » des bonbons et bouchées que la chocolaterie se hâtait de produire pour les cadeaux de fin d'année. Il arrivait même, une ou deux semaines avant Noël, que l'atelier d'emballage dût travailler de nuit jusqu'à dix ou onze heures : grand-mère Louise était alors retenue elle aussi à l'usine, et c'était mon grand-père qui, le soir venu, devait donc me garder. Nous nous sentions un peu dépaysés dans la cuisine où manquait la maîtresse de maison. Souvent mon « gardien » me demandait : « Petit, avant d'aller au lit, tu voudrais peut-être voir grand-mère ? » Déjà je quittais ma chaise. Tout heureux d'avoir deviné mon souhait silencieux et que, sans doute, le sien rejoignait, il m'aidait à enfiler mon manteau, m'enfonçait béret ou casquette jusqu'aux yeux, m'entortillait cou et tête dans un cache-nez et nous voilà partis à travers le jardin étincelant sous la lune et le gel.

En poussant le portail de l'usine, la chaleur, l'ardent parfum, la lumière et le brouhaha des voix féminines m'envahissaient d'un vertige délicieux.

— Eh, voilà bien deux beaux hommes qui viennent nous voir !...

— Alors, Jules, comme ça, on s'ennuyait de sa petite femme ?

— Quel est ce grand jeune homme que vous nous amenez, monsieur Reix ?

— Louise, vous avez de la visite ! C'est-y pour vous ou c'est-y pour les bonbons qu'ils viennent ?

Les ouvrières criaient, riaient. J'osais à peine avancer, si intimidé que je n'arrivais pas à découvrir ma grand-mère parmi elles. Enfin je la voyais, là, tout occupée au bout d'une longue table à vêtir de rouge, de jaune, de vert, des carrés de chocolat. Pourtant je ne courais pas encore vers elle, tant elle me paraissait changée : rieuse et bavarde comme ses compagnes, elle me semblait rajeunie, et ainsi, à la fois séduisante et décevante. Ce n'était plus ma grand-mère tendre mais grave, douce mais austère, c'était une inconnue qui lui ressemblait comme une sœur cadette toute gaie et vive.

— Alors quoi? Il a perdu sa langue, votre Georges?

— Il ne sait plus marcher?

Pépère Jules me poussait vers la table, cependant que grand-mère venait vers moi, se penchait pour m'embrasser. Ses voisines l'imitaient, toutes elles portaient sur elles l'odeur épaisse du chocolat : il y en avait de jeunes dont l'embrassade me plaisait, celles que je trouvais vieilles me répugnaient. Toutes reprenaient vite leur place et leur travail, il ne s'agissait pas de ralentir la cadence : payées aux pièces, elles rêvaient d'arrondir au maximum leur paye de la quinzaine pour mieux faire face aux dépenses des fêtes. Après avoir savouré une ou deux bouchées et caché dans mes poches quelques autres qu'y glissaient les ouvrières en prenant soin que la Peyrade, une maigre noiraude moustachue, ne pût les surprendre, sinon elle moucharderait le lendemain — on l'appelait « l'œil d'Émile », le contremaître d'ailleurs plus moqué que vraiment redouté —, après aussi avoir raflé sur le bord de table des papiers d'or, objets de ma convoitise plus encore que les bonbons, je repartais, et les adieux des travailleuses fusaient comme tout à l'heure les quolibets dont elles avaient salué notre entrée.

— Alors, bonsoir les hommes!

— Vous nous quittez déjà!

— Ils nous ont assez vues.

— Les femmes au turbin, les hommes au dodo!

— Dormez bien quand même, faites de beaux rêves ! Vous rêverez à nous ?

— Allez, Jules, vous en faites pas, on vous la rendra, votre Louise.

— Chauffez le lit, monsieur Reix, en attendant votre moitié.

— La prochaine fois, Georges, dis à ton grand-père de t'amener plus tôt, que tu puisses nous aider !

Je me retournais, toutes nous regardaient cependant que leurs mains agitées et rapides pliaient les papiers multicolores. Il me semblait que grand-mère là-bas, bien qu'elle sourît elle aussi, était triste de ne pouvoir venir avec nous à la maison. Le portail refermé, nous plongions de nouveau dans la nuit froide. Je me demandais si ce tohu-bohu chaleureux et odorant de l'atelier que nous venions de quitter était réel ou s'il n'avait pas été le fruit de mon imagination, tant le contraste était brutal entre ce monde de la vie et du travail lié d'habitude aux bruits, aux mouvements, à la clarté du jour, et ce silence, cette immobilité, cette solitude noire et glacée.

Nous traversions en courant les derniers mètres qui nous séparaient du pavillon.

V

A deux pas de la rue Bernard-Palissy se trouvait la fabrique de mes oncles : Jeanet et Henri Maigner, les frères de grand-mère, Louis Demarty son beau-frère. Cette fabrique de porcelaine, ils la louaient aux demoiselles Ducongé. Elles-mêmes exploitaient une autre manufacture voisine leur appartenant également, où elles produisaient ces minuscules personnages de la taille d'un ongle : roi, reine, valet, chat, chien, cochon, bébés et animaux divers, qui servaient de fève pour la galette des rois. Les locataires, mes oncles, avaient souvent dans leurs poches quelques échantillons de ces babioles, ils savaient me ravir quand ils m'en feraient don.

Jeanet, de son métier tourneur anglais (ainsi appelait-on à Limoges, du moins dans ma famille, l'artisan qui modelait sur son tour coupes, bols ou vases, et je me demande s'il n'aurait pas fallu dire plutôt : tourneur en glaise), Jeanet, justement réputé comme « le meilleur ouvrier de France » dans ce métier — un véritable « artiste » qu'on payait bien, à l'égal de messieurs les peintres sur porcelaine —, avait pu mettre quelque argent de côté. Quant à Louis Demarty, il sut obtenir de la banque un prêt à son nom et à celui de ses deux associés. Beau parleur, comme le sont souvent, prétendait-on, les

Ponticauds — les gens du quartier des Ponts, une caste populaire volontiers railleuse, hâbleuse et malicieuse —, il s'était fait des amis chez les socialistes et les francs-maçons — peut-être était-il lui-même l'un et l'autre — qui géraient la « Rome du socialisme », ainsi qu'au siècle précédent on surnommait parfois la capitale de la porcelaine ; de sorte qu'on lui avait fait crédit.

Dans le trio, Jeanet serait l'artiste et le technicien : à lui le soin de créer des « modèles », de veiller à leur production. Louis, qui possédait quelques notions de comptabilité, administrerait l'affaire. Henri, bel homme affable, à la fois aiderait Jeanet dans le domaine de la production et serait en rapport avec les clients. Ces derniers étaient pour une part d'importants industriels qui demandaient à la petite fabrique de compléter leur propre production par la fourniture de pièces destinées à être ensuite décorées dans leurs usines, pour l'autre part des ateliers de peinture achetant de même ici la porcelaine « en blanc » qu'ils orneraient de couleurs ou d'or avant de la revendre aux magasins.

La modeste manufacture me paraissait immense avec son four que Jeanet me menait parfois visiter lorsqu'on commençait à le garnir des cassettes — nous disions les gazettes !... — de terre réfractaire empilées les unes sur les autres et protégeant dans leur cœur : assiettes, coupes ou vases encore si fragiles. Plus tard je racontais ma visite à grand-mère Louise :

— Les messieurs, ils posaient les gazettes, comme ça, dans le four ; après, on aurait dit des colonnes, des colonnes hautes, presque comme celles de l'église Saint-Paul-Saint-Louis.

— Ton arrière-grand-père, quand nous avons pu quitter Saint-Yrieix... tu comprends, nous étions vraiment trop... trop misérables là-bas...

— Comme... Misère et Pauvreté ?

— Oui, si tu veux... Jeanet, le premier venu à Limoges, il s'est arrangé pour qu'on puisse le rejoindre... Eh bien, ton arrière-grand-père, Jeanet lui a trouvé du travail dans une fabrique, et il faisait comme les ouvriers que tu as vus, il empilait les gazettes dans le four et, après, quand la porcelaine était cuite, il sortait ces gazettes, il les rapportait dans les ateliers.

— Qui c'est mon arrière-grand-père ?

— C'était mon père, mon papa, celui de Jeanet, d'Henri, de mes autres frères et de mes sœurs.

— Où est-il ?

— Mais le pauvre, il est mort... C'était bien dur pour lui, à son âge, d'aider les hommes de four, les gazettes lui déchiraient les mains, et quand il ressortait du four, ces gazettes étaient encore chaudes, ça brûlait, ça lui brûlait les doigts, et l'air du four, tu penses : respirer cet air brûlant...

— Il... il a brûlé dans le four ?

— Non, quand même, non... mais il a perdu la santé... son cœur n'a pas... Ah ! je te dis des bêtises... Va jouer. Va.

Dès lors, je ne voulais plus aller voir le four avec Jeanet. Du moins quand il me le proposait. Et puis, au moment de quitter la fabrique pour revenir à la rue Bernard-Palissy, je m'arrangeais, si c'était Louis Demarty ou Henri qui nous accompagnaient maman et moi, pour qu'ils nous conduisissent quand même jusqu'au four redoutable. J'étais fasciné, les jours de cuisson, lorsqu'on me hissait à la hauteur des « témoins », ces sortes de hublots par lesquels on pouvait apercevoir à l'intérieur la masse incandescente. Que mes oncles pussent ainsi régner sur cette usine où tourbillonnait, captif du four, ce cyclone de feu, les parait à mes yeux d'une toute-puissance rayonnante. Mais qu'une telle tour de flammes ait pu à la fois causer la mort de mon arrière-grand-père et assurer à deux de ses fils fortune et pouvoir, cela me troublait étrangement. Et, lorsque Louis Demarty disait devant moi, à sa femme, ma tante Margot : « Tu vois, Margot, Georges sera notre héritier (ils n'avaient pas d'enfant)... Georges, tu nous succéderas, tu auras une usine de porcelaine », je me sentais en proie à je ne sais quel sentiment fait d'orgueil et d'épouvante. Oh ! le futur porcelainier ne devait pas éprouver sans doute plus de quelques secondes, sur ses épaules de garçonnet, le poids de la glorieuse responsabilité qui lui était ainsi solennellement promise — solennellement car mon oncle l'ex-Ponticaud n'avait pas son pareil pour gratifier au moindre prétexte son auditoire de ses airs importants et de son éloquence ! Déjà, je jugeais bien plus essentiel que tante Margot me permît de remonter le mécanisme de la boîte à musique dissimulée dans le porte-plat posé sur la table de la salle à manger : un déclic, le rouleau de cuivre et ses pointes se mettaient à tourner — j'avais soulevé un jour le carreau de porcelaine orné de fleurettes bleues, jaunes et roses qui formait le couvercle —, s'égrenaient les notes de « La Tonkinoise ». Louis fredonnait : « Il m'appelle sa Tonkinoise, sa Ton-ki-ki, sa Ton-ki-ki, sa Tonkinoise. D'autres lui font les doux yeux mais c'est moi qu'il aime le mieux. » Il regardait ma tante de ses gros yeux bruns ; et il me semblait que tante Margot, avec ses yeux légèrement bridés, devenait cette Tonkinoise. Elle-même devait bien penser quelque chose d'approchant, car souvent elle haussait les épaules ; quelquefois aussi elle prononçait, en regardant son mari tristement, une phrase dont je me demandais quel pouvait bien être le sens : « Tu peux chanter, beau masque. »

Quand s'épuisait pour moi le plaisir d'écouter « La Tonkinoise », je demandais à entendre la mer.

— Passe-lui le coquillage, ordonnait Louis.

Ma tante allait prendre sur un rayonnage la merveille.

— Tiens, fais attention, ne le lâche pas.

Je prenais avec précaution la grande, la belle conque dont l'intérieur rose et nacré s'enfonçait en tournant vers un centre d'ombre et de mystère.

— Un client me l'a rapportée des Antilles, déclarait Louis d'un ton grave... Écoute, petit.

Je portais la bouche froide à mon oreille. D'abord, rien ; la coquille se taisait. A ma moue de dépit, mon oncle comprenait le désastre.

— Appuie davantage contre ton oreille, tu vas voir.

C'était façon de parler. Je ne voyais pas, mais ça y était : une rumeur commençait à monter du fond de la conque ; voilà qu'elle s'amplifiait, la vague sonore montait vers moi, me pénétrait de son flux — c'était aussi de ravissement et de crainte que j'étais pénétré ; au moment où la crainte allait l'emporter, je décollais à peine mon oreille et la vague refluait, redescendait au fond de l'abîme rose. J'appuyais et de nouveau voici le souffle, voici la houle. Il fallait m'arracher le coquillage ; de moi-même je ne parvenais pas à me détacher de ce jeu. « Tu vas voir... » disait Louis Demarty, et c'était vrai, les yeux clos, je voyais, quoi ? Je n'en sais rien, car à cette époque je n'étais pas allé à la mer. Du moins, sur des cartes postales, mes parents me montraient une tache bleue et me disaient d'un air heureux : « Tu vois, petit, c'est la mer. » Mon père même, si nous regardions en famille les photos faites par lui en cet automne de 1918, où, au cours de sa permission de blessé convalescent, il avait séjourné à Biarritz avec maman, m'affirmait sans rire que moi aussi je les avais accompagnés sur cette plage.

— Tu n'es pas sur la photo, parce que ce rocher te cache, tu jouais, les pieds dans les vagues...

— Oh! Pierrot! reprochait maman avec un sourire d'indulgence.

Et moi je finissais par croire que la mer aurait dû être en effet dans ma mémoire avec son bleu grand, grand comme le ciel, ses bateaux, ses poissons et ses vagues, et je me sentais honteux de ne point me souvenir pourtant d'une chose si belle et si étrange. Alors, quand je l'entendais murmurer, gronder au fond du coquillage, il me semblait que si j'écoutais longtemps, longtemps, je la verrais enfin s'étaler, ou déferler autour de moi. Parfois, sentant son approche imminente, pris de panique, j'éloignais brusquement de mon oreille la conque magicienne.

Quand je racontais à grand-père qu'ainsi j'avais entendu la mer, il essayait de me convaincre de mon illusion : « C'est ton sang, le battement de ton sang. Tu sais : les pavillons de phonographe, ils amplifient le son d'une voix, le coquillage c'est comme un pavillon de phonographe, ton sang bat au fond de tes oreilles et le pavillon du coquillage grossit ce bruit. » Certes, mon grand-père était à mes yeux un savant, mais aussi il aimait plaisanter, faire des farces à ses camarades, et cette fois c'était à moi qu'il jouait un tour. Comment aurais-je entendu mon sang dans cette coquille? Ou alors, ce serait terrible, ce serait terrifiant : cette mer non plus bleue mais rouge, ces vagues de sang toujours à bouger sous ma peau.

Il arrivait qu'en visite chez Louis et Margot Demarty, je n'eusse plus le courage de leur demander le coquillage, tant je m'effrayais de ne plus savoir ce qui, réellement, se cachait dans son creux, dans son cœur obscur. Je me promettais cependant, lorsque à mon tour je serais devenu maître de la fabrique, selon l'annonce de l'oncle

Louis, de faire de grands voyages d'où je ramènerais non plus un, mais mille coquillages, tous plus gros les uns que les autres ; j'en tapisserais ma maison : comme cela on y entendrait à chaque instant la rumeur de la mer. « Ah ! la mer », murmurait maman. Le son tendre de sa voix pour prononcer lentement ces mots, et le regard rêveur qui troublait alors ses yeux bleus, me donnaient à songer que rien ne devait égaler le bonheur d'écouter et de contempler cette « immense étendue d'eau » — comme disait l'institutrice, mais pouvait-il y avoir quelque chose de commun entre cette « étendue d'eau salée » de mes leçons, et cette étrangeté, cette magnificence admirables ?

J'allais assez souvent chez les Demarty. Tante Margot prétendait que ma présence et mes bavardages lui faisaient tourner la tête. En fait, bien que j'eusse déjà deux mères, à savoir maman et grand-mère Louise, Margot serait bien devenue la troisième, tant elle souffrait de n'avoir point d'enfants.

Mon oncle Henri, je ne le voyais qu'à la fabrique. Il ne manquait jamais de bourrer mes poches de ces porcelaines miniatures, qu'il prenait pour moi dans les rebuts de l'usine voisine des demoiselles Ducongé. Je regrettais qu'il ne portât plus l'habit militaire qui lui allait si bien sur la photo que maman gardait rue Bernard-Palissy. On l'y voyait dans son uniforme de « chasseur d'Afrique », une calotte crânement posée de guingois sur la tête, la moustache conquérante, une large ceinture enroulée à la taille, les pantalons bouffants. Je lui trouvais fière allure, la main gauche caressant le pommeau de son sabre. Quand on retournait la photo, on pouvait lire au verso qu'elle était l'œuvre de « J. Bonnet, photographe, rue d'Isly, Sétif » ; la date : 1910. Que pouvait-il bien chasser en Afrique, quatre ans avant mon entrée sur la scène du monde, quatre ans aussi avant la guerre, l'oncle Henri ?

J'imaginais des chasses au lion, à moins que ce ne fussent des combats avec les sauvages ! Le chasseur d'Afrique avait dû reprendre armes et bagages à la mobilisation. Puis, lors d'une offensive, les Boches l'avaient capturé. Le froid, la faim, le travail en Allemagne lui firent perdre sa belle prestance. A l'armistice, il revint défait et maigre à faire peur. Ses sœurs, Louise ma grande-mère, Margot ma tante, maman aussi, sa nièce à qui il avait dédicacé naguère son portrait africain, s'étaient employées à l'entourer, à le soigner, car sa femme l'avait abandonné. Faute de foyer, il ne pouvait donc pas m'inviter, mais souvent, j'entendais ses trois protectrices — bien qu'alors elles prissent soin de baisser la voix, ce qui ne manquait évidemment pas de m'alerter — commenter les mérites et les travers d'une certaine Anna. « Elle deviendrait sa femme que ça ne m'étonnerait pas », concluait grand-mère, perspective qui ne paraissait guère provoquer l'enthousiasme des trois censeurs en jupons.

La prophétie dut s'accomplir sans tambour ni trompette.

De mes trois oncles associés, mon préféré était Jeanet, le frère aîné de grand-mère. Comme elle, et comme Henri, il avait un beau visage, avec ce petit nez légèrement busqué des Maigner, une sombre, épaisse, chevelure frisée, des yeux où l'intelligence et la bonté pétillaient d'une égale joie. A l'usine, je le voyais toujours affublé d'une blouse grise, toute tachée de l'argile laiteuse qui giclait entre ses mains souveraines lorsque, sur le tour, elles tiraient du bloc de pâte tournoyant coupes ou vases. Les blanches éclaboussures jaillissaient aussi jusqu'à son visage où elles restaient prises dans ses longues moustaches.

Quand je le voyais chez lui, non plus en blouse, mais vêtu d'habits de chasse en velours côtelé, et lavé de toute trace de pâte à porcelaine, pendant quelques instants me troublait l'impression qu'il était un autre homme — n'avais-je pas deux oncles Jeanet, l'un tourneur anglais, l'autre chasseur et jardinier ? Le rire à petits souffles brefs, et la voix, sa douceur chaleureuse, dissipaient vite mon inquiétude : c'était bien un seul et même homme qui me conduisait hier à travers les ateliers de la fabrique et maintenant au long des allées séparant les massifs de rosiers, devant l'ancienne ferme à la fois délabrée et noble où il avait installé sa nombreuse famille, là où les premiers prés succédaient aux dernières masures du faubourg.

Le jardin était grand, plus encore que celui de la route d'Ambazac, et là, nul curé n'y jetait l'interdit sur aucun espace. Au-delà des parterres chargés de fleurs, une sorte de mail bordé d'un mur de pierres verdies formait terrasse au-dessus des prés ; dans un coin une tonnelle élevait son édifice ombreux où je me plaisais à disparaître comme en un palais végétal. A l'autre angle du mail, un immense tilleul dérobait à la vue les bicoques clairsemées qui grimpaient jusqu'au faubourg. Ainsi, grâce à l'écran du tronc et des branchages, on pouvait se croire au cœur de la campagne, dans l'odeur d'herbe et de roses.

Quand je me promenais avec Jeanet et que nous passions aux abords du tilleul ou de la tonnelle, parfois, dans un bruit vif de feuillages froissés, une boule fauve dégringolait sur l'épaule de mon oncle. Jeanet s'arrêtait, pressait ma main, me lançait un clin d'œil pour me rassurer et m'incitait à rester comme lui immobile. C'était l'écureuil, capturé et apprivoisé dès l'enfance, qu'à certaines heures du jour on laissait s'échapper de sa cage en forme de roue et qui, ainsi, d'un bond fantastique, venait quémander l'une de ces noisettes ou de ces amandes décortiquées que son maître gardait toujours au fond d'une poche. J'aurais bien aimé caresser la bête rousse, mais l'œil brun ne cessait de m'observer cependant que les pattes griffues s'emparaient de la friandise. Avançais-je une main que déjà l'écureuil sautait à terre, en trois bonds regagnait l'arbre et, s'élançant le long du tronc, disparaissait de nouveau dans le feuillage.

— T'en fais une tête, disait Jeanet... Allez, viens... Ce n'est pas la peine que nous restions là, maintenant il se méfie... il ne redescendra que lorsque nous serons loin.

Pour me consoler, il me ramenait vers des appentis construits près de la maison ; là vivait ce que ma tante Antoinette, femme de Jeanet et sœur de mon grand-père, appelait avec un mélange de fierté et d'irritation : « la ménagerie ». Il y avait des clapiers où de gros lapins gris ne cessaient d'agiter leur museau — à tel point que si je restais longtemps à les regarder un tic me prenait qui me faisait à mon tour froncer le nez, un peu plus loin le poulailler, les niches du basset Faraud et du setter Clairon ; enfin, à l'angle même de la maison, la roue-cage de l'écureuil que le captif faisait tourner rondement quand il y était enfermé. Au-dessous, dans un enclos limité par des plaques de tôle, des rocailles servaient d'abri à une ou deux couleuvres. Car mon oncle se plaisait, lors de ses parties de pêche, à ramener de leur cachette herbue quelques longs serpents bleu-vert, au col parfois cerné de blanc. J'étais saisi d'horreur et d'admiration lorsque, écartant les rocailles, il ramassait l'une des couleuvres, l'approchait de son visage — la flamme fourchue et noire de la langue serpentine tremble dans un sifflement de frayeur et de haine —, puis enroulait le reptile autour de son cou. La peur semblait quitter peu à peu la couleuvre qui se mettait à ramper sur les épaules, se laissait glisser le long d'un bras, ondulait doucement quand la main de nouveau s'emparait d'elle.

— Tiens.

Il me tendait l'animal.

Je ne bronchais pas.

— Elle te fait peur ?

De la tête, je faisais signe que non. Pour rien au monde je n'aurais voulu avouer mon effroi au dompteur. Il souriait.

— Les couleuvres ne sont pas méchantes, mais si tu en vois une dans la campagne, ne la ramasse pas, tu pourrais te tromper, et si c'était une vipère, elle te pique et tu es mort.

Je regardais le serpent se tordre dans la main de Jeanet à deux doigts de mon nez... Et si l'oncle s'était trompé lui aussi, qu'en fait de couleuvre, il tînt une vipère.

— Prends-la, je t'assure, petit, tu ne risques rien... Quand tu seras plus grand, je t'apprendrai à distinguer les couleuvres des vipères.

Il me mettait le reptile dans les mains tout en continuant à le tenir.

— Serre-le bien, sinon il va s'échapper... Là, maintenant, je le lâche.

Je fermais les poings sur ma proie glacée, mais j'avais beau resserrer mon étreinte, je sentais le captif glisser sous mes doigts, et, quand, soudain, il reprit son sifflement en dardant vers moi sa tête plate, je le laissai choir à mes pieds dans l'herbe où il s'enfuit. Jeanet se précipita sur sa trace.

— Si jamais elle trouve un trou entre les pierres, elle va disparaître !

Il écartait des mains les touffes d'herbe.

— La garce, où est-elle passée ?

J'étais tout penaud d'avoir privé mon oncle de sa belle couleuvre. Elle devait déjà s'enfoncer dans la terre ; il ne la retrouverait pas ; désormais, il ne m'emmènerait plus en promenade, furieux que ma poltronnerie lui ait fait perdre le serpent dont il était si fier. Il s'était immobilisé, me tournant le dos. Je croyais qu'il boudait. Une telle attitude de la part d'une grande personne me troublait ; du coup, je n'osais moi-même ni bouger ni parler.

A quelques pas devant mon oncle, il y eut un froissement d'herbe. Jeanet s'élança. Je le vis plonger dans le massif vert. Bientôt, il se releva, brandissant au-dessus de sa tête la couleuvre fugitive. Il me regardait, les yeux rieurs.

— Eh bien, je ne pensais plus la rattraper.

Il me tendit la main.

— Viens. On va la remettre dans son enclos.

Nous revînmes devant l'enceinte que délimitaient les plaques de tôle. Mon oncle se pencha et, précautionneusement, laissa glisser le serpent de sa main jusqu'aux premières rocailles.

— Quelle histoire, hein !

Cette remarque confirmait en moi l'impression qui me venait d'avoir vécu une aventure sans pareille. Aussi fus-je déçu que ma tante ne semblât point partager cette opinion, lorsque, rentré dans la vaste pièce qui servait à la fois de cuisine, de salle commune et d'atelier encombré de machines hétéroclites qu'utilisaient Jeanet et ses fils pour leur bricolage, mon oncle me poussa vers sa femme tout en déclarant :

— Si tu avais vu le petit, un vrai saint Georges terrassant le dragon... mais le dragon... la couleuvre a bien failli ficher le camp.

— Hé, bon débarras, bougonna ma tante.

— Toi... toi... les bêtes...

— Les bêtes mais, mon pauvre Jeanet, si je te laissais faire, ça ne serait plus une maison ici mais une ménagerie, d'ailleurs c'en est déjà une ménagerie... Ah ! là là, ton fils

Milou, lui c'étaient les expériences comme il disait, avec sa chimie, ses cornues, ses éprouvettes ; on a de la veine qu'il n'ait pas fait sauter la baraque et nous avec... et toi... comment il disait le curé au catéchisme ? Cette sorte de bateau pour sauver les bêtes, quand il y avait le déluge ?

— L'arche de Noé...

— Oui, au lieu de Jeanet, on pourrait t'appeler Noé... les putois, les écureuils, les chiens, les serpents...

A ce moment, on frappa à la fenêtre. Je me retournai. Derrière la vitre, je ne vis personne. Pourtant, de nouveau, toc, toc, toc, trois coups secs...

— Tiens, et celle-là que j'oubliais...

— Jacasse, s'écria joyeusement mon oncle en allant ouvrir la fenêtre.

Dans son habit à queue noir et blanc, l'air perplexe, la pie sautilla sur le rebord, hésitant, semblait-il, à pénétrer plus avant.

— Regarde-la un peu, elle cherche ce qu'elle pourrait bien me voler... Une paire de ciseaux, un dé à coudre, un miroir, je suis sûre que c'est elle qui les a emportés, elle a dû les cacher, savoir où, dans un trou au sommet du chêne... et moi qui ai failli me brouiller avec la voisine quand les ciseaux ont disparu... je m'étais imaginé... mais le dé, il a disparu quand la voisine était partie à la campagne, j'ai compris alors que c'était cette maudite jacasse qui me volait.

— Jacasse, petite jacasse, disait mon oncle doucement.

La pie penchait la tête, le regardait par en dessous.

— Tu entends... tu en fais du beau... de quoi te faire mettre en prison.

Alors je protestais :

— Non, non, il faut pas la mettre en prison.

Antoinette riait (son rire la faisait ressembler soudain à pépère Jules, son frère).

— Bien sûr, petit, on va quand même pas aller chercher les gendarmes... la prison c'est sa cage... une prison où elle n'est pas si mal, mais ton sacré tonton, il a peur qu'elle s'y ennuie, alors il la laisse échapper, et résultat, cette jacasse en profite pour faire des bêtises.

Ma tante reprenait sa gravité, et soupirait :

— Pas moyen de se faire écouter ici... Tout le monde n'en fait qu'à sa guise... Milou, on le voit jamais... Mon pauvre Henri, la guerre l'a fatigué... Marie, n'en parlons pas... et Marcelle, quand elle vient, il ne faut pas se risquer à critiquer son père.

Jeanet, d'un hochement de tête, me faisait signe de le suivre cependant qu'il se dirigeait vers la porte.

— C'est ça, maugréait Antoinette, sans lever les yeux de l'ouvrage de couture qu'elle avait repris, vous serez mieux au jardin.

Mon oncle me conduisait de nouveau vers la tonnelle. Nous nous asseyions sur le banc vermoulu.

— Milou, Henri, Marcelle c'est tes enfants ?

— Oui, et Marie.

— Ça en fait !

Il cligne un peu des yeux comme quand il s'apprête à rire.

— Et pourquoi ils sont pas là ?

— Quand ils sont grands, les enfants s'en vont.

— Moi, quand je suis grand, je m'en vais ?

La main courte et ronde se pose sur ma tête.

— Sans doute, pour te marier... ou pour ton travail... Marcelle, on l'a nommée institutrice à la campagne, à Maisonnais... Si tu veux, on ira la voir là-bas un dimanche.

Souvent, le dimanche, c'est elle qui vient chez ses parents. J'aime bien quand elle est là, Marcelle, avec son rire à tout bout de champ. Elle est comme la sœur de maman, juste un peu plus jeune qu'elle. Quand elles sont ensemble, elles parlent, elles parlent, elles rient, on ne dirait plus deux jeunes dames, mais des fillettes bavardes. Jeanet et grand-mère les regardent avec un sourire indulgent. Ma cousine Marcelle m'apprend le nom des fleurs, des arbres, des insectes ; elle me décrit ses écoliers, les petits paysans de Maisonnais dont certains, quelque peu attardés, sont plus grands qu'elle et lui font des niches. Oui, j'aime quand elle est là.

Route d'Ambazac ou rue Bernard-Palissy, lorsque grand-mère parle de Jeanet, c'est toujours avec une sorte de fierté et de joie qui illuminent son visage. Parfois cependant succède à cette grâce, sur ses traits et dans ses yeux, une ombre de tristesse. Elle baisse la voix pour que seule maman ou grand-père Jules l'entendent ; j'arrive quand même à capter de loin en loin quelques mots : « Ce sacré Milou n'en fait toujours qu'à sa tête, il s'est mis en ménage, c'est la misère... Et la Marie, pas moyen de la tenir... Ce pauvre Jeanet, il a toujours dit qu'il fallait laisser les enfants libres... Résultat... Il a été trop bon... et trop faible... Ah ! s'il n'avait pas Marcelle, elle du moins... »

Trop faible, mon oncle ? Lui qui me paraissait le maître paisible et souriant de sa fabrique, de son jardin, de ses animaux familiers !

Non, il n'était pas faible : il me portait à califourchon sur ses épaules lorsque les Reix et les Maigner partaient en expédition, par quelque beau matin de juin, sur les bords de l'Aurence ou de la Vienne. Nous trois, c'est-à-dire grand-mère Louise, pépère Jules et moi, venus de la route d'Ambazac, eux deux : Jeanet et sa femme, de leur maison des Ruchoux, nous nous retrouvions vers les sept heures — j'avais du mal à tenir les yeux ouverts — à la gare des Charentes d'où partaient les tramways départementaux.

Combien de temps dure le trajet ? Une heure peut-être. J'ai l'impression d'un long, long voyage. Parfois, le tram file au pied d'une muraille de granit gris moussu où suintent des filets d'eau. Il me semble, dans les tournants, que notre véhicule va s'écraser contre le roc. Ouf ! le rocher abrupt, menaçant, s'écarte. Voici de nouveau le paysage de prés, de bois ou de collines avec des trouées de loin en loin vers l'horizon bleuté. Devant cette étendue, monte en moi un sentiment d'allégresse et de vertige, comme si le monde, hors de la ville, naissait de l'extension quasi infinie du jardin de la route d'Ambazac, de *mon* jardin. Toute la journée, cette joie un peu ivre m'habitera. C'est elle qui me fait sauter, courir, crier, danser, chanter ; elle qui me fera me rouler le long des pentes herbeuses — ainsi dans leur enfance paysanne, Jules et Jeanet, comme ils me disent, « faisaient les *roudelous* ».

Il me faudra du temps pour apprivoiser cette joie et me calmer peu à peu, à l'unisson de cette paix de fraîcheur et de soleil qui règne sur la rive où nous campons. L'Aurence étroite, claire, brune et verte — à moins que ce ne soit la Briance plus large et plus vive, ou encore la Vienne qui, elle, me paraît d'une largeur et d'une puissance démesurées —, donc le ruisseau, l'affluent ou la rivière file et chante à nos pieds. Jules et Jeanet y lancent leurs lignes au bout desquelles se tord le ver, l'asticot ou ce portefaix que je les ai regardés, avec un mélange de fascination et de dégoût, extraire précautionneusement entre le pouce et l'index, jaunâtre et mou, de son fourreau de brindilles, puis enfiler sur l'hameçon — l'horrible instant où le croc perce la membrane élastique d'où suinte une goutte grise... Mon oncle — à en croire sa sœur et sa femme — est un fieffé braconnier : à l'épervier, à l'araignée, à la corde, il attrape anguilles, truites, tanches, brochets, sans compter les truites saumonées qu'il sait pêcher à la main sous les roches ; mais, quand il respecte la loi, il est aussi piètre pêcheur que mon grand-père.

Dans la bouteille dont celui-ci a percé le culot et que, pour mon amusement, il m'a demandé de surveiller après l'avoir descendue sur le fond sableux du ruisseau, une ficelle la tenant reliée à ma main, je ramènerai tout à l'heure plus de gardèches que n'auront pêché de poissons les deux amis.

Nous rentrerons, les bras surtout chargés de fleurs. Je rapporterai aussi quelques jouets champêtres confectionnés à mon intention : une seringue en sureau avec laquelle je pourrai asperger d'eau mes petites amies dans le jardin de la route d'Ambazac — si elles se fâchent, je leur prêterai l'objet en expliquant comment grand-père l'a taillé près de la rivière —, ou bien ce hochet que grand-mère a su façonner en tressant des joncs (des graviers glissés à l'intérieur en font une sorte de grelot que je ne cesse d'agiter).

— Ça t'a plu, petit ? demande Jeanet quand nous prenons le tramway du retour. Tu aimes la campagne ?

— Oh ! Oui.

— Eh bien, on recommencera... La prochaine fois on ira loin, on fera un vrai voyage... Hein, Louise, qu'en dis-tu ? Si on allait à Saint-Yrieix un de ces dimanches, voir Félicie ?... Ou bien à la Roche-l'Abeille chez les Desfeuillas ? Et à Amboisse voir Mariette ?... Il faudrait aussi aller chez Marcelle à Maisonnais.

Grand-mère soupirait :

— Un dimanche ? Oh ! non, il faudrait deux jours... Quant à Mariette, j'aime mieux quand elle vient à Limoges, parce que, dans leur ferme d'Amboisse, son

Robert la mène dur, je n'aime pas voir ma pauvre sœur traitée comme une moins-que-rien.

Il dut y avoir une ou deux fêtes carillonnées, quelque Pentecôte ou quelque samedi avec 14 juillet, qui donnèrent à mes grands-parents les quarante-huit heures de liberté tant convoitées. Et nous allâmes, en compagnie de Jeanet et d'Antoinette, une fois à Saint-Yrieix, l'autre à la Roche-l'Abeille.

Saint-Yrieix-la-Perche ! Je me demandais où pouvait se dresser cette perche ? Je ne la vis nulle part dans cette sous-préfecture aux maisons bourgeoises endormies autour du mail. La tante Félicie, une boulotte en noir, les mains toujours croisées sur son bedon — hop ! hop ! hop ! sautaient les mains jointes, rougeaudes, quand le rire bien souvent secouait la bedaine —, Félicie m'embrassait une fois, deux fois, trois fois, à mon vif déplaisir car son nez sentait le tabac qu'elle prisait volontiers après s'être mouchée bruyamment dans un vaste mouchoir à carreaux jaunes et rouges, et le contact de sa bouche molle, cernée d'un peu de barbe, me répugnait.

— Il n'est pas câlin, ton petit-fils, grognait-elle.

— C'est qu'il ne vous voit pas souvent, disait grand-mère.

Sans rancune, Félicie me bourrait de friandises. C'était un cordon-bleu ; quand son mari, un boucher sanguin, fut mort d'apoplexie, elle se plaça cuisinière chez un avocat dont la demeure drapée de vigne vierge s'élevait en bordure du mail. L'avocat et son épouse ne devaient pas être au logis, car je garde en mémoire la vision de grandes pièces sombres : salle à manger aux meubles torsadés, salons aux sièges mornes sous leurs housses, carrelage noir et blanc de la cuisine et de l'office, « si propre qu'on pourrait manger dessus » ! s'extasiait grand-mère en complimentant sa marraine Félicie. Il y a aussi un bout de parc entrevu à travers un vitrail translucide, puis découvert avec ses graviers, son gazon, et, oh ! merveille... un bassin où nagent quelques poissons rouges — l'un d'eux me semble s'être décoloré, seules son échine dorsale et ses nageoires sont encore teintées de rose, cependant que sa panse est devenue blafarde. Là-bas, au fond d'une allée, une statuette de nymphe suscite l'admiration de la famille. Je trouve que la dame déshabillée est belle, triste, et qu'elle doit se geler dans ce coin de verdure.

Félicie vivait-elle chez ses maîtres ? En tout cas, elle gardait siennes deux ou trois mansardes au sommet d'une bâtisse sur la place proche. Elle nous y logea. Demeure encore en moi, avec l'odeur des draps frais, des fumées de feux de bois que le vent faisait glisser vers nos lucarnes sur les hauts toits d'ardoise qui limitaient notre horizon, le roucoulement tout proche — à croire qu'ils s'étaient introduits nuitamment dans la chambre — des pigeons, nos seuls voisins à cette altitude (ce bruit de forge amoureuse prenait dans mon demi-sommeil une étrange intensité ; je m'éveillais enfin, à la fois inquiet et ravi de ne plus savoir pour un instant où j'étais ni qui j'étais).

Avalé le chocolat chaud et le croissant — décidément Félicie nous gâtait, elle qui ne savait que ronchonner, du moins quand elle n'était pas en train de rire —, je reconnaissais pleinement le temps et le lieu : l'air avait ici une autre senteur, la lumière un autre éclat, les voix un autre son que l'air, la lumière ou les voix de Limoges ; sans aucun doute, nous étions en voyage, loin, si loin. « A quelques kilomètres d'ici, affirmait Jeanet, c'est déjà la Dordogne, le Périgord... Vous avez vu, les maisons sont plus belles avec leurs toits d'ardoise, leurs murs clairs. »

C'était cela, tout cela, le voyage.

Saint-Yrieix-la-Perche, c'était aussi pour moi les craquelins : un gâteau doré, salé et craquant. Félicie nous en donnait une douzaine à emporter avec ses propres tartes ou brioches quand nous étions sur le départ.

De Saint-Yrieix, je garde encore un autre mot que j'avais plaisir à me répéter et dont la ressemblance me frappait avec le mot craquelin : « kaolin » (il rendait mystérieuse cette terre blanche qu'il désignait et que découvrit là-bas Mme Darnet, femme de l'apothicaire, au temps de la Pompadour). « Kaolin-kaolin-kaolin-ka... » murmurais-je parfois à en perdre le souffle. On m'avait dit que c'était là un mot chinois, je le croyais un peu magique. Grand-mère Louise me parlait de carrières de kaolin près de Saint-Yrieix, à Marconnac, où Antoinette, sa belle-sœur, tout enfant, devait travailler.

Et la Roche... l'Abeille? Là-bas aussi les Reix et les Maigner me conduisirent. Les cousins Desfeuillas — on les appelait ainsi, bien qu'Amélie Desfeuillas fût la nièce de ma grand-mère — logeaient avec leur nombreuse progéniture dans une ferme basse de deux ou trois pièces jouxtant la grange face à la châtaigneraie. La mère, dépeignée et rieuse, me pressait contre son sein où les marmots s'abreuvaient bien au-delà de l'âge habituel du sevrage. Elle était fille de Mariette la demi-sœur de ma grand-mère qu'elle adorait. Le père chantait volontiers les vieilles chansons limousines pourvu qu'il eût un verre de piquette dans le nez : « *qu'é ahué que nous fan gerbo baude... Qu'é ahué que nous minjan lu jau !* » ou bien : « *Dainguerro n'e pas jour qu'e lo luno qué raillo, — Dainguerro n'e pas jour qu'e lo luno d'amour* », ou encore : « *Me doué pe sur lo tablo é moun verre tout ras — Uno gento filla siquia sur me genou.* » Cette dernière chanson paraissait offusquer la cousine Desfeuillas qui me désignait de la tête en prenant des mines effarouchées.

Une joie effervescente régnait dans la ferme autour de grand-mère et du petit « villaud » que j'étais : les belles grandes filles Desfeuillas nous cajolaient, leur mère nous donnait à manger les tartes aux pommes et aux prunes qu'elle avait confectionnées en notre honneur : « Allons mangez... Vous ne mangez rien... Encore un bouci. » Jusqu'au chien, un bâtard brun et gris dont on voyait les côtes, qui gambadait et jappait autour de nous.

Après le repas, l'aîné des Desfeuillas, Célestin, venait nous rejoindre. C'était un gaillard au visage osseux et sévère ; sous des sourcils épais s'ouvraient ses yeux clairs. Célestin me prenait dans ses larges mains, m'élevait au-dessus de sa tête, me reposait doucement sur le sol.

— Qu'en ferez-vous de ce petit ? demandait-il.

Mes grands-parents se regardaient, ne sachant que répondre.

— Il faudra qu'il aille à l'école longtemps, il faudra qu'il s'instruise.

Je trouvais que Célestin avançait là une idée peu réjouissante. Mais sa taille, sa gravité m'impressionnaient et je n'osais pas contester ses propos.

Ensuite, il parlait avec Jules ; j'attrapais au vol quelques mots : « machines... socialisme... ouvriers et paysans... l'avenir ».

— Le voilà reparti dans ses rêves, murmurait la cousine Desfeuillas.

Grand-mère contemplait, pensive, les deux hommes.

— Votre Célestin, il est intelligent, disait-elle.

— Hé, peut-être... résultat, il se dispute avec son père. Il veut lui donner des conseils : « Tu devrais planter cela... Tu devrais faire une fosse pour le fumier... Tu devrais, tu devrais... » Et ils se chamaillent, ensuite ils boudent ; Célestin reste des jours sans venir nous voir.

La cousine soupirait, baissait le front, grand-mère la prenait par les épaules.

— Et Marcellou? demandait-elle pour dissiper la tristesse de sa nièce, mais celle-ci gardait l'air maussade.

— M'en parle pas, Louise... De quoi j'ai l'air, grand-mère, et avoir encore un gamin de trois ans.

Et soudain elle se mettait à rire.

— Sacré Marcellou... Il faut le voir avec son neveu, le fils de Célestin! L'oncle et le neveu ont le même âge!... N'empêche que Marcellou se rengorge quand l'autre l'appelle Tountoun!

S'entendant nommer, Marcellou qui jouait à quatre pattes sous la table, s'approchait. Je regardais avec un mélange d'étonnement et de réprobation ce fort bambin aux grosses joues rouges barbouillées de terre, jambes et cul nus sous la robette trop courte, le robinet à l'air. Une pendeloque de morve se balançait sous sa narine.

— *Hé! pitit gagnou, moucha-té per embrassa lou tata!*

La cousine Desfeuillas approchait un mouchoir de la face de Marcellou qui se reculait furieux.

— *Noun! Noun! mé sé bé moucha hiar.*

D'un revers de main, il essuyait la morve, cependant que sa mère prenait un air honteux et que grand-mère riait tant qu'elle en avait les larmes aux yeux.

— Qu'est-ce qu'il a dit? Hein, qu'est-ce qu'il a dit?

— Il... a... dit... il... a... dit...

Le rire l'empêchait de continuer... Enfin elle reprenait souffle, cependant que la cousine Desfeuillas parvenait à appliquer le grand mouchoir sur le nez de Marcellou qui se débattait.

— Elle lui a dit : « Petit cochon, mouche-toi pour embrasser la tante », et lui a répondu : « Non! Non! je me suis bien mouché hier. »

Mon père se réjouissait quand, de retour en ville, mes grands-parents lui racontaient les exploits de Marcellou : par exemple comment, en jurant (*Fi de Di! la pina!*) il arrachait de sa fesse, où elle s'était plantée de tous ses piquants, une bogue de châtaigne sur laquelle il s'était assis.

— Fi de Di, la pina ! Ça, c'est un homme, ce Marcellou, ce n'est pas une poule mouillée.

Et qui donc était une poule mouillée ? Je ne doutais pas que, dans l'esprit de mon père, ce fût moi-même. Aurait-il donc aimé que je me balade comme le tardif mais vigoureux rejeton des Desfeuillas, la morve au nez, le cul à l'air ! Je n'étais pas un sauvage, moi !

Ce triomphe de Marcellou me gâchait un peu le souvenir que je gardais du voyage à la Roche-l'Abeille. Je demandais pourtant souvent quand nous y reviendrions.

— Hé ! ce n'est pas la porte à côté, remarquait grand-père.

Alors, je voulais qu'il me contât, une fois de plus, l'histoire qui avait valu le nom de la Roche-l'Abeille au pays des Desfeuillas.

— C'était au temps d'Henri IV. On t'a pas encore parlé à l'école de Henri IV ?... Tu apprendras cela, le seul roi qui a été pour le peuple, tous les autres... Alors, en ce temps-là, il y avait la guerre de religion : les catholiques d'un côté, les protestants de l'autre...

— Qu'est-ce que ça veut dire les catholiques, les protestants ?

— On t'apprendra, on t'apprendra, des histoires de curés et de pasteurs... Henri IV était protestant, il avait une armée, les curés en avaient une autre, elles se sont rencontrées dans les landes, pas loin de chez les Desfeuillas, des landes pleines de rochers et dans les creux de ces rochers, il y avait beaucoup, beaucoup de ruches d'abeilles... Bon, alors, je sais plus laquelle des deux armées était sur le point d'être écrasée, l'autre armée s'avance pour tuer les soldats vaincus, elle s'avance, elle s'avance, elle marche sur les rochers et sur les ruches ; les abeilles, des milliers d'abeilles, peut-être des millions, sortent, furieuses, elles se jettent sur les soudards, les piquent dans le cou, les yeux, dans le nez, et tous ils s'enfuient en hurlant. Et comme ça, c'est l'autre armée qui a été victorieuse, mettons que ce soit celle des catholiques, du coup, ils ont dit que c'était un miracle, que c'était la Sainte Vierge qui les avait sauvés avec toutes ces abeilles. Depuis, là-bas, le pays s'appelle La Roche-l'Abeille.

— Les Desfeuillas, ils y étaient à la bataille ?

— Mais non, petit, ça fait des siècles, des siècles...

— Qu'est-ce que c'est, des siècles ?

— Un siècle, c'est cent ans, alors il y a quatre siècles, quatre cents ans de cela.

Un siècle, cent ans, quatre cents ans, c'était avant ma naissance, voilà tout. Je comprenais bien que Marcellou ne pouvait pas être là au temps de la bataille des abeilles — il n'aurait pas eu intérêt à se balader sans culotte, ç'aurait été autre chose que les piqûres de pelon de châtaigne ! — Il ne pouvait pas y être puisqu'il était né après moi, mais ses parents, mais Célestin, je les imaginais très bien se battant contre les catholiques, à moins que ce ne fût contre les protestants.

Qu'il s'était donc passé de choses avant ma naissance ! Des batailles, des guerres comme s'il en pleuvait ; la dernière, c'était celle de mon père, et maintenant plus de batailles, plus de guerres et il n'y en aurait plus jamais. En somme, le monde avait changé avec ma naissance, je ressentais cela bizarrement, dans un mélange d'inquiétude et d'orgueil : n'était-ce pas moi, par le seul fait d'apparaître, qui étais la cause d'un si total changement ?

De telles questions ne me retenaient qu'un instant, et même elles ne faisaient qu'affleurer à la lisière de ma conscience, déjà je repartais en pensée vers les bois et les prés de La Roche-l'Abeille. Puis, j'oubliais ces cousins Desfeuillas jusqu'à ce que l'un d'eux — et il me semble que ce devait presque toujours être Célestin leur ambassadeur — apparût quelque jour route d'Ambazac. Venu pour la foire, il apportait à ma grand-mère les tartes, le caillé, le beurre confectionnés pour elle par sa nièce ; il se tenait gauche et raide dans ses vêtements de ville, le visage rouge d'émotion sous le hâle.

— Et alors, la tante, on vous voit bientôt chez nous ?

Grand-mère soupirait :

— On voudrait bien, Célestin, mais... le temps ? et puis le voyage, ça coûte !

Le visiteur reparti, Louise et Jules parlaient longtemps en patois de La Roche-l'Abeille, de Saint-Yrieix (je remarquais au passage ces noms en français). Parfois, ils nommaient aussi dans leurs souvenirs ou leurs projets : Le Chalard, d'autres fois : Jumilhac.

— Le Chalard, c'est chez mon autre grand-père ?

— Non, ton grand-père Emmanuel, c'est à Châlus... Le Chalard, il y a des mines d'or au Chalard... Quand on était jeunes, on avait des camarades et des cousins qui travaillaient dans les mines, plusieurs sont devenus malades de la poitrine, à cause du sable qu'ils respiraient dans la mine. C'était la silicose, leur maladie... Maintenant, au Chalard, une cousine à nous et aux Desfeuillas y habite, son mari est facteur là-bas. C'est bien, Le Chalard, avec une belle rivière, on t'y amènera un jour.

— Je veux pas.

— Et pourquoi ?...

— Je veux pas avaler le sable d'or.

— N'aie pas peur, nous n'irons pas à la mine, nous pêcherons dans la rivière... Mais peut-être, si on peut voyager l'année prochaine, il vaudra mieux aller d'abord à Jumilhac... à Jumilhac-le-Grand. Un fils de ma demi-sœur tient le bureau de tabac... On le lui a donné parce qu'il est blessé de guerre, le malheureux, il a une jambe de bois.

Que de cousins connus et inconnus, tous plus ou moins fabuleux : de Célestin Desfeuillas au facteur du Chalard ; de Marcellou le sauvageon à l'homme-à-la-jambe-de-bois, moitié d'homme, fils d'une moitié de sœur ! Et que de lieux à retrouver ou à découvrir ! Il me semblait que ma grand-mère — car toutes et tous étaient ses cousins ou cousines, ses nièces ou neveux — régnait sur une famille innombrable répandue dans les vallées, au pied des collines, dans les châtaigneraies, les villes et les villages d'un immense pays qu'on appelait le Limousin, immense et pourtant, malgré la variété de ses paysages, toujours reconnaissable grâce à ses sources, ses ruisseaux et ses rivières, ses prairies, ses châtaigniers, ses horizons bleutés et son parler sonore pour moi difficile à saisir bien que je l'entendisse souvent dans la bouche de mes grands-parents. « Louise ! Tante Louise ! » comme elles ou ils l'aimaient, comme ils ou elles l'écoutaient, comme elles ou ils l'admiraient, ma grand-mère ; et elle, toute différente avec eux de la femme grave, un peu triste même de la route d'Ambazac : jeune, moqueuse, bavarde, une reine.

VI

J'AIMAIS me rappeler cette façon qu'avaient nièces, cousines, cousins de regarder, d'écouter, attentifs et heureux, leur « tante Louise », ma grand-mère. C'était comme cela, oui, qu'il fallait se montrer avec elle, et non pas comme faisait mon père : il avait toujours l'air de plaisanter quand il lui parlait, à moins qu'il ne la critiquât pour son indulgence, excessive selon lui, à mon égard. J'aimais bien aussi quand maman et grand-mère parlaient ensemble tout en cousant, tandis que je jouais dans un coin de la pièce. Il me semblait parfois que grand-mère s'adressait à maman avec cette voix caressante qu'elle prenait pour me raconter une histoire ou bien pour m'apaiser lorsque je m'étais blessé dans une chute. Oui, elle parlait à ma mère comme si celle-ci était encore une enfant.

Une chose m'étonnait — ce terme est trop fort —, disons plutôt que je percevais cela confusément sans pour autant le formuler : mon grand-père, pourtant d'un naturel assez bavard, ne parlait presque jamais avec maman, et elle-même allait et venait près de lui comme si elle ne le voyait pas, comme s'il n'était pas là. J'éprouvais alors le besoin de les éveiller l'un à l'autre : « Pépère Jules ! Maman ! » m'écriais-je, et je leur faisais partager ce qui trottait dans ma pensée : un fait qui m'avait intéressé ce jour-là à l'école, une question sur n'importe qui, n'importe quoi. Je me sentais soulagé lorsque mon appel les obligeait, pour me répondre, à échanger enfin quelques mots. Mais bien vite, je les voyais redevenir étrangers l'un à l'autre, et cela, un instant, me redonnait un vague malaise que, presque aussitôt, j'oubliais en reprenant mes jeux.

Je me plaisais toujours à voir maman essayer quelque nouvelle toilette. Grand-mère ajustait le corsage, tirait un pli de la jupe.

— Il faudra que je fasse un point ici pour effacer ce faux pli.

Ou bien :

— L'ourlet est trop important, je le déferai.

Grand-mère Louise, jeune, travaillait « dans la couture », me disait maman, « elle faisait ce qu'elle voulait de ses doigts ». Grâce à ce talent, malgré la pauvreté, elle avait pu vêtir la petite Élise en écolière chaque jour tirée à quatre épingles. Maintenant, maman commandait ses robes à une couturière voisine, mais elle avait volontiers recours à sa mère pour une ultime mise au point.

— Voilà, concluait grand-mère, en s'éloignant pour mieux juger de l'ensemble... Parfait, parfait.

Elle se retournait vers moi :

— Hein, petit, qu'en dis-tu ?... Elle est jolie, ta maman ?

— C'est la plus jolie.

Je courais vers ma mère, elle se baissait, rose et riante, je la dévorais de baisers.

— Hé !... arrête... disait grand-mère, tu ne vas plus en laisser.

Je la regardais dans les yeux.

— Toi aussi, tu es la plus jolie.

— Moi... Oh! non... Tu vois bien que je suis vieille.

— C'est pas vrai.

— Tsst... tsst... un garçon bien élevé ne dit pas « C'est pas vrai », grondait maman.

Elle jetait un coup d'œil à la montre d'argent qu'elle portait au bout d'une chaîne passée autour du cou, une montre ronde de la taille d'une châtaigne et dont j'admirais le boîtier où s'entrelaçaient, gravées en volutes, les initiales : E. C.

— Mon Dieu, s'écriait-elle, déjà six heures... Allez, vite, je vais te faire apprendre ta fable, sinon demain : un zéro, et alors, mercredi, papa ne voudra pas que tu ailles route d'Ambazac.

A ces mots, grand-mère pliait précipitamment bagage.

— Apprends ta fable, apprends-la, petit... Allez, à mercredi, à mercredi.

Elle s'enfuyait, eût-on dit, comme si une minute de plus passée en notre compagnie eût dangereusement compromis mes chances d'obtenir, le lendemain, une bonne note, et donc de la rejoindre après-demain en notre éden du faubourg.

Mais l'éden, la beauté, la jeunesse y sont éternelles. Grand-mère Louise ne semblait pas convaincue qu'il en fût ainsi dans le jardin où il m'était si cher de jouer, cependant qu'assise à l'ombre du cerisier tendant vers nous ses branches par-dessus le mur depuis le verger voisin, elle raccommodait quelque linge tout en m'observant de temps à autre. Là aussi, comme avec maman rue Bernard-Palissy, il lui arrivait de murmurer, si dans mes paroles je l'associais à quelque projet pour mon avenir lointain : « Mais, petit, je serai vieille. » Ces mots provoquaient en moi la panique.

— Non, non, je ne veux pas! Jamais, tu seras jamais vieille, jamais!

De mes poings, je faisais mine de la frapper, comme pour la punir de ses pensées. Elle souriait, s'obstinait :

— Petit, c'est la vie. Toi, tu grandiras et moi je vieillirai.

— Il faut pas... Il faut que tu restes toujours... toujours... comme...

— Comme quoi ?

— Comme tu es !

Ma colère faiblissait, que j'avais tenté d'opposer à l'angoisse et ma phrase s'achevait dans un sanglot.

Les tendres bras se refermaient sur moi ; nous restions longtemps silencieux, pressés l'un contre l'autre, jusqu'à ce que les paroles dangereuses, l'intolérable idée cédassent la place dans ma tête à quelque penser anodin. Mais souvent, je demandais une chanson : l'histoire et l'air m'aidant à oublier.

— Laquelle veux-tu ?

— Celle de Marguerite.

— « Marguerite — ma petite — t'as les yeux si doux — quand tu danses — en cadence — tu fais voir — tes genoux » (la voix un peu moqueuse marquait bien les trois temps de la polka).

Quelle était cette Marguerite ? Je devais lui prêter l'allure et les traits de mon amie Madeleine dont les blancs genoux luisent dans mon souvenir ; je la voyais brunette, grave, tenant serrées les cordes d'une balançoire, sa jupe soulevée par le vent dénudant les jambes rondes.

D'autres fois je réclamais « Le ruban ponceau ». Cette chanson me séduisait dans la mesure même où je n'en comprenais guère le sens ni les paroles. Il devait être question d'un promeneur, de son chien, et d'un autre passant peu aimable qui s'en était pris au quadrupède.

— « Tu as voulu battre mon chien — La pauvre bête ne te faisait rien... »

Mais il y avait une justice :

— « Tu es tombé dans l'eau... Tu as sali ton chapeau... Avec son beau ruban ponceau. »

Ah ! ce « ruban ponceau », je m'interrogeais en vain sur ce que cela pouvait bien être. Plus tard quand je découvris sa couleur rouge coquelicot, j'eus bien du mal à m'y habituer ; aujourd'hui encore le ruban de la chanson reste pour moi d'une matière et d'une teinte indéfinissables, quelque chose de liquide, une sorte d'eau immobile et bleuâtre.

— Chante encore.

— Oh ! c'est assez comme ça.

— Si, si, chante...

— J'en connais pas d'autre.

— Chante encore « Marguerite ».

— « Marguerite — ma petite... »

— Chante, grand-mère, chante, demandais-je quand Marguerite pour la deuxième fois avait montré ses genoux.

Elle secouait la tête, elle riait.

— Enfin... enfin... Georges... laisse-moi tranquille... va jouer... j'ai du travail... Tu le vois bien, je n'ai rien à te chanter maintenant.

— « Le ruban ponceau ».

— Tu peux le chanter tout seul.

— Non... toi... toi.

Je chantais avec elle. Que ne finisse pas le chant, tant qu'il dure rien ne peut arriver, rien ne peut changer : comment celle qui chante vieillirait-elle le temps de la chanson ? La chanson, on peut la reprendre deux fois, dix fois, cent fois, toujours, elle est toujours la même, alors ceux qui chantent, eux non plus ne changent pas.

Il fallait que tous les jeudis et tous les dimanches matin de toutes et toutes les années à venir, je pusse voir comme à présent ma grand-mère peigner devant moi sa chevelure qui, dénouée, lui tombait aux talons en un flot souple et chaud. Fasciné, je la regardais, je la regarderais à jamais passer lentement, patiemment, le peigne de haut en bas jusqu'à ce qu'il n'y eût plus, sur le parcours, de cheveux embrouillés pour l'arrêter; ensuite elle partageait la chevelure en trois colonnes égales, et, assise dans la cuisine sur la chaise basse, elle commençait à tresser l'épaisse, la longue natte châtain dont elle attachait l'extrémité avec un lacet.

Enfin, elle enroulait la natte sur sa tête en une haute couronne qu'elle fixait à l'aide d'épingles de corne dont la couleur se confondait avec celle des cheveux.

Maman, elle, agençait un soyeux chignon au-dessus de la nuque. Quant à tante Margot, elle façonnait avec ses cheveux une sorte de potiron qui se tenait fièrement au-dessus du crâne.

L'opulence des chevelures féminines faisait souvent l'objet des conversations familiales, toutes les comparaisons tournaient à l'avantage de ma grand-mère, de ma tante et de maman. Mon père parlait-il de la coiffure d'une de ses clientes ou de l'épouse d'un collègue, grand-père Jules d'une ouvrière dont le chignon s'était défait à l'usine répandant une cascade blonde ou brune saluée des sifflets admiratifs des ouvriers, invariablement quelqu'un remarquait :

— Oui, mais qu'est-ce que c'est à côté de Louise, je suis sûr que les tifs de votre cliente (ou de la dame du représentant... ou de la chocolatière), je suis sûr qu'ils ne sont pas à moitié aussi longs que ceux de Louise!

— Bien sûr, reprenait un autre, même pas la moitié

des cheveux de Margot ou de Lison, et pourtant elles en ont coupé une bonne partie ces coquines !

— Vous ne vous rendez pas compte, soupirait maman, ce que c'est chaque soir et chaque matin de peigner une telle masse.

— Et le temps qu'on y passe, ajoutait tante Margot. Sans parler du poids que cela pèse sur la tête.

Grand-mère gardait le silence ; elle souriait, à la fois timide et flattée. Elle ne se plaignait pas de la servitude que lui imposait sa glorieuse chevelure. C'était un peu comme si elle détenait le seul trésor de cette famille pauvre, et même, jadis, misérable ; et de cette surprenante et somptueuse abondance capillaire, ses frères et son mari tiraient un juste orgueil.

Lorsqu'une discussion de cette sorte avait lieu chez Jeanet, il n'était pas rare qu'il nous montrât l'une de ses photographies où l'on voyait, en profil perdu, les trois sœurs, Louise, Catherine et Margot, en longs jupons, la chevelure dénouée tombant jusqu'aux talons pour Louise, jusqu'au-dessous des mollets pour les deux cadettes.

— C'est de notre mère qu'elles tiennent ces piaux, remarquait Jeanet.

— Elle les vendait cher ses cheveux ? demandais-je.

— Ah ! tu lui as raconté... disait Jeanet à sa sœur.

Ils se taisaient. J'avais l'impression qu'ils m'oubliaient, partis en un rêve je ne savais où.

— Non, pas cher, répondait enfin mon oncle, comme si je venais de poser ma question... La malheureuse, se faire mutiler ainsi, couper ses cheveux si beaux pour quelques sous.

Il se tournait vers sa sœur :

— Tu te souviens, quand on l'a fait exhumer, la mère, pour la mettre dans une tombe à elle, et qu'on a vu... ce rouleau de cheveux noirs, échappé du cercueil, elle avait dû vendre ses cheveux une fois encore juste avant de... et ils avaient repoussé sous terre.

— Je t'en prie, protestait grand-mère en me désignant à Jeanet d'un mouvement de tête.

— Qu'est-ce qu'il a dit? Qu'est-ce qu'il a dit?

— Rien, mon petit, rien, on t'expliquera plus tard, quand tu seras grand.

— Qu'est-ce qui repoussait sous la terre?

— A propos de cheveux, s'écriait Antoinette pour faire diversion, la plupart des femmes dont vous admirez les chignons, eh bien, je vous parie que ce sont des postiches... Vous pensez, les bourgeoises, pourquoi elles se priveraient : elles achètent les nattes coupées aux pauvresses, et puis c'est commode, pas besoin de se peigner, ça se pose tout prêt sur la tête.

— Dis, grand-mère, on lui avait fait quoi à ta maman? Elle était dans la terre?

— Va donc jouer, Georges, regarde, il y a du soleil maintenant, va au jardin, va voir l'écureuil.

Je ne bougeais pas de mon siège; alors Jeanet allait prendre un gros livre sur le bric-à-brac où s'amoncelaient appareils de photo, outils de menuiserie, filets de pêche et fusils de chasse.

— On va regarder les images dans le Larousse, me proposait-il.

Il ouvrait le livre aux pages écornées et jaunies.

— Le dictionnaire, tu sais, c'est quelque chose; je le lis souvent. C'est fou ce qu'on peut apprendre là-dedans. Quand Marcelle était petite, elle aimait que je lui lise des pages du Larousse... Mais aujourd'hui, on va seulement regarder les images.

Il feuilletait le volume, s'arrêtait lorsqu'il trouvait une planche d'illustrations.

— Tiens, voici les oiseaux.

La double page était garnie de quelques dizaines de figurines ailées, sous chacune d'elles un chiffre et dans le bas la liste des noms.

Tout en regardant les volatiles, je ne manquais pas de prêter l'oreille à la conversation que les femmes poursuivaient à voix basse.

— Quand je pense, soufflait Margot, que la pauvre Cathie est sous terre... Mon Dieu, ses beaux cheveux, que sont-ils devenus ?

Mon oncle passait des images d'oiseaux à celles des reptiles : il me disait leurs noms en me montrant chacun du doigt.

— Le serpent à sonnettes, terrible, et celui-là, le cobra, terrible aussi.

Plus que tous ces maudits serpents, me hantaient les paroles qu'on prétendait m'interdire d'entendre à propos de la mère de grand-mère ou de sa sœur Catherine, Cathie. Que faisaient-elles donc sous la terre ? et leurs cheveux qui avaient continué à pousser ! Mais alors, depuis si longtemps qu'ils poussaient, ils devaient être immenses maintenant, ou même infinis ! A l'infini, leurs serpents noirs s'allongeaient, se nouaient au fond de la terre. Toujours, on baissait la voix quand on parlait de mort devant moi, comme si précisément ce ton soudain grave, ce chuchotis n'allaient pas aussitôt m'alerter... Posais-je des questions sur ces morts, sur la mort : « Va jouer », me lançait-on, comme aujourd'hui encore !

— Le boa constrictor... ça, c'est le python.

— Dis, le dictionnaire, il a des images sur les morts ?

— Sur les...

Mon oncle me regardait bouche bée. Les femmes d'un coup étaient devenues muettes. Enfin, Antoinette retrouvait sa voix pour ordonner :

— Enfin, Jeanet, Jules, vous voyez bien qu'il ne pleut pas, allez donc faire prendre l'air à ce petit.

Mon oncle refermait le Larousse ; grand-père quittait le cercle des femmes.

— Ouste, disait-il, en me lançant un clin d'œil, on va faire un tour dans les prés.

Tous les trois, moi entre les deux hommes, et leur donnant la main, nous partions en promenade. J'oubliais bientôt les histoires macabres au profit de nouveau des oiseaux, des insectes et des bêtes que nous rencontrions au coin des haies, à la lisière des prés ou le long des chemins mieux qu'en tournant les pages d'un gigantesque dictionnaire.

Cependant, le soir, de retour route d'Ambazac, au moment d'aller dormir, les propos de Jeanet et de Margot sur les mortes me revenaient en mémoire. J'appréhendais le moment proche où, seul, dans le noir, il me faudrait affronter les images angoissantes ; aussi faisais-je tout mon possible pour m'attarder dans la cuisine.

— Oh ! j'ai mal, prétendais-je en passant la main sur mon estomac.

Aussitôt voilà grand-mère alarmée.

— Ça te pèse ? Pourtant tu n'as pas beaucoup mangé.

— Je sais pas.

— Ou bien, c'est des brûlaisons ?

— Fais-lui une tisane, conseillait grand-père.

— De la tisane ou du bicarbonate ?

— Du bicarbonate, demandais-je.

Grand-mère jetait une pincée de poudre blanche dans un peu d'eau.

Je goûtais le breuvage en grimaçant.

— Mets-lui un peu de vin, Louise.

Elle teintait la mixture de quelques gouttes de vin rouge et... la boisson effervescente devenait quasiment violette puis noirâtre. J'avalais avec délice ce liquide au goût salé sans doute exécrable. Quand, sous l'effet du « remède », j'avais expulsé quelques rots, le visage de grand-mère perdait un peu son air soucieux.

— Voilà, ça t'a dégagé, maintenant, au lit.

Il fallait bien enfin obéir. Souvent, je suppliais qu'on laissât la lumière allumée dans la salle à manger où j'avais regagné mon lit pliant. « Tu éteindras quand je dormirai. » Je m'efforçais de garder les yeux ouverts, pour que ne vînt pas me saisir avec le noir du sommeil quelqu'une de ces mortes qui continuaient à mener une étrange, une menaçante existence au fond de la terre, puisque leurs cheveux demeuraient en vie. Mes paupières se faisaient lourdes, alors je m'appliquais à observer, accrochées au mur, les deux grandes coupes de porcelaine décorées dont grand-mère Louise était si fière. Leurs contours dorés et tourmentés évoquaient pour moi tantôt la forme d'une oreille démesurée, tantôt celle d'un craquelin géant. Au centre de chacune des coupes, sur un fond de fleurs et de pâle verdure, adossés à des balustres de marbre un jeune homme et une jeune femme se sourient. Ils sont bizarrement vêtus : les jeunes messieurs portent culottes bouffantes de velours serrées aux genoux, bas de soie, escarpins vernis à boucle d'argent ; leur gilet de satin, vert pour l'un, rouge pour l'autre, découvre largement la chemise blanche au jabot de dentelle ; ils portent un drôle de bicorne noir orné d'une cocarde ; les jeunes dames, l'une brune, l'autre aussi blonde que maman, ont d'amples et longues jupes vaporeuses, des écharpes aux fluides couleurs couvrent à demi les épaules nues, des capelines à larges bords protègent du soleil leur visage nacré. La brunette incline sa tête et son amoureux s'apprête à déposer un baiser sur la nuque ainsi offerte ; quant au galant compagnon de la dame blonde, il dissimule derrière son dos un bouquet de roses pourpres qu'il tient d'une main. J'attends en vain le moment où il va se décider à tendre les fleurs à son amie. Il me semble qu'il doit faire ce geste quand je cesse de l'observer ; dès que je lève de nouveau mes yeux vers la coupe, hop, il a eu le temps de remettre le bouquet derrière lui. Sa compagne me pose un autre problème toujours aussi irritant : le peintre sur porcelaine l'a assise à mi-hauteur du mur que surmonte la balustrade de marbre, or rien n'indique que la moindre pierre dépasse du mur à proximité du séant de la belle, alors sur quoi peut-elle bien être assise ? On dirait qu'elle demeure tranquillement installée dans le vide ! Je n'ose supposer que l'artiste si habile pour peindre ses personnages a tout simplement commis là quelque maladresse, et je m'en veux de demeurer incapable de déceler le détail qui, dans la maçonnerie, doit fournir un siège à la coquette. Même dans la lumière du jour, je ne suis jamais parvenu à résoudre cette énigme ; alors, ce soir où mes yeux déjà se ferment à demi, il ne saurait en être question. Je fais encore un effort pour regarder là-bas les deux couples qui deviennent de plus en plus flous. Je sens que je vais quitter leur jardin fleuri et glisser dans le noir ; sans nul doute, aussitôt, le gandin offrira son bouquet, la blonde sautera de son siège invisible, et tous deux s'embrasseront, cependant que... non, non, je ne veux pas, je ne veux pas... les cheveux des mortes monteront de la terre vers mon lit... J'appelais grand-mère que j'entendais ranger des affaires dans la chambre.

— Comment ! Tu ne dors pas encore ! Moi qui venais éteindre.

— Non, non, il faut pas éteindre... Donne-moi mon ours.

— Ton ours ?

Elle se retournait vers la porte de la chambre.

— Tu entends, Jules ? Il veut son ours...

Elle me contemplait, incrédule.

— Voyons, tu n'es plus un bébé... Ton ours, ça fait plus d'un an que je l'ai rangé, tu ne jouais plus avec, tu étais déjà trop grand.

— Je le veux, je veux l'ours, suppliais-je.

— Mais, Dieu sait où je l'ai placé...

J'entends grincer les tiroirs de la commode que grand-mère tire et pousse. Elle maugrée tout en poursuivant ses recherches :

— A son âge, à cette heure... Si ton père me voyait, petit, s'il savait la comédie que tu me fais faire, il crierait et il aurait bien raison.

Je percevais encore des froissements de linge ou de papier, et soudain :

— Le voilà !

J'étais sauvé.

Elle me portait le malheureux ours en peluche verte — ou du moins qui avait été verte, mais à laquelle l'usure et les intempéries donnaient une teinte indéfinissable : ici brunâtre, ailleurs verdâtre, là sombre et plus loin délavée. Dans ma joie et ma gratitude, je ne voyais pas la laideur du pauvre animal, ni qu'il était borgne, l'une des deux perles jaunes piquées en guise d'yeux à la base de son front étant tombée au cours de quelque bagarre. Qu'importait. C'était lui, c'était sa forme potelée, douce à caresser, tendre à blottir au creux de l'épaule. Il gardait le tablier rouge qu'un jour grand-mère avait taillé pour lui et dont je le vêtais lorsque je l'emmenais en promenade. Le rituel naguère voulait qu'au moment de mettre au lit près de moi l'ourson, je lui ôtasse le tablier, mais ce soir-là, je dus le garder *tout habillé* dans mes bras et nous nous endormîmes serrés l'un contre l'autre.

Le lendemain matin, je regardais avec un peu de dégoût le fétiche borgne et défraîchi. Pour dissimuler ma gêne, je feignais de m'intéresser vivement aux deux couples galants des coupes de porcelaine.

— Pourquoi ils sont habillés comme ça les messieurs ? (Les deux femmes dans leurs falbalas me paraissaient sans doute moins éloignées des toilettes que je voyais porter à maman ou à tante Margot le dimanche.) Ce sont des polichinelles ? (Rue Bernard-Palissy, je possédais un polichinelle vêtu d'or et de pourpre, dont le chapeau rappelait un peu le bicorne des deux gandins.)

— Des polichinelles, ma foi, tu l'as dit, petit. Des hommes comme ça, c'est bien des polichinelles, répondait grand-père en riant.

— Ils sont quand même beaux, soupirait grand-mère Louise.

— Ah ! vous, les femmes, vous êtes toutes les mêmes, un bon à rien pommadé, un richard qui fait le gandin et vous êtes prêtes à tout... et à tout lui pardonner.

Il se tournait vers moi. J'étais étonné de voir sur son visage un air de colère au lieu du sourire qui tout à l'heure l'égayait. Quant à grand-mère, elle le regardait tristement, je craignais qu'elle ne se mît à pleurer. Comment les personnages peints pouvaient-ils provoquer ce malaise ! Je revenais prendre l'ours dans mon lit, l'apportais à ma grand-mère pour lui faire oublier cette querelle.

— Tiens, remets-le dans la commode.

Elle prenait l'ourson, le gardait dans sa main comme si elle ne savait qu'en faire.

— Tu peux le placer dans ta commode, disais-je doucement.

— Quoi ?... Qu'est-ce qu'il faut placer dans la commode ?

— L'ours ! m'écriais-je, stupéfait.

Elle hochait la tête.

— Tu vois, Georges, tu es trop grand maintenant pour jouer à la poupée.

— Je joue pas à la poupée. C'est pas une poupée.

Mes grands-parents de nouveau riaient et je me sentais rouge de honte et d'indignation.

— C'est vrai, concédait grand-mère.

Elle se tournait vers son mari.

— D'ailleurs, j'en connais, des gens qui ne sont plus de la première jeunesse, ils en remontreraient aux enfants pour les enfantillages.

— N'empêche, reprenait-il, que vous êtes comme ça, les femmes... les mirliflores, de vrais miroirs aux alouettes pour vous...

— Qu'est-ce que tu dis ? demandais-je.

— N'importe quoi... des bêtises, assurait grand-mère.

Pendant qu'elle allait ranger l'ours au fond d'un tiroir, grand-père me ramenait devant les coupes de porcelaine.

— Jeanet... c'est lui qui nous a fait cadeau de ces porcelaines, autrefois, quand on s'est mariés, ta grand-mère et moi... Eh bien, Jeanet, il dit que ces bonshommes et leurs dames, ce sont des gens du Directoire ; il a reconnu leurs habits, leurs chapeaux dans son dictionnaire... Il y avait eu la révolution : les pauvres ont chassé les seigneurs... et les bourgeois sont devenus les nouveaux seigneurs... Ces deux-là, dans les assiettes, ce sont des bourgeois qui jouent aux seigneurs, des fils à papa.

— Ah ! tu lui apprends à bien parler à ce petit, protestait grand-mère.

— Et tu sais comment ils s'appelaient entre eux, ces feignants ? reprenait-il. Ça aussi... Jeanet l'a lu dans son dictionnaire. Ils s'appelaient des « incroyables » et ils prononçaient : « incoyables ». Ils trouvaient que ça faisait plus chic d'avaler le *r*.

— Dis, grand-mère, pour carnaval, tu voudras pas me faire des habits comme... comme ceux du monsieur qui porte des fleurs à la dame ?

— Écoute, si ta maman veut bien acheter un coupon de satin, je te ferai un joli costume pour le mardi gras... mais tu vois, ces incoyables qui voulaient singer les anciens nobles, on les laissera sur leur assiette, toi, je t'habillerai plutôt en vrai marquis.

— En « vrai marquis » ! bougonnait grand-père. Quelle idée ! Et Élise va acheter du satin pour ça !... Déjà que tu habillais ta fille comme une « vraie princesse » quand elle était petite.

— Ma fille, je l'habillais comme je devais l'habiller.

Cet accent agressif me blessait, accoutumé que j'étais à les voir toujours paisibles, toujours à l'unisson du bonheur que leur seule présence me donnait. N'allaient-ils pas se disputer de nouveau comme ils l'avaient fait tout à l'heure à cause des... mirliflores peints sur les assiettes ? Je les sentais soudain retranchés dans ce monde à part, ce monde obscur des grandes personnes dont celles-ci interdisaient l'accès aux enfants par ce décret péremptoire : « Tu peux pas comprendre. »

— Qui c'est ta fille ? demandais-je.

Grand-mère ne répondait pas. Elle paraissait décontenancée. Je répétais ma question.

— Mais... Georges... ma fille... ma fille, c'est ta maman.

Je me tournais vers grand-père. Je lui en voulais d'avoir cherché ainsi querelle.

— Pourquoi tu dis : « ta fille », pourquoi ?... C'est pas la tienne ?

Tous deux prenaient un drôle d'air comme s'ils étaient en train de devenir sourds et muets. « Tu as perdu ta langue ? » me disait-on lorsque je m'enfonçais, comme eux à présent, dans le silence.

Jules décrochait sa casquette, se coiffait, gagnait la porte.

— Bon, c'est l'heure, déclarait-il.

Une fois qu'il était sorti, grand-mère Louise retrouvait sa langue.

— Tu verras, petit, je te ferai un bel habit... Je demanderai à Jeanet de me dessiner le modèle.

Sa voix redevenait enjouée pour lancer :

— Et je te parie que pépère Jules, lui aussi, il sera fier de toi.

Je ne devais alors guère imaginer à quoi pouvait bien ressembler un « vrai marquis ». Pourtant l'idée de ce déguisement durant plusieurs semaines m'assura une fameuse impatience et je ne pensai plus à cette dispute qu'il avait provoquée entre mes grands-parents.

Le moment venu, grand-mère Louise tint sa promesse.

Maman dut trouver l'argent pour acheter le coupon de satin bleu clair, et grand-mère tailla un patron à mes mesures. Pendant plusieurs jeudis et plusieurs dimanches, je la vis coudre et découdre pour m'essayer le costume jusqu'à ce qu'il fît de moi un « vrai marquis » ! Cela du moins à en croire le cercle familial qui admirait le justaucorps pincé à la taille et bordé d'un galon doré, le jabot de dentelle, lequel me chatouillait désagréablement sous le menton — mais je n'osais me plaindre et me tenais raide comme un mannequin en vitrine. Tante Margot m'offrit le tricorne dont je me coiffais crânement. Manquait la perruque poudrée. Peut-être n'en avait-on pas trouvé, ou bien était-ce là un achat par trop onéreux pour cette fantaisie : faire du rejeton d'une famille d'ouvriers et d'employés un marquis d'opérette ! Pourtant, le modèle pris dans le dictionnaire de Jeanet rendait la perruque obligatoire ; d'autant plus que, nues, sous l'auvent du tricorne, mes oreilles paraissaient encore plus grandes et plus décollées ! Tant bien que mal, grand-mère se mit à confectionner la perruque manquante en collant sur le pourtour interne du chapeau des festons de coton hydrophile. Pépère Jules, qui n'était pas revenu sur son hostilité à l'égard de ce déguisement, eut cependant la bonté d'aider à préparer colle et coton. Le jour du mardi gras, me voici parti avec maman, grand-mère et Margot vers l'avenue du Pont-Neuf où devait défiler le cortège des chars et du peuple travesti de messire Carnaval. Nous arrivâmes dans l'avenue qui descendait vers la Vienne. Là, je tins à masquer ma face d'un loup de velours jaune pour parfaire mon travestissement. Personne, certes, ne se préoccupait de reconnaître ce personnage seigneurial ni d'identifier les trois femmes qui l'accompagnaient et dont le souci commun était qu'il n'allât pas se perdre dans la foule des masques, foule de plus en plus dense au fur et à mesure que le cortège progressait vers la rivière où, tout à l'heure, on brûlerait puis noierait l'effigie de paille et de chiffon de Sa Majesté carnavalesque. Je voyais mal et j'étouffais quelque peu sous le loup jaune, mais, noblesse oblige, je restai stoïquement masqué tant que dura la fête. J'enviais pourtant la liberté et la joie des Mères-Jeanous, le déguisement préféré des vauriens des faubourgs qui s'affublaient de vieilles robes trop longues et arboraient des masques aux trognes rouges et hilares. Je n'aurais certes pas pu sauter, danser, gesticuler comme ces démons et démones. Mes accompagnatrices avaient déjà bien assez de mal à me tenir à l'écart de ces forcenés : d'un coup de coude, ils eussent volontiers envoyé au ruisseau mon tricorne et ma perruque.

Comme nous approchions des murailles de l'ancien évêché dont les jardins en terrasses dominent le Pont-

Neuf, la cohue devint de plus en plus redoutable, des remous de la foule masquée tournoyaient autour des chars immobilisés. Mes protectrices durent prendre peur : leur marquis ne risquait-il pas d'être emporté par l'un de ces tourbillons de la populace ?

— Rentrons, décida grand-mère, maintenant nous avons suffisamment vu le cortège, et d'ailleurs, pratiquement, c'est la fin.

Je protestai pour la forme, me gardant d'avouer que, moi non plus, je n'en menais pas large quand les Mères-Jeanous aux masques monstrueux paraissaient prêtes à se jeter sur moi comme des ogres.

Nous nous éloignâmes par une rue transversale qui conduisait à la cathédrale. D'autres familles flanquées d'un ou deux enfants en costume propret de Pierrot, d'Arlequin ou de Colombine, s'en allaient, elles aussi, fatiguées sans doute des cris, des rires, des chants et des danses de la liesse faubourienne. A contre-courant, passaient parfois quelques groupes de déguisés retardataires : ils s'empressaient de rejoindre le cortège en agitant leurs tambourins, leurs castagnettes, leurs grelots, ou en soufflant dans des trompettes de carton au son aigu. Parmi eux, des galopins de mon âge se hâtaient vers la fête que nous avions fuie, sans crainte pour leurs oripeaux de quatre sous et libres de toute surveillance. Je les enviais, à présent que j'oubliais le danger de la cohue et de sa houle bigarrée. Mais un marquis, n'est-ce pas, ne saurait jouer avec... les bourineurs !

— Demain, on reviendra au Pont-Neuf? demandai-je.

— Voyons, demain, il n'y aura plus de chars, plus de déguisés... Le carnaval finit ce soir.

— Alors, je ne m'habillerai plus en marquis ?

— De quoi tu aurais l'air ? Tu serais tout seul déguisé dans la ville... L'an prochain, peut-être...

— Hum, fit tante Margot, l'an prochain, il aura grandi, il ne pourra plus mettre ce costume.

Les trois femmes me regardaient consternées. Elles semblaient aussi déçues que moi à l'idée que cette fête avait été si brève et que, plus jamais, je ne serais de nouveau ce petit marquis en costume d'azur. Elles échangèrent quelques mots à voix basse. Allaient-elles se raviser, me ramener au carnaval ?

— Voilà, s'écria maman, comme s'il s'agissait de l'apothéose de cette journée, on va aller chez M. Blanc ! Il va te photographier !

Nous changeâmes donc de direction et partîmes vers le centre où officiait l'artiste. Il m'installa dans son atelier devant un « fond » qui « représentait », dans un flou du plus heureux effet, un jardin orné de balustres semblables à celles peintes sur les coupes de porcelaine où les incroyables contaient fleurette à leurs belles. J'aurais bien aimé moi aussi qu'une jeune marquise vînt me tenir compagnie dans ce décor flatteur, mais M. Blanc ne fournissait pas d'âme sœur. Il me fallut me tenir sage, seul, la tête droite sous le tricorne, face à l'appareil d'où ne sortait nul oiseau, contrairement à l'affirmation proférée par l'artiste enfoui sous son voile noir.

J'ai devant mes yeux, plus d'un demi-siècle plus tard, le résultat de cette mémorable séance. L'enfant marquis arbore un air ineffable entre la fatuité et la candeur, l'application et la crainte. Sous le chapeau, la perruque avoue le secret de sa fabrication, l'apparence capillaire du coton hydrophile laissant quelque peu à désirer. Du costume lui-même, rien à dire : il est de belle étoffe, même si elle est mince, bien taillé, soigneusement cousu. Là où les choses se gâtent, c'est au-dessous du genou : la culotte de satin s'y termine comme il se doit, mais l'argent dut manquer pour parachever une copie digne des images du dictionnaire Larousse, car, au lieu des bas de soie qu'il eût fallu et des souliers vernis à boucle, on voit les chaussettes de laine et les gros souliers de l'écolier. J'inclinerais à déceler maintenant dans cette image du marquis de six ans, aux jambes roturières, le reflet même de ma famille ouvrière et paysanne, toute proche de la terre à laquelle il lui fallait arracher une maigre subsistance, mais s'efforçant d'accéder à une vie bourgeoise, *distinguée,* ou du moins à l'idée (mieux vaudrait dire au rêve) qu'elle s'en faisait et dont me semble témoigner également une autre photo, celle-ci très grande et rehaussée de couleur bleue, blonde et rose où maman demeure à jamais une jeune et mélancolique souveraine.

Fut-ce le jour même où M. Blanc tira mon portrait qu'il la convainquit de prendre d'elle une photographie coloriée digne vraiment de sa beauté ? Le chef-d'œuvre, en tout cas, ne dut être conçu que quelques mois plus tard, car la jeune femme — elle doit alors avoir vingt-six ou vingt-sept ans — ne porte plus le chignon : ses cheveux légèrement bouclés font à sa tête un casque d'ange guerrier.

Quel scandale, lorsque ma mère eut l'audace de sacrifier à la mode sa chevelure, apanage et fierté des Maigner ! Comment mon père se résigna-t-il à voir sa belle Élise se défaire de ce fleuve d'or qu'elle laissait ruisseler sur sa nuque, ses épaules et ses reins au moment du coucher ? Ce dut être Yvonne Lamy, sa camarade d'enfance, qui la poussa à commettre le sacrilège. La rieuse, élégante et moderne Yvonne, continuait à jouer auprès de maman, toujours timide et réservée, le rôle du boute-en-train, du casse-cou, de l'effrontée qui entraînait la sage écolière dans des escapades d'école buissonnière. A l'affût de la mode, soucieuse de ressembler aux Parisiennes, Yvonne Lamy, sans aucun doute, fut l'une des premières dans notre ville à oser porter coiffure à la garçonne, et j'imagine l'éloquence qu'elle devait déployer pour amener son amie craintive à l'imiter. Mais d'abord convenait-il de désarmer le maître de maison. « Enfin, Pierre (j'entends encore l'éclat qu'elle donnait en le prononçant au prénom de mon père), ne soyez pas rétrograde ! Vous n'allez pas faire d'Élise une petite bourgeoise provinciale d'autrefois ! Il faut vivre avec son temps. Vous, un homme moderne, vous qui avez le téléphone ! »

Je fus pris à témoin lorsque maman rentra, l'air effaré, de la séance de coiffure. Mon père était là qui contemplait, muet, le résultat de la profanation. Craignant les larmes de son émule devant ce silence, Yvonne Lamy vint vers moi :

— Hein, Georges, qu'elle est jolie, ta maman ?... Dis quelque chose, toi...

Papa s'approcha de la belle aux cheveux courts, posa un baiser sur son front.

— A la bonne heure, s'écria Yvonne Lamy.

Soudain mon père eut une expression anxieuse.

— Et... les cheveux coupés, demanda-t-il, le coiffeur, il les a jetés ?

Maman nous quitta un instant, alla dans le corridor, en revint un paquet à la main. Elle défit le ruban noué autour du papier, déplia celui-ci : apparut une longue, épaisse touffe blonde enroulée sur elle-même.

Nous regardions la masse soyeuse des cheveux sacrifiés. De nouveau, je songeais à ce que disaient les femmes chez Jeanet à propos des cheveux qui poussent dans la tombe ; ceux-là allaient-ils croître, une fois renfermés dans le papier ?

— Maman, tu vas les vendre, tes cheveux ?

— Les vendre ! Non mais, quel âne, ce petit ! grogna mon père avec colère.

Ma mère ne détachait pas son regard de la chevelure tranchée.

— Ça fera un souvenir de moi, dit-elle d'une voix triste.

Elle soupira pour ajouter :

— Espérons que nous n'aurons pas besoin de faire comme ma grand-mère, de vendre... ces cheveux... et les meubles.

Mon père et Yvonne Lamy se récriaient à l'unisson :

— Cette Élise, tout de même, quelle pessimiste !

— Ce n'était pas parce qu'il y avait eu cette malheureuse affaire de sucre, qu'il fallait se voir déjà à la rue...

— Des dettes on n'en mourrait pas !...

— Je travaillerai le double, s'il le faut, affirmait père, et je rembourserai... A côté de la guerre, qu'est-ce que c'est que ça... Allez, t'en fais pas, Lison, les Boches... je veux dire : les créanciers, on les aura !

Malgré leur animation, leur ton enjoué, maman gardait son air de lassitude.

— Mon pauvre Pierrot, murmurait-elle, que feras-tu avec ce petit... et... cet autre enfant à élever ? (Qu'était-ce encore, pensais-je, ces histoires ? Cette histoire de « sucre » ? Cette histoire d' « autre enfant à élever » ?)

— Oh ! mais dis donc Élise, « petite Maigner, grande sotte » ! lança Yvonne.

D'habitude, ces paroles déclenchaient le fou rire des deux complices ; elles leur rappelaient une de leurs professeurs dont les ridicules n'avaient pas fini encore de les amuser. Cette fois, les mots magiques restèrent sans pouvoir, ce qui parut impressionner l'ancienne élève rebelle. Elle se tourna gravement vers mon père.

— Le médecin vous a alarmés ?

— Pensez-vous... Lison se porte comme un charme... Non, non, ce sont des racontars de bonne femme...

— De sage-femme, rectifia maman.

— Bah ! la mère Deglange, déclara Yvonne qui souriait de nouveau, c'est connu, elle adore inquiéter ses clientes pour leur faire croire ensuite qu'elle les a sauvées !... Allez, Lison, tout se passera bien.

L'entrain et l'assurance de son amie semblaient rasséréner maman.

— Vous avez peut-être raison, soufflait-elle.

Mais, de nouveau, elle prenait un air effrayé pour demander :

— Ma mère, que va-t-elle dire quand elle va me voir comme ça ? Elle risque d'en faire une maladie...

— Ta mère, ta mère, grognait papa, elle vit comme il y a cent ans... Et puis, quoi !... ta mère, elle n'a rien à dire...

Oh ! si, elle avait à dire, ma grand-mère, et elle tomba malade en effet lorsqu'elle eut vu sa fille « défigurée ». Henri et Jeanet, Antoinette, Margot, toute la famille et aussi les amis, les voisins de la route d'Ambazac furent pris à témoin de la « folie » des jeunes d'aujourd'hui. Maman n'osait plus venir chez sa mère. Le jeudi et le dimanche soir, c'était pépère Jules qui me ramenait de la route d'Ambazac à la rue Bernard-Palissy ; là il ne s'attardait pas, craignant les questions que mes parents pourraient lui poser.

Ce fut tante Margot, je crois, qui parvint à apaiser sa sœur ; Élise aux cheveux courts reçut le pardon. Je respirai enfin. Car, tant que dura, sinon la brouille, du moins le froid entre grand-mère et maman, je me sentis coupable : coupable de trahison à l'égard de maman lorsque j'allais route d'Ambazac, coupable à l'égard de grand-mère lorsque j'étais rue Bernard-Palissy.

Bien qu'elle fût enfin réconciliée avec sa fille, grand-mère demeurait sombre. Le soir, de mon lit, je l'entendais parler à voix basse. Elle paraissait se tourmenter et se plaindre, et grand-père essayait de la consoler ; souvent il répétait : « Tu verras... Tout se passera bien... » Lorsque tante Margot venait en visite, les deux sœurs s'isolaient, m'envoyaient jouer au jardin ; si je revenais dans la cuisine chercher mon seau ou ma pelle, elles s'arrêtaient de parler au milieu d'une phrase ; dès que j'étais sorti, elles reprenaient leurs confidences. Elles se laissaient si profondément absorber par leur entretien que, parfois, elles ne remarquaient point qu'au lieu de m'éloigner je restais jouer, hors de leur vue, mais à proximité du seuil. A vrai dire, les mots, les phrases que je pouvais alors cueillir au vol ne m'instruisaient guère : il était de nouveau question du « sucre », de « l'imprudence de Pierre » :

— Il a joué sur la hausse et... crac...

— Évidemment, la dette est de taille, disait tante Margot, mais, travailleur comme il est, il en viendra à bout.

— Peut-être, concédait grand-mère, mais rends-toi compte, pour Élise, dans son état...

Souvent aussi elle parlait de « danger ». Tante Margot, une fois de plus, s'efforçait de la rassurer :

— Il n'y a aucune raison de craindre cela... Pour Georges, c'était différent, c'était le premier.

Une secrète épouvante rendait étouffée et rauque la voix de grand-mère.

— Mon Dieu, s'il allait lui arriver malheur, la pauvre petite.

Ces dialogues m'éprouvaient. Je ne voyais pas quelles étaient ces menaces rôdant autour de nous, mais, à travers les propos énigmatiques comme à travers cette longue plainte que ma grand-mère ne cessait d'exhaler dès qu'elle me croyait éloigné, je sentais que des forces ou des êtres malfaisants s'apprêtaient à tourmenter mes parents.

Une chose surtout m'inquiétait : quel était, à mon insu, mon rôle dans cette histoire de « malheur » ? Car je n'avais pas rêvé, tante Margot me nommait : « ... Georges... c'était le premier. » Il arrivait qu'en classe la maîtresse me déclarât « premier », pour une leçon correctement récitée, ou pour une dictée point trop criblée de fautes ; quand cela se produisait, toute la famille paraissait s'en réjouir, alors pourquoi maintenant ce ton dramatique de tante Margot pour dire que j'étais le premier ?

Quand mon amie Madeleine venait me rejoindre dans le jardin de la route d'Ambazac — hélas, c'était à présent assez rare, car sans doute me tenait-elle rigueur d'avoir naguère rompu nos « fiançailles » —, je me jetais à son cou, tant j'étais heureux qu'elle vînt ainsi, sans le savoir, me délivrer de ce monde ténébreux où me plongeaient les propos de ma grand-mère et de ma tante.

Le jour où maman revint chez M. Blanc, afin qu'il la photographiât, et, plus encore, une semaine plus tard, celui où un commis livra le chef-d'œuvre rue Bernard-Palissy, furent soudain, dans cette période de crainte et de malaise, deux journées de gloire, de bonheur et de paix. Devant ce choix de la beauté, tout de nouveau s'éclairait. Désormais, je n'aurais plus peur quand j'entendrais encore répéter les prophéties effrayées de grand-mère, de tante Margot ou de la sœur de pépère Jules. Qu'aurait-il pu nous arriver de néfaste, tant que maman serait, dans le grand cadre ovale qui enclôt en son or l'image d'une jeunesse vivante pour toujours, cette dame si belle, aux épaules nues, au décolleté voilé de gaze bleue, au cou gracieux que surmontent les boucles des cheveux courts, cette dame au regard de violette qui vous regarde, qui me regarde avec mélancolie — et comme elle rêve, la bouche petite qui va me nommer.

Deuxième partie

VII

Ce devait être dans les semaines qui suivirent l'accrochage du glorieux portrait maternel (j'imagine que toute la famille défila dans la salle à manger de la rue Bernard-Palissy pour admirer l'effigie en couleurs de la gracieuse Élise). Y ai-je pris garde les premières fois ? J'en doute. Mais enfin, à force de m'entendre demander par les uns et les autres : « Tu n'aimerais pas avoir un petit frère ou une petite sœur ? » ou bien d'entendre répéter : « Tu sais, Georges, tes parents vont acheter un bébé, ils ont passé la commande ; on le livrera à la maison », je compris qu'il se tramait quelque chose d'importance. Quelle idée avait ainsi germé dans la tête de mes parents ? Ou bien n'était-ce pas tante Margot ou Jeanet, ou Dieu sait qui d'autre qui la leur avait glissée dans le crâne ! « Acheter un bébé ! » comme s'il n'y avait pas tant d'autres choses à acheter : par exemple l'une de ces machines que les pères de certains de mes camarades du Petit Lycée venaient d'acquérir. Une automobile Chenard et Walker, une Dedion-Bouton, une Peugeot, d'accord mais... un bébé ! Qu'en ferait-on ? Qu'en ferais-je ? Route d'Ambazac, j'avais Madeleine pour partager mes jeux ; à l'école, je ne manquais pas de camarades pour courir ou jouer aux billes ; rue Bernard-Palissy, une fois récitées mes leçons, il ne restait que le temps de se mettre à table, puis d'aller au lit. Alors, quand trouverais-je le loisir de me divertir avec un bébé ?

Tous et toutes prenaient un tel air de conviction pour me susurrer : « Tu verras comme tu seras content avec ton petit frère ou ta petite sœur. » Je m'efforçais de penser le moins possible à cette annonce d'un changement prochain dans notre façon de vivre qui me satisfaisait et que j'avais crue immuable. Sans doute faut-il attribuer à ce désir de faire en moi la sourde oreille aux propos annonciateurs et inquiétants le fait que je n'aie alors éprouvé, du moins me semble-t-il, aucune curiosité à l'égard de cette étrange « commande » passée — à qui donc ? — par mes parents. « Les garçons naissent dans un chou, les filles dans une rose. » On me montrait même des cartes postales où l'on voyait des bambins rieurs émergeant ainsi du légume ou de la fleur. Passait-on commande à ces maraîchers et ces horticulteurs dont les jardins s'étendaient aux abords de la ville en carrés verts ou fleuris, soigneusement tracés ?

Il m'aurait paru plus logique qu'on passât commande d'un bébé — si décidément il fallait en passer une — à quelqu'un comme M. L. Blanc, l'artiste photographe, ou encore aux Nouvelles-Galeries où j'avais pu remarquer des poupons en celluloïd rose grandeur nature.

Lorsque je rentrais du Petit Lycée avec maman, souvent je la voyais s'allonger sur le lit dès que nous étions arrivés rue Bernard-Palissy. Cela m'étonnait, car d'habitude elle allait et venait de la cuisine à la chambre ou à la salle à manger, rangeant du linge ou préparant le repas. Un jour qu'elle était ainsi allongée, elle me prit contre elle et me dit :

— Tu vois, Georges, ces temps-ci j'ai besoin de repos, beaucoup, alors samedi grand-mère Louise t'emmènera route d'Ambazac, elle te gardera là-bas le temps qu'il faudra pour que je reprenne des forces.

— Ah ! je n'irai pas en classe ?

Maman sourit :

— Bien sûr que tu iras... Évidemment, le trajet est plus long, mais avec le tram... Ta grand-mère te conduira et viendra te chercher...

Il y eut donc ce long séjour route d'Ambazac. Grand-mère estimait devoir m'accompagner à chacun de mes trajets d'écolier car aucun de mes camarades n'habitait dans le voisinage. Elle faisait ainsi chaque jour quatre fois l'aller et retour entre la route d'Ambazac et le Petit Lycée. Le matin, à midi et après le déjeuner, nous prenions le tramway, « pour économiser tes jambes », disait-elle, tandis qu'après la journée de classe, à quatre heures, nous rentrions à pied, « cette fois pour économiser mes sous », remarquait-elle. Je ne me lassais pas du voyage en tramway, toujours trop bref à mon gré. A midi, la voiture était bondée et je me réjouissais de devoir rester sur la plate-forme à l'avant, près du « wattman » — cette appellation me plaisait, me donnant l'impression de courir l'aventure en terre étrangère. Le rêve d'autrefois de devenir pompier ou vidangeur cédait la place à l'ambition de conduire un jour la voiture jaune et verte couronnée là-haut, à la jonction du trolley et du fil, de bouquets d'étincelles blêmes et crépitants. Au retour de l'après-midi, je prétendais parfois avoir mal, très mal aux jambes, pour profiter de nouveau du tramway. Ce n'était plus alors la cohue. Il arrivait que grand-mère et moi fussions les deux seuls voyageurs. J'imaginais que le tramway nous appartenait, son conducteur et le receveur étaient nos employés : ils avaient pour mission de nous conduire à travers la ville, qui sait même au-delà, jusqu'à Saint-Yrieix-la-Perche ou Châlus, et même, pourquoi pas, vers Paris, dont on me disait que c'était la Ville lumière et que je voyais pareille à quelque immense étoile flamboyante, ou bien vers Bordeaux (grand-père Jules glorifiait cette ville : on s'y embarquait, disait-il, sur des navires grands comme dix maisons et qui menaient en Afrique), là notre tram se transformerait en bateau et voguerait sur la mer : déjà je croyais sentir le roulis, je me précipitais pour vérifier si la porte nous séparant du conducteur était hermétiquement close, de crainte, s'il restait un passage, que ne s'y engouffrât une vague prête à nous submerger... Lorsque, au croisement des rails, devant l'église Saint-Paul-Saint-Louis, nous descendions du tram, toujours m'envahissait un sentiment d'allégresse, comme si je venais d'accomplir un voyage au long cours, riche en aventures, en émotions, en découvertes, et que je retrouvais l'île de mes délices, ce jardin au fond duquel se tenait la maison de mes grands-parents.

Un peu plus tard, grand-père Jules sortait de l'usine. Il entrait dans la cuisine et s'écriait : « Ah ! tu es là, petit ! », comme si tous les soirs maintenant ne me voyaient pas installé à la même place, assis devant la table et regardant grand-mère mettre la dernière main aux préparatifs du dîner ! Toujours aussi grand-père demandait si les trajets en tramway s'étaient effectués sans anicroche. Il prétendait que certains conducteurs étaient plus adroits que d'autres, qu'ils savaient conduire « en douceur », que d'ailleurs c'était ainsi qu'il convenait de mener ces machines dont il louait la puissance et les mérites. Il se vantait, à propos de tramway, de s'être bien moqué d'un Américain — il n'aimait pas les Américains, traitait de « brutes » ceux qui, militaires, avaient longtemps campé sur le Champ-de-Juillet, les accusant de jeter aux passants, en particulier aux femmes, lors du dernier hiver de la guerre, des boules de neige dans lesquelles ils dissimulaient des pierres. Donc, un Américain, disait-il, lui avait demandé si, pour se rendre à la gare, il fallait prendre le tramway « four ». « Four, tramway four ? » répétait l'étranger en dressant quatre doigts de sa main gauche. « J'avais bien compris qu'il voulait dire le tram de la ligne 4, dans son baragouin, mais je lui ai répondu : « Fort, le tramway ? s'il est fort ? Je te crois, son moteur fait plus de cent chevaux ! » Le Yankee me regardait la bouche ouverte : « Fort, oui, le tramway très fort », et je l'ai planté là.

Quand il s'était ainsi enquis de notre voyage, il baissait la voix pour demander :

— Et Élise ?...

— Ça va, ça va, répondait grand-mère, maintenant ça ne devrait plus beaucoup tarder.

— Qu'est-ce qui ne devrait pas tarder ? demandais-je, alerté par leur mezzo voce.

— Rien, rien, petit !... Allez, à table, la soupe est prête.

Mais ces réponses ne dissipaient point mon inquiétude.

— Pourquoi je ne reviens pas rue Bernard-Palissy ?

— Ah ! tu t'ennuies avec nous ?

— Non, je ne m'ennuie pas...

— Alors mange ta soupe... Après, si tu veux, je te ferai des tours.

— Et maman, quand je vais la voir ?

— Bientôt, petit, assurait grand-mère. Bientôt... Tu comprends, ces temps-ci... elle est fatiguée, il faut qu'elle se repose... Dimanche tu la verras, on ira rue Bernard-Palissy.

Le dîner terminé, elle voulait m'envoyer au lit.

Je protestais :

— Et les tours ?

— Les tours ? Quels tours ?

— Pépère a promis de me montrer des tours !

— C'est vrai, concluait-il, chose promise, chose due. Une fois le couvert enlevé, il disposait sur la table ses préparatifs : une feuille de papier de boucherie, deux verres retournés, un bout de bougie, un jeu de cartes. Ensuite il m'invitait à m'asseoir de l'autre côté de la table comme si celle-ci devenait une scène, et moi, le spectateur, installé au premier rang. Lui demeurait debout comme il sied au magicien qui s'apprête à fasciner son public. Et, fasciné, je l'étais vite.

— Regarde bien, petit, que vois-tu sous ce verre retourné, là, à ma gauche ?

— Rien.

— Tu es sûr ?

— Oui, oui.

— Et sous cet autre verre, à ma droite ?

— Rien non plus.

— Alors, vois, je fais passer le verre de droite vers la gauche, et le verre de gauche vers la droite... Tu suis, n'est-ce pas ?

— Oui.

— Et maintenant, qu'y a-t-il sous le verre que j'ai placé à droite ?

— Rien.

— En effet, rien, comme tout à l'heure.

— Et sous celui que j'ai placé à gauche ?

— Ah !... Il y a une pièce de cinq francs.

— Parfaitement, une pièce de cent sous... Bon, à présent, je vais remettre à gauche le verre de droite, et à droite le verre de gauche... Voilà qui est fait... Que vois-tu sous le verre de droite ?

— Rien.

— Que vois-tu sous le verre de gauche ?

— Rien.

— Tu es sûr ?... Tout à l'heure, pourtant quand c'était

l'autre verre qui était à cette place, tu as dit : « Il y a une pièce de cinq francs. »

— C'est vrai, il y avait une pièce, à présent il y a rien.

Sans me laisser le temps de revenir de ma surprise, grand-père maniait son jeu de cartes, me le tendait pour que je « coupe », les mélangeait encore, puis les ayant manipulées derrière son dos, il présentait le jeu à bout de bras.

— Quelle carte vois-tu, petit ?

— Le six de trèfle.

— Le six de trèfle ? Bon.

Il manipulait de nouveau le jeu derrière son dos, tout en feignant de réfléchir profondément.

— Eh bien, disait-il, en hésitant, maintenant ça va être... ça va être... C'est le valet de cœur.

Il me présentait le jeu, toujours à bras tendu.

— Est-ce que je me suis trompé, petit ? C'est à toi de me dire puisque moi je ne peux pas voir la carte.

— C'est le valet, oui, c'est le valet de cœur, m'écriais-je, enthousiasmé.

— Parfait.

De nouveau le paquet de cartes disparaissait derrière le dos.

— Cette fois, ce sera... hum... ce sera ? L'as de cœur !

Et c'était l'as de cœur.

Déjà, il rangeait les cartes dans le placard, allumait la mèche jaunâtre du bout de bougie qu'il avait, au début de la séance, posée au coin de la table, il prenait la chandelle entre deux doigts, l'élevait à hauteur de son visage, soufflait... la flamme s'éteignait et... vlan il avalait la bougie.

N'était-ce pas un sorcier ?

Il devait lire dans mes yeux l'inquiétude, la crainte succédant à la joie. Il riait :

— Hé, petit, tout ça c'est des tours de passe-passe... Tu vas voir, je vais t'expliquer... D'abord, ne t'amuse pas à manger de la bougie, ça te rendrait malade... Moi, ce n'est pas de la bougie que j'ai mangé, c'est un bout de pomme... Regarde.

Il pelait une pomme, y taillait un cube que, peu à peu, à petits coups de son canif il transformait en cylindre.

— Maintenant, je prends une noix (crac ! il écrasait la coque au creux de sa main), j'en détache un morceau... et je le plante au sommet de ma bougie. Comme la noix est grasse... Tu sais, on fait de l'huile en Périgord en pilant les noix... Je vais pouvoir l'allumer.

Il sortait son briquet muni de cordon d'amadou, l'embrasait, soufflait pour faire jaillir la flamme : elle avait du mal à se communiquer au morceau de noix. Celle-ci enfin allumée, il me tendait la bougie factice.

— Voilà, tu l'éteins et tu peux la manger.

— Fûû !

Je n'avais pas de mal à souffler la fausse bougie, quant à l'avaler, c'était une autre affaire ! Me revenaient en mémoire, se superposant l'une à l'autre, deux images qui ne dissipaient certes point mon appréhension. La première était celle d'un cracheur de feu ; j'avais pu le voir un dimanche matin sur la place d'Aine (l'homme buvait goulûment de grandes lampées de pétrole, ensuite lorsqu'il crachait vers une torche embrasée tenue devant lui, son haleine s'enflammait ; on eût dit qu'un incendie jaillissait de la gueule de ce démon !). Sur l'autre image, un étrange personnage nu, ou du moins en maillot collant, bondissait, pressant sur son cœur un paquet d'ouate rouge comme la flamme bifide qu'exhalait sa bouche joyeuse (il me semblait que cette affiche de l'ouate « Thermogène » s'élevait sur les murs de ma ville à la gloire du malheureux cracheur de feu de la place d'Aine).

Grand-père m'expliquait les « secrets » des autres tours. Pour les cartes, il tournait tout simplement vers lui le jeu côté recto, cependant que, retournée, la dernière carte du paquet se présentait, elle, face au spectateur. Ainsi, pendant qu'il me montrait celle-ci, lui, voyait la carte placée en tête du jeu, il lui suffisait, quand il ramenait le jeu derrière son dos, de faire passer la carte qu'il venait de repérer de l'autre côté du paquet, face tournée cette fois vers le public, et d'annoncer chiffre et couleur avant de la montrer, et ainsi de suite...

Quant à la disparition-apparition de la pièce d'argent sous un verre, c'était tout aussi simple : il avait collé à l'ouverture d'un des deux verres une rondelle découpée dans le même papier de boucherie que celui étalé sur la table, ce verre posé à l'envers dissimulait la pièce de monnaie sous la rondelle de papier invisible puisque semblable à la feuille étendue en guise de nappe, au contraire lorsque, au verre truqué, le prestidigitateur substituait l'autre verre, celui-ci laissait évidemment la pièce de cinq francs apparaître.

C'était donc cela ! Ce n'était que cela, ces sortilèges, ces magies, ce don de double vue !

J'étais déçu. Mon grand-père me semblait soudain lui-même un leurre comme si tout son savoir, son esprit d'invention, son habileté — par exemple, pour confectionner à mon intention les jouets qu'il avait su d'abord imaginer —, comme si tout cela n'était peut-être que tricheries comparables à ces trucs qu'il venait de me révéler.

— Alors, qu'est-ce que tu en dis ?

Rien, précisément, je n'en disais rien, je me taisais, maussade, rancunier. Il m'attirait contre lui, me prenait sur ses genoux.

— Tu sais, petit, ce qui est bien c'est qu'il n'y ait pas

de magie mais seulement du bon sens et de l'adresse. Ah ! oui de l'adresse, il en faut pour être un bon magicien, un bon prestidigitateur. Ceux qui en font leur métier, même les amateurs s'ils veulent être vraiment forts, ils s'entraînent des heures et des heures, ils arrivent à faire ce qu'ils veulent de leurs mains, de leurs doigts...

Il se tournait vers grand-mère, un fond de colère changeait sa voix.

— Je suis persuadé que, dans le temps, oh, j'en suis sûr, les curés ont dû utiliser des trucs comme ça pour faire croire aux miracles, les gens étaient si ignorants, si crédules.

— Quand même, Jules, ils n'auraient pas osé.

— Pas osé !... Tu les connais pas... Une apparition au bon moment, et hop, tout le peuple à genoux... D'ailleurs, de nos jours, c'est kif-kif, tout ce qu'on peut lui faire avaler au populo avec des tours de passe-passe... Le meilleur c'était hier : « A Berlin les gars ! A mort les Boches ! Mourir pour la patrie, pour le droit, pour la civilisation, y a rien de plus beau ! » Et pendant ce temps, messieurs les marchands de canon, d'Amérique, d'Angleterre, d'Allemagne et de France, engraissez-vous !

Je comprenais mal ces paroles, mais je sentais à travers elles douleur, lassitude et colère. Il m'en venait une sorte de peur. Je quittais les genoux du prestidigitateur et me réfugiais dans les jupes de grand-mère Louise.

— En tout cas, conclut le magicien démasqué, tu vois : il ne faut pas toujours croire ce qu'on voudrait te faire croire. *Maifio-té piti !* Méfie-toi, petit ! Mon pauvre père, il me le disait plus d'une fois.

Le lendemain pourtant, je demandais de nouveau qu'il me fît ses tours.

— A présent que tu les connais, ça ne va pas t'amuser... Attends que j'en aie appris, ou que j'en aie inventés d'autres...

Mais je m'entêtais, et il recommençait : le tour des cartes devinées, le tour des verres et de la pièce de cinq francs. Seul le tour de la fausse bougie ne m'amusait plus, je voyais trop bien maintenant qu'il s'agissait d'un morceau de pomme ; pour les autres, je n'y voyais... que du feu, ne me souvenant plus des explications de la veille.

— Un de ces soirs, nous irons acheter des farces et attrapes au magasin des demoiselles Jaunie.

Dès la sortie de l'usine, grand-père passait me prendre à la cuisine où je lisais quelque leçon.

— Dépêche-toi, petit, les demoiselles Jaunie ferment à sept heures, nous avons tout juste le temps.

Main dans la main, nous remontions la route d'Ambazac. A quelques centaines de mètres, sur la droite, la vitrine du magasin était encore éclairée : des masques grotesques, rouges, noirs, jaunes et bleus l'emplissaient de leurs trognes hilares si étonnantes dans ce faubourg gris et triste. Nous entrions. Les deux vieilles demoiselles s'empressaient.

— Ah ! monsieur Reix, qu'est-ce qui nous vaut l'honneur de votre visite... C'est votre petit-fils ?... Vous venez lui acheter un masque... Nous allions fermer, vous savez.

— Pas de masque, pas de masque... des attrapes.

— Ah ! des attrapes... Justement nous avons eu un arrivage.

Grand-père achetait une douzaine de morceaux de sucre qu'une des demoiselles plaçait dans un sachet, une statuette représentant Guillaume coiffé du casque à pointe, accroupi les fesses à l'air, et quelques cuillères à café.

En vain, les demoiselles essayaient de lui vendre

d'autres articles, affirmant qu'ils seraient du plus surprenant effet.

— Dites donc, vous me prenez pour un Rothschild ! Vous voulez que ma femme me sonne les cloches ! Vous me feriez dépenser ma paye à acheter toutes ces bêtises.

— Dommage, soupirait l'une des sœurs, on a toujours besoin de ces amusements pour distraire la compagnie.

A peine étions-nous sortis qu'elles abaissaient le rideau de fer pour protéger leurs trésors de la convoitise des maraudeurs.

Grand-mère devait se fâcher pour que j'achève de dîner, tant il me tardait d'inventorier les merveilles acquises.

— Louise, tu nous feras bien quelque tisane, on dormira mieux.

Qu'avait-il besoin de cette tisane ? Cela retarderait encore le moment de jouer.

— Pépère, ouvre les paquets.

— Oui, tout de suite, quand le tilleul sera prêt.

Grand-mère versait enfin le liquide odorant dans nos trois tasses. Grand-père sortait un sachet, l'ouvrait, me le tendait.

— Tiens, prends un sucre pour ta tisane.

Je plongeais prudemment deux doigts dans le sac, en tirais un sucre : il n'offrait aucun signe suspect. Sans doute, les demoiselles Jaunie tenaient-elles aussi un rayon d'épicerie dans leur bazar.

Je mettais le sucre dans ma tasse.

— Tourne avec ta cuillère, conseillait grand-père, comme ça le sucre fondra mieux.

Il me tendait une cuillère à café, toute neuve. Je la trempais dans le tilleul.

— Goûte avant de boire à la tasse, pour voir si ce n'est pas trop chaud.

Quand je soulevais la cuillère, voilà qu'elle se tordait mollement comme si la chaleur du liquide avait fondu le métal.

— Eh bien, eh bien, quelle camelote, elles nous ont vendu de la camelote !

Il feignait l'indignation. Mon regard allait de son visage courroucé à la cuillère tordue que je tenais, sottement, ne sachant qu'en faire.

A ce moment, quelque chose jaillissait du fond de ma tasse et... cloc ! crevait la surface de la tisane... C'était une minuscule grenouille, à présent elle flottait verte sur le tilleul doré. Éberlué, j'observais l'animal. D'où surgissait-il ?

Grand-père Jules me prenait en pitié.

— Elle était dans le morceau de sucre ; quand il a fondu, fft elle est montée prendre l'air.

Il riait. Il approchait son visage de la tasse, soufflait sur la grenouille pour la faire bouger.

— Tu vois bien qu'elle est en Celluloïd... Dimanche, quand on ira rue Bernard-Palissy, au moment du café, tu donneras à tes parents le sucre et les cuillères des demoiselles Jaunie, ils seront bien attrapés, hein...

Cette perspective m'enchantait. Déjà j'imaginais la tête que mon père ferait devant l'apparition des grenouilles.

— Et le bonhomme ? demandais-je.

— Quel bonhomme ?

— Tu sais, tu l'as acheté au magasin, le bonhomme qui a un casque.

— Ah ! oui... le Boche.

Il sortait du paquet la statuette, la posait sur la table.

— Qu'est-ce qu'il fait, le Boche ? Il a baissé sa culotte.

— Mon pauvre Jules, tu n'as pas honte d'acheter des bêtises pareilles.

Il haussait les épaules.

— C'est pas une bêtise. C'est Guillaume, le kaiser, l'empereur des Boches.

Tout en parlant, il maniait son briquet, allumait la mèche d'amadou, soufflait dessus pour mieux l'embraser, approchait le foyer des fesses impériales, et, oh ! miracle, il se mettait à sortir du cul ainsi réchauffé un magma noirâtre, cependant que j'applaudissais et que grand-mère s'écriait : « Mais c'est dégoûtant. Je vais jeter ça à la poubelle ! »

M'emparant de Guillaume qui, entre-temps, avait cessé de se soulager, je le serrais contre moi. Grand-mère soupirait, résignée.

— Allez, au lit, petit badaud.

Un peu plus tard, en bordant mon lit, elle ajoutait :

— Dans quelque temps, tu pourras revenir chez tes parents.

— Non, oh ! non.

Croyait-elle donc que j'avais hâte de retrouver la rue Bernard-Palissy ? L'allégresse que j'éprouvais à jouer dans le jardin devant l'usine ou, les jours de mauvais temps et le soir, dans la cuisine en attendant le retour de grand-père, ou encore quand celui-ci m'emmenait flâner dans le faubourg, cette allégresse s'étendait à tous les moments de mon séjour. Tout m'était plaisir, même les courses que je faisais parfois le jeudi matin pour grand-mère, quand il lui manquait des provisions : à « l'Union » ou à « l'Épargne limousine », l'« Épicerie fine » de M. Siozard, ou encore à « La Boulangerie parisienne ».

L'après-midi venu, pour me récompenser, grand-mère Louise m'invitait à me rendre dans le bas de la rue, à la pâtisserie Autef. Pendant tout le trajet, je me donnais l'illusion de déambuler, seul, et à ma fantaisie, à travers la ville. Et si je poursuivais ma route, si je traversais la place Maison-Dieu, longeais le Champ-de-Juillet, gagnais la gare en contrebas ! Et là, une supposition qu'au lieu de payer M. Autef, je lui aie demandé crédit : « Ma grand-mère passera vous payer », et qu'avec les dix sous ainsi épargnés, j'achète un billet à la gare... Mais un billet pour où ? « Donnez-moi un billet pour dix sous de voyage. » Bon, me voilà dans le chemin de fer, savoir jusqu'où l'on va pour cinquante centimes ? Peut-être à cinquante kilomètres ? C'est loin, ça, très loin, sans doute bien plus loin que Châlus, plus loin que Saint-Yrieix... A ce moment, je sursaute, le train a sifflé, on part... Ah ! non, c'est de l'autre côté de la rue, derrière le mur noir, qu'une locomotive a sifflé.

A la hauteur de la pâtisserie, je croise des cheminots qui rentrent du travail. Sans doute un train de marchandises a-t-il dû arriver au terminus, son mécanicien et son chauffeur reviennent maintenant au bercail : il y a tant de gens du P.O. qui habitent le faubourg et la route d'Ambazac. Le chauffeur est noir de charbon de la tête aux pieds, dans son visage maculé ses yeux brillent si étrangement que malgré moi je hâte le pas et me précipite dans la boutique de M. Autef. C'est sa femme qui est de garde, toute rêveuse parmi les amoncellements de gâteaux (comment peut-elle rester ainsi dans la lune au lieu de se jeter sur tant de friandises ?). « Bonjour, madame », dis-je pour la seconde fois. Elle revient sur terre, me sourit et me demande mon choix. Du doigt je désigne une tartelette à l'abricot. Une plaisanterie familière de pépère Jules me revient à l'esprit, cependant que la pâtissière me tend le gâteau : « Ote F, qu'est-ce qu'il reste ? » Je suis sur le point de poser la question. Heureusement, la marchande parle la première : « C'est dix sous. » Avec fierté, je tends ma piécette, puis je repars en grignotant le gâteau ; j'essaie de le faire durer jusqu'à la grille du jardin.

Au moment de pousser le portail, j'hésite : si je continuais ma promenade... Mais, dans ce sens, je ne me suis encore jamais hasardé seul. Tous les commerçants chez lesquels grand-mère m'envoie faire les courses se tiennent dans la partie du faubourg qui descend vers la ville. En amont, la rue devient ingrate, hostile même : il y a d'abord la haute bâtisse occupée par les familles de cheminots, ensuite, un peu en retrait, se dresse l'église Saint-Paul-Saint-Louis : une façade aveugle de granit gris dont les moellons dépassent sur l'un des côtés, car l'argent a manqué pour élever le clocher qui devait jouxter l'édifice... et encore, le granit s'il était gris ! il est devenu noirâtre tant la fumée des compound l'a patiné au cours des ans.

— Le clocheton de gauche, c'est celui de Saint-Paul, dit grand-mère, Saint-Louis, lui, qui devait avoir le grand clocher n'en a pas eu du tout...

— Alors, ils doivent se disputer au ciel ! conclut grand-père. Pour moi, ajoute-t-il, c'est encore un truc des curés, ça leur permet de faire des quêtes : « Un p'tit sou, mes chers frères, pour ce pauvre Saint-Louis qui n'a pas encore son clocher... »

Si j'entrais à l'église ?... Juste le temps de pousser la haute porte, de jeter un coup d'œil sur la nef, de regarder les vitraux verts, bleus et rouges, et hop, déjà je serais de retour... Oui, mais si je tombais sur le curé Isaïe ! J'entends de là sa voix tonnante, je vois sa silhouette noire penchée au-dessus de la chaire, son bras tendu vers moi pour me maudire, pour m'expédier au diable (« le diable, l'enfer ! des sornettes de bonnes femmes ! » déclare en riant pépère Jules, « des sornettes que les curés leur glissent dans l'oreille, la tête et le cœur, pour pouvoir les dominer ! »). Tout de même, si grand-père se trompait, si ce méchant Isaïe m'envoyait vraiment chez le diable ! Bah, je n'irai pas à l'église, il n'y a rien d'amusant à y voir. Et, au-delà de l'église ? On dépasse le croisement du tramway — ça c'est intéressant à regarder, mais on peut aussi bien observer les manœuvres des trams depuis notre jardin — et dans une sorte de renfoncement, il y a l'auberge : celle où vont les cheminots, les conducteurs du tram aussi ; Jules, lui, n'y va pas, son « bistrot », comme il dit, s'ouvre dans le bas de la rue, entre le coiffeur et l'épicerie. Grand-mère, quand elle prononce le mot « auberge » ou le mot « bistrot », elle devient toute triste et sévère. Je n'aime pas quand elle dit, en baissant la voix : « Jules, il a dû aller à son bistrot » ; il me semble qu'elle se change en statue, une statue sombre. Non, qu'est-ce que j'aurais à faire, qu'est-ce que j'irais faire dans cette auberge après l'église ! Plus loin, la rue tourne ; je la connais mal, sauf la boutique des farces et attrapes... Décidément, mieux vaut passer le portail de notre jardin. Allez, je rentre. Je me hâte sur le chemin montueux, il me semble que des heures ont dû s'écouler depuis mon départ de la maison, j'ai peur maintenant des réprimandes qui vont m'accueillir.

Grand-mère est en train de coudre. Elle lève les yeux lorsque j'ouvre la porte.

— Alors, petit, il était bon, ton gâteau ?

Elle n'a rien remarqué, rien deviné. Tout — ce voyage que j'ai failli faire, cette possibilité de visiter l'église, cette tentation de l'auberge puis du magasin aux attrapes, cette exploration des deux côtés de la rue —, tout cela n'aurait-il donc duré que le temps d'aller choisir puis d'avaler la tarte à l'abricot ? Ou bien, quand je ne suis plus là, est-ce que ce serait pour grand-mère Louise comme si elle dormait, comme si le temps s'endormait ?

— Qu'as-tu à rester planté comme ça ? Tu peux aller jouer dans le jardin, si tu veux. Il ne fait pas chaud mais en restant bien couvert... ou tu pourrais dessiner, là, dans la cuisine... ensuite, quand tu auras goûté, il faudra apprendre tes leçons.

— C'est bientôt que je vais goûter ?

Elle m'observe, étonnée.

— Mais, petit, on vient tout juste de finir de dîner... Quelle heure peut-il être ? Deux heures et demie ?

Ainsi, ce n'était pas elle qui se leurrait, mais moi-même ! Elle riait.

— Eh bien ! Tu es dans la lune ?

Elle s'est levée, vient vers moi, me prend aux épaules, me pousse vers la porte.

— Allez, profite du rayon de soleil, cours un peu dans le jardin, cours, saute. Il faut prendre de l'exercice.

Je ne veux pas la contrarier, je sors, je me force à courir. Après quelques foulées, je m'arrête, de nouveau je m'interroge sur ce qu'il vient de m'arriver, sur ce temps qui s'est comme arrêté autour de moi tandis qu'en moi-même je faisais ou m'imaginais faisant des tas et des tas de choses qui auraient dû prendre au moins plusieurs heures, si ce n'est une journée entière... Immobile, je sens soudain le froid me saisir ; c'est le vent qui l'apporte en soufflant du haut de la route d'Ambazac, « le vent du nord », dit grand-père. Pour échapper au froid, je reprends ma course. Je dévale l'allée les bras ouverts en sifflant, je ne cours plus, j'ai des ailes. Je vole, je suis devenu le vent, le vent d'hiver, je dégringole ainsi depuis les monts d'Ambazac couverts de neige jusqu'ici ; devant mon souffle les arbres se courbent, les passants s'enfuient, la fumée des trains se rabat furieusement vers le sol. En bas du jardin, à ras du portail, penchant mes ailes, je vire d'un seul coup et je remonte la pente qui me résiste, à moi le vent, qui réduit ma force et ma vitesse. Quand je parviens de nouveau au plateau étendu devant l'usine et devant notre cuisine, je reprends mon élan, gonfle mes joues et souffle, souffle, et sous la cascade d'air que crachent mes lèvres, là-haut, sur le toit, le petit forgeron frappe à tour de bras.

Ce soir, quand je serai couché, feignant de dormir, j'entendrai grand-mère dire à mi-voix :

— Je ne sais pas ce qu'avait le petit, aujourd'hui, il était tout chose. Lui qui veut toujours jouer, il fallait que je le force à sortir et à courir.

— Ça doit pas être bien grave, assure pépère Jules. Pour moi, c'est la croissance.

La « croissance », qu'est-ce que c'était ? Une maladie ? L'avais-je attrapée en mangeant les croissants de chez Autef? Était-ce donc cela qui me donnait l'étrange impression d'être comme sorti du temps lorsque je mangeais le gâteau dans la rue ? Ce n'était pourtant point un croissant, mais seulement une tarte. Et si demain ça recommençait ! De toute façon, ça ne faisait pas mal, et je ne devais pas avoir peur, car grand-père ne paraissait nullement inquiet à ce sujet. Il ajoutait en bâillant :

— C'est qu'il aura bientôt sept ans, le petit.

— Sept ans, reprenait grand-mère avec une lenteur solennelle.

Le drap rabattu sur la tête pour étouffer ma voix, je me répétais : « Sept ans, sept ans, sept ans, sept ans », et l'orgueil m'envahissait tant j'avais cru sentir de respect, de considération même, dans la façon dont mes grands-parents parlaient de mon âge, comme s'ils avaient fait là une découverte d'importance.

VIII

ET un beau jour, grand-mère qui, depuis la veille, nous avait laissés, grand-père Jules et moi, « nous débrouiller tout seuls » (« Allez, tâchez de ne pas faire de bêtises... Vous avez de quoi manger ce soir et demain ; de toute façon, je ne serai pas absente longtemps »), grand-mère donc revint, le visage empourpré comme si elle avait couru, les yeux brillants.

Dès qu'elle me vit, devant la cuisine, debout sur les marches d'où je m'élançais pour tenter de battre mes records de saut en longueur, elle s'écria : « Ça y est, Georges ! Ça y est ! »

Elle m'embrassa, reprit son souffle et déclara : « Ça y est, tu as une petite, une petite sœur... Je vais t'emmener la voir, tu verras comme elle est mignonne. » Elle me regardait, semblait attendre mes remarques ou mes questions, puis, devant mon silence, repartait dans ses commentaires enthousiastes. Rentrée dans la cuisine, elle enlevait son manteau, son chapeau, tout en poursuivant le dithyrambe. Moi je reprenais place sur la marche et de là je recommençais à sauter. Je ne demandais même pas qui avait transporté, jusqu'au 7 de la rue Bernard-Palissy, cette fille née je ne sais où, « dans une rose », prétendait ma grand-mère. Peut-être celle-ci s'était-elle chargée du transport, en ce cas, elle était allée assez loin quérir la petite, puisqu'elle était partie la veille au soir. « Un, deux... Un, deux, et... Un, deux, et, trois ! » Je m'élançais, retombais lourdement sur le sol, prenais soin de marquer d'un trait l'empreinte de mes talons. Zut, je sautais moins loin que tout à l'heure, avant que grand-mère ne vînt interrompre mes exploits.

L'après-midi, nous prîmes le tram pour monter jusqu'à la rue Bernard-Palissy. Je fus surpris de trouver maman au lit en plein jour. Elle était belle, à demi endormie, pâle sous ses cheveux soleilleux.

Dans la ruelle, était installé un berceau. On m'invita à me pencher au-dessus de cette sorte de barque dont l'intérieur était tapissé de rose, et là j'aperçus, dépassant du drap brodé, je ne savais trop quoi, un visage rouge, gros comme un poing, les yeux clos, le crâne orné d'une mèche châtain.

— Est-elle jolie ! soupira mon père.

Comme je faisais mine de m'appuyer sur le bord du berceau — au risque de le faire chavirer — pour mieux observer cette drôle de minuscule tête, il me tira vivement en arrière. « Malheureux, si tu l'avais fait tomber ! »

Je voulus raconter à maman mes journées de l'école, mes jeudis de la route d'Ambazac. « Tu ne vois donc pas que tu la fatigues, grondait mon père. Ton bavardage va lui faire tourner la tête. »

Maman posait un doigt sur ses lèvres.

— Chut. C'est vrai, je suis encore fatiguée, et puis, tu parles fort, tu vas réveiller ta petite sœur.

A ce qu'on me répéta bien des fois plus tard, je demandai ce jour-là quand celle-ci allait se lever pour venir jouer avec moi, fort étonné de la réponse selon laquelle il n'en serait pas question avant des semaines et des mois.

Je rentrai déçu route d'Ambazac. Sans doute m'étais-je attendu à découvrir une fillette robuste, rieuse et bavarde, comme était Madeleine ma fiancée; ce n'était point le cas. Et tout était changé de ma vie de la rue Bernard-Palissy : maman, qui demeurait lasse, laissait mon père m'écarter d'elle comme si elle était devenue de porcelaine et que mes élans ou mes baisers pussent la briser. Enfin, là où jadis mon lit touchait le lit maternel, se dressait à présent ce berceau dont l'occupante trouvait sans nul doute tout naturel qu'il fût là, esquif ancré au port d'où j'avais été chassé.

J'aurais bien voulu reprendre mes jeux de la route d'Ambazac et mes journées d'écolier comme si de rien n'était, mais, impossible : de M. Émile aux ouvrières de la chocolaterie, des commerçants du faubourg à mes oncles et tantes, et jusqu'aux mères qui venaient attendre leurs fils, mes camarades, au sortir du Petit Lycée, maintenant c'était partout et toujours la même litanie :

— Alors, ta petite sœur?
— Cette petite sœur?
— Elle est jolie, ta petite sœur?
— Comment va-t-elle, ta petite sœur?
— Elle est mignonne?
— Elle est blonde?
— Elle est brune?
— Est-elle grosse, ta petite sœur?
— Elle a des cheveux, ta petite sœur?
— Tu l'aimes, ta petite sœur?
— Tu es content d'avoir une petite sœur?

Oui, elle était jolie, oui, elle était petite, oui, elle était mignonne, oui, j'étais content, oui, je l'aimais bien, mais à la fin qu'on me fiche la paix avec ce bébé que je n'avais vu qu'un instant dormant à poings fermés dans du rose. Le jeudi maintenant, et le dimanche, grand-mère me conduisait rue Bernard-Palissy voir la merveille. Je m'étonnais qu'elle ne parlât ni ne marchât encore, mais, tout de même, elle devenait un peu plus intéressante : il arrivait qu'elle ouvrît tout grand ses yeux bleus. « On dirait qu'elle me regarde, s'extasiait maman, pourtant, non, elle ne voit pas encore », et elle déplaçait sa main de gauche à droite, de droite à gauche, devant les grands yeux qui demeuraient immobiles.

La petite serait-elle donc aveugle ? « Ne dis donc pas de bêtises », s'écriait mon père si je posais la question. Il contemplait la petite avec un sourire ravi. Il fallait le voir s'empresser autour de maman, caler ses épaules avec un coussin, tirer le rideau pour atténuer la lumière lorsqu'elle devait donner le sein à la pouponne qui tétait goulûment. Je baissais les yeux ; j'avais peur qu'elle ne mangeât le sein tout entier avec sa peau si blanche où des veines dessinaient çà et là un fin réseau bleuté. Après, on la pesait. Papa s'inquiétait : elle n'avait pas « pris assez ». D'ailleurs, maman, disait-on, n'avait guère de lait, et le médecin conseillait de donner également des biberons. A ce régime, la petite sœur devenait rose et joufflue.

— Comment elle s'appelle, ta petite sœur ?

— Jacqueline.

— Tu comprends, Georges, me confiait maman, j'aurais voulu t'appeler Jacques, mais Jac-ques-Clancier, que-Clan, c'est difficile à prononcer, alors on t'a appelé Georges et Emmanuel, le prénom de ton grand-père de Châlus. C'est pour ça, ta sœur, j'ai pu l'appeler Jacqueline, Jacqueline Clancier, ça se prononce bien.

Jacqueline, Jackie, Jacotte, bientôt tendait ses bras potelés, serrait votre index entre ses minuscules doigts, semblait vous observer du fond de ses yeux écarquillés, gazouillait, et parfois se mettait à crier à vous écorcher les oreilles. Mon père s'élançait, la prenait dans ses bras : « Qu'as-tu, Jackie ? Qu'as-tu, ma Jacotte ? Tu as faim ?... Peut-être, cette petite, elle a mal ? Elle est peut-être malade ? » Le biberon calmait bientôt l'affamée ; les pleurs et les cris se changeaient en soupirs d'aise ponctuant de loin en loin le repas de la gloutonne, et le sourire de Roi mage adorant l'enfant-Dieu revenait sur le visage paternel.

Puisque maintenant la petite sœur était là, autant qu'elle serve à quelque chose ! Je m'impatientais à constater que, malgré les progrès de ses mouvements, de ses regards, de ses gazouillis, elle ne serait pas capable avant longtemps de partager mes jeux. En outre, j'étais persuadé que les sons inarticulés qu'elle prenait plaisir à tourner et à retourner dans sa bouche devaient être les mots d'une langue étrangère parlée dans la contrée où mes parents étaient allés l'acheter. Grand-mère Louise et maman m'affirmaient en vain que j'avais été un bébé aussi petit, plus petit même, car je ne voulais guère téter, et plus criard aussi car on ne savait quoi devait me faire mal, à l'estomac ou au ventre. Je ne parvenais pas à concevoir ni à croire des choses si étranges. En même temps et contradictoirement, me venait la nostalgie de cet autrefois puéril : je redoublais de câlineries à l'égard de maman et de grand-mère, je voulais monter sur leurs genoux, je voulais me blottir contre leur sein. Elles riaient, elles protestaient : comment, n'avais-je pas honte ! à mon âge ! et puis j'étais trop lourd maintenant ! un grand garçon comme moi ! Que dirait mon père s'il me voyait ? Je me gardais bien de m'accrocher aux jupes maternelles quand il était là.

Route d'Ambazac, en attendant que la petite sœur vînt m'y rejoindre, un certain nombre de nouveautés requéraient mon attention. D'abord, Madeleine avait dû suivre ses parents à Périgueux où son père venait d'être affecté par la Compagnie au dépôt des locomotives. Au moment des adieux, on nous dit une fois de plus, avec des mines entendues, que nous resterions fiancés, mais il me semble que, pour elle comme pour moi, le cœur n'y était plus, ou bien était-ce moi seulement qui me croyais maintenant trop grand pour m'intéresser encore à une fillette ? Je songeais plutôt au parti que je pourrais tirer de la venue d'un garçon de mon âge dans notre domaine. En effet, une famille de cheminots s'était installée de l'autre côté du jardin, au rez-de-chaussée de la haute bâtisse où logeaient les curés : les Delsahut venaient du Lot, de Gramat, un pays de rocailles, disaient-ils, et ces cailloux roulaient dans leur voix. Ils avaient un fils de mon âge, Charles, un dégourdi avec qui je pus jouer à la course, à la lutte, au saut en longueur. Mais il se refusait absolument à me suivre dans mes périples imaginaires : lorsque je prétendais que les massifs de roseaux ou de yuccas en bas du jardin, c'était la jungle ou la forêt vierge, il se plantait, me regardait droit dans les yeux et bougonnait : « Non, mais, ça va pas ? »

Grand-mère était contente de ce voisinage. Elle me confiait à Charles Delsahut pour que nous fassions ensemble le trajet qui nous conduisait au Petit Lycée ou nous en ramenait, et de même, la famille de Charles me confiait celui-ci. Ainsi, veillant mutuellement l'un sur l'autre, nous allions notre bonhomme de chemin, nous exhortant à tour de rôle à la prudence quand nous montions dans le tramway ou quand nous en descendions.

Autre nouveauté : la venue certains jeudis à la chocolaterie des filles du patron, Annie et Lisette Daccord, deux brunettes ; l'aînée de mon âge, la cadette comme j'eusse aimé que fût déjà la petite sœur, c'est-à-dire tout juste tenant d'aplomb sur ses jambes. Nous ne connaissions pas la lutte des classes, et le patron, leur père, et son ouvrier, mon grand-père, nous laissaient jouer ensemble tout notre soûl. Pourtant, la belle Annie ornée de médailles pieuses s'étonnait de mon ignorance coupable au sujet de son Jésus et de sa Vierge Marie.

Depuis quelque temps, une auto-camionnette jaune remplaçait la voiture de livraison et le lourd cheval que pépère Jules naguère conduisait fièrement de l'usine à la gare de marchandises ou aux entrepôts de grossistes. Je voyais bien qu'il s'assombrissait lorsque nous passions à côté de la camionnette au volant de laquelle trônait un jeune chauffeur. « C'est une Renault. C'est rapide. Mais tout compte fait, comme le moteur tombe en panne pour un oui, pour un non, avec la charrette et le Gris nous assurions les livraisons bien plus régulièrement. » Oui, il était triste, il l'avait été bien plus encore lorsqu'on avait vendus le Gris à une entreprise de déménagements. Et maintenant, il jetait un regard à la fois admiratif et réprobateur à l'auto-camionnette Renault.

Je ne nourrissais pas les mêmes ressentiments à l'égard de la machine. Quand elle restait garée sur le terre-plein devant l'usine et que le chauffeur était absent, après m'être assuré que nul ne m'observait, je montais sur le marchepied, de là gagnais la banquette de moleskine noire, puis m'installais au volant. Je faisais mine de le tourner, d'appuyer sur les manettes, d'actionner la trompe, en me gardant de presser la poire de caoutchouc qui eût fait retentir à travers les tuyaux de cuivre de farouches appels. Avec la bouche, j'imitais, du moins le croyais-je, le ronflement du moteur : à toute vitesse, la camionnette descendait l'allée, franchissait le portail, s'engageait sur la route d'Ambazac et m'emportait, à travers la campagne, vers les collines, les forêts, les montagnes ou la mer. Après un savant virage, je prenais la route du retour, et, toujours filant comme l'ouragan, l'auto conduite d'une main sûre me ramenait à l'usine. Je gardais de ces « voyages » une délicieuse fatigue et la tête un peu tourneboulée. « Tu ne sais donc plus marcher ? » s'inquiétait grand-mère plantée sur les marches de la cuisine. Elle me regardait revenir vers elle, titubant quelque peu entre les plates-bandes de son jardinet et celles du curé Isaïe. Je ne pouvais lui dire que mon vertige me venait des immenses distances parcourues à si folle vitesse.

Un jeudi, la camionnette était là, délaissée. J'en décrivais les organes et ornements, du moins ceux que je connaissais : les phares pareils à des yeux géants, le capot en forme de dos de grenouille, les roues aux rayons épais jaunes et verts, les pneumatiques, la roue de secours arrimée à la gauche du conducteur, je les décrivais d'un ton docte aux demoiselles Daccord qui se tenaient par la main et m'écoutaient avec respect.

— Si nous montions, dis-je à Annie. Tu pourras prendre le volant.

Elle parut effarouchée à cette idée, sembla consulter du regard la petite Lisette qui demeurait indifférente à mes propos.

— L'auto, elle appartient à ton père, insistai-je. Tu peux bien t'y asseoir.

Cet argument de propriété dut convaincre Annie. Bientôt, nous voilà tous les trois installés sur la banquette : la fille du patron comme il se doit tenant le volant. Je continuais mon enseignement.

— Ça, c'est le cadran de vitesse... Ça, c'est une glace pour voir ce qui se passe en arrière... Là, voilà le levier pour changer les vitesses... Mon grand-père m'a montré tout ça, il est allé faire des livraisons avec le chauffeur, et le chauffeur lui a expliqué la machine... Là, c'est le levier et la poignée du frein quand on veut laisser rouler la camionnette.

Mon élève suivait attentivement la leçon, trop attentivement sans doute, puisqu'elle empoigna à deux mains le levier du frein. Il y eut un déclic, le levier bascula en avant, lentement la voiture commença à rouler sur le terre-plein en légère déclivité. En face de nous, à une dizaine de mètres, s'ouvrait l'allée en pente raide. Si la voiture s'y engageait!... En bas, le portail ouvert sur la rue, sur la voie du tram. Un instant, je vis la dégringolade de l'écolier qui avait roulé tout le long de la pente du Petit Lycée jusqu'à la rue où le tram l'écrase. Je poussai un cri, bousculai Annie, m'emparai du frein, le tirai en arrière de toutes mes forces. La camionnette s'immobilisa à trois pas de la pente. Maintenant, c'étaient les filles qui criaient. Derrière nous, la porte de l'usine s'ouvrit, le chauffeur de l'automobile se précipita suivi de M. Émile, puis de quelques ouvrières, tout ce monde gesticulant et criant à son tour. Là-bas, grand-mère parut sur le seuil de la cuisine. Dès qu'elle vit l'attroupement autour de la voiture, elle se hâta elle aussi et arriva comme notre trio tiré par des mains secourables mais désordonnées descendait de la dangereuse camionnette. On nous pressait de questions : « Que s'était-il passé? Comment la voiture s'était-elle mise en marche? Qu'est-ce qui l'avait arrêtée? » En même temps, les reproches pleuvaient : « Petits malheureux, petits imprudents, vous l'avez échappé belle, un peu plus et l'auto vous emportait jusqu'en bas, vous vous seriez écrasés, vous auriez écrasé des passants, vous auriez tamponné le tram! » Ces questions, ces prophéties nous procuraient une épouvante rétrospective. Les fillettes se mirent à pleurer, moi je n'en menais pas large. A ce moment, arrivèrent M. Daccord et grand-père

Jules. Annie et Lisette se jetèrent dans les bras de leur père, d'une main je m'accrochai aux jupes de grand-mère, de l'autre à la main de grand-père. M. Daccord et grand-père avaient le visage tout blanc. Avec des hoquets et des sanglots, Annie confessa notre équipée à son père, comment elle avait actionné le frein, comment l'automobile s'était mise à rouler, comment enfin je m'étais emparé du levier pour arrêter l'engin. M. Daccord se pencha vers moi, m'embrassa en murmurant : « Ah ! mon Dieu... Ah ! » Tout le groupe reflua vers l'usine où notre trio fut entraîné. Le patron nous conduisit dans son bureau, on nous gava de chocolats, et l'on nous fit jurer de ne plus jamais monter dans la camionnette hors de la présence du chauffeur. Ainsi prit fin la première et unique leçon de conduite d'automobile que j'eus jamais l'occasion de donner.

Pourtant, mon père prétendit qu'il me prendrait pour chauffeur dès qu'il pourrait acquérir une voiture — elle lui serait fort utile, assurait-il, pour faire ses tournées dans le département. Il se déclara « fier de son fils » — et je rougissais, je rougissais, au bord des larmes... D'habitude, il me traitait plutôt de « badaud », d' « envesé », d' « âne », d' « emplâtre », de « grand dadais », tant ma gaucherie ou ma pusillanimité l'agaçaient ; parfois cependant il me témoignait sa tendresse en m'appelant « mon gros ».

J'aurais trouvé naturel que mon exploit continuât à occuper indéfiniment les conversations familiales. Et, sans doute, quelques mois auparavant, j'eusse tenu la vedette rue Bernard-Palissy et route d'Ambazac un bon bout de temps. Mais à présent, il y avait la petite sœur, et mon... héroïsme fut vite oublié devant le progrès de ses mimiques, de ses sourires ou de ses borborygmes. « A-t-elle fait son rot ? » demandait-on avec anxiété lorsqu'elle s'était repue du sein maternel ou du biberon, tandis que, moi, s'il m'arrivait de roter en compagnie, « Mal élevé ! » s'écriait-on.

Oui, la vedette, incontestablement, la reine, le centre du monde, de plus en plus c'était Jacotte, Jackie, Jacqueline. Elle ne semblait pas y prendre garde, se contentant d'observer l'entourage d'un œil placide et bleu.

« Est-ce le bleu des Clancier ? » se demandait-on. « Ou le bleu des Maigner ? » (c'est-à-dire celui des yeux de mon arrière-grand-père). Au vrai, selon l'humeur, selon le temps, le bleu des yeux de la petite sœur variait de la violette à la pervenche, du bleu Maigner au bleu Clancier, ainsi tous y trouvaient leur compte.

Vint le temps où maman décréta qu'elle se sentait tout à fait remise — je m'interrogeais en vain sur l'origine de la fatigue qui l'avait pendant tant de semaines abattue. Elle ajouta : « Georges peut revenir ici. » Grand-mère essaya bien de gagner du temps, mais mon père trancha et je dus rentrer au logis.

Que de changements provoqués par la venue de l'intruse ! Ainsi, plus question pour maman de m'accompagner à l'école ou de venir m'y chercher, il lui fallait demeurer auprès de sa poupée, soit que celle-ci dormît, soit qu'il fût l'heure de lui faire prendre l'air en poussant sur le trottoir de la rue Bernard-Palissy vers le champ de foire et le jardin d'Orsay le lourd landau tapissé de rose comme l'était le berceau. Du coup, j'étais promu « grand garçon », et, « comme un grand », je m'en allais et revenais seul, le cartable sur le dos.

A la maison, je devais prendre garde à ne pas faire de bruit : « Tu vas la réveiller ! » Allez jouer, allez chevaucher une chaise par exemple qui vous emporte à bride abattue à la poursuite de bandits, ou encore échafaudez avec hardiesse une tour faite de planches, de cubes et d'objets divers accumulés les uns sur les autres, tels que bobines, livres, boîtes de conserve ou plumiers, quand vous risquez que votre monture ne s'emballe et ne vous jette à bas, ou que votre Babel s'écroule, tout cela à grand fracas. « Ah ! tu es bien avancé maintenant ! Elle crie ! Tu l'as réveillée ! Je t'avais pourtant prévenu. Si la petite, pauvre petite chérie, si elle ne parvient pas à se rendormir avant le retour de papa, tu vas entendre ton père ! » Et la petite de brailler, de brailler. Maman a beau la bercer, lui chantonner de sa voix la plus suave : « Maman est en haut qui fait des gâteaux, papa est en bas qui fait du chocolat », rien n'y fait. Je n'en mène pas large : je m'installe dans la salle à manger, ouvre mes livres sur la table devant moi, ânonne mes leçons. Sept heures moins le quart (à sept heures ! on va entendre la clef tourner dans la serrure). Sept heures moins dix : elle continue à pleurer, à miauler, à crier. Sept heures moins cinq : on dirait que les sanglots s'espacent, maman baisse encore la voix : « Papa est en bas, il fait le chocolat. » Sept heures ! Plus un bruit... Gentille petite sœur, elle s'est rendormie. Ouf ! « Nos ancêtres les Gaulois disaient que, si le ciel leur tombait sur la tête, ils le retiendraient au bout de leurs lances... Leur chef, Vercingétorix... » Sept heures cinq, l'escalier craque, des pieds frottent le paillasson devant la porte, une clef tourne dans la serrure, la porte s'ouvre...

— Coucou ! lance la voix paternelle.

— Chut, fait maman dans la chambre.

Ça y est, le cri-miaulement repart de plus belle.

— Ah ! non, non, gémit maman. Tu avais bien besoin de faire coucou ! Elle venait juste de s'endormir.

Mon père s'avance, tout penaud, va vers le berceau.

— Oh ! pardon, Jacotte, suis-je bête, pardon, mon trésor.

Il la prend dans ses bras et la berce, les cris peu à peu s'apaisent.

— D'habitude, elle dort bien à cette heure, dit-il... Je ne croyais pas la réveiller... Hein, que tu dors bien d'habitude, ma Jacotte ?

Ça y est, l'heure de vérité a sonné pour moi, maman va dénoncer le coupable.

— Oui, dit-elle, je ne sais pas ce qu'elle a eu, sans doute quelque colique, elle a poussé des plaintes en dormant, je suis venue la bercer, et de nouveau elle s'endormait, tranquille.

— Ah ! quelle bête je suis, répète mon père...

Il se penche un peu sur la petite : elle se contente de grogner de loin en loin pour montrer qu'on n'en sera pas quitte avec elle si aisément.

— Mais, s'étonne-t-il, voyez-moi ça, elle a ses beaux yeux grands ouverts... Tu me regardes, hein, coquine, tu me regardes. Pour moi, cette petite n'a pas sommeil.

Le ciel n'est pas tombé ! Le ciel ne tombera pas ! « Vercingétorix rassembla les Gaulois pour résister à Jules César. »

— Tu apprends tes leçons, petit ?

— Oui, papa.

— C'est bien ça, c'est bien, mon gros, tu deviens raisonnable en grandissant.

Il tient maintenant la petite appuyée contre son épaule, elle tend la main pour essayer de lui attraper le nez... Elle l'attrape, elle le tient, elle serre. Quelle drôle de voix cela donne au maître de maison :

— Tu n'apprinds pas incore de leçuns, ma Jacqueute... C'est que tun grind frère, lui, il a l'aige de raisun.

Je me demande si, lui, il l'a, l'âge de raison, ou s'il ne l'a pas perdu depuis qu'il a fait emplette avec maman de cette poupée vivante.

Car c'est bien ça : ils jouent à la poupée. Il faut les voir l'emmailloter, la démailloter, la baigner, la torcher, la sécher, s'extasier devant ses fesses roses qu'ils poudrent de talc...

Quand ils ont fini la toilette et l'habillage de la petite, qu'ils l'ont remise dans son berceau, ils restent penchés au-dessus d'elle. Ils l'écoutent bredouiller sa langue étrangère. Je me glisse dans le couloir mais je demeure caché, glissant un œil par la fente de la porte entrouverte. Parfois, je les vois se pencher un peu plus et j'entends qu'ils s'embrassent, j'entends leurs bouches s'embrasser comme j'ai vu faire un monsieur et une dame sur l'écran de cinéma où les grands-parents m'avaient conduit, un soir, du côté de la gare. Et puis ils chuchotent :

— Tu vois, ma Lison, comme elle est belle... Toi qui avais si peur, si peur, tu vois, tout s'est bien passé pour toi, et comme elle est belle.

— C'est vrai, Pierrot, j'avais peur... Tu sais, je croyais... Je me disais : « Que deviendront-ils... sans moi ? »

— Tais-toi, ma chérie, je t'en prie.

De nouveau, ce bruit de leurs bouches. Puis la voix inquiète de l'amoureuse : « Que fait Georges ? » Je n'ai que le temps de filer jusqu'à ma chambre. Je feins d'y préparer mon cartable pour le lendemain. Mon père est déjà là, il pose la main sur mon épaule.

— Toi aussi, mon gros, il faut aller au lit. Va te laver les dents et couche-toi.

— Maman viendra m'embrasser ?

— Tu n'as pas honte, à ton âge... Ta mère est occupée, il faut qu'elle s'occupe de Jacqueline...

Je ne sais qui le premier ou la première eut l'idée du baptême. Ce dut être, je crois, M. Dugoujon. De tous les voyageurs de commerce qui, régulièrement, une ou deux fois par an, venaient visiter mon père afin qu'il les conduisît chez ses clients en ville et dans le département, M. Dugoujon était de loin le plus prestigieux. Il était l'« agent général » de la Chicorée Williot, et c'était grâce à lui que cette firme avait confié à mon père le soin de « représenter » ses produits dans la Haute-Vienne.

— Ça, c'est une « carte », déclarait mon père. Voilà qui enrichit mon portefeuille, considérablement.

Je m'attendais toujours, quand il parlait ainsi, à ce qu'il sortît son portefeuille et en tirât des cartes à jouer : l'une porterait les trèfles argentés ornant les paquets de Chicorée Williot.

M. Dugoujon, Claude comme il voulait qu'on l'appelât, venait souvent dîner à la maison. Pour « lancer » sa chicorée avec l'aide de mon père, il lui fallait prospecter systématiquement les épiceries, les petites comme les grosses, de Limoges bien sûr, mais aussi de Saint-Junien, de Rochechouart, de Bellac, de Saint-Yrieix et de dizaines d'autres communes ou chefs-lieux de canton dont les noms revenaient sans cesse dans la conversation des deux complices. Il possédait (ou bien son entreprise lui fournissait) une automobile — ce qui demeurait encore relativement rare dans ces années vingt — une Citroën conduite intérieure. Accompagné de mon père, il partait vaillamment sur les routes, ses paquets d'échantillons et son matériel publicitaire de panneaux ou d'affiches rangés sur la banquette arrière.

Grand, maigre, brun, le nez en lame souligné d'une courte moustache, la voix cassée et le verbe abondant, c'était un Gascon jovial et disert. Mon père, homme taciturne, ne jurait que par lui qui pouvait sans fin parler de tout et sur tout. Ma mère rosissait sous ses compliments et le trouvait « distingué ». Grand-mère Louise même, qu'il appelait « fillette » et embrassait sur les deux joues, quittait son air sévère lorsque, de passage rue Bernard-Palissy, elle rencontrait le voyageur bordelais. Ce vendeur de chicorée — Dieu sait combien il savait vanter les vertus de celle-ci — ne buvait que du café et bien noir, et tasse sur tasse. « Pas étonnant qu'il soit si maigre, disait maman, ni si nerveux, un fil de fer, un fil de fer électrique. »

— Faites ce que je dis, ne faites pas ce que je fais ! Mettez de la chicorée, de la Williot bien entendu dans votre café, n'en mettez pas dans le mien... Ah ! madame Élise, le café, c'est ce qui me tient, le café et le tabac.

De fait, il fumait autant que mon père, c'est-à-dire pratiquement sans arrêt, allumant une cigarette à l'autre.

— Quand vous viendrez me voir à Bordeaux... Je suis à deux pas du port... Je vous conduirai dans notre maison de campagne, à Gazinet, à la lisière des Landes, un air embaumé de résine, voilà qui vous nettoie les bronches. C'est pour cela que je peux me permettre de tant fumer... Pierre, c'est vrai, vous qui avez été gazé, vous ne devriez pas... Bah, vous et moi, nous les combattants de 14, une génération bâtie à chaux et à sable... puisque les Boches ne nous ont pas eus, ce n'est pas le tabac qui nous aura, ni le café.

M. Dugoujon était l'un des admirateurs de la petite sœur, il la prenait sur ses genoux, la faisait sauter. « A cheval ! A cheval ! » et la cavalière riait et le cheval riait aussi de sa voix enrouée. Il dut demander un jour : « Alors, Jacotte, quand la baptise-t-on ? » Mes parents n'osèrent avouer qu'ils n'y avaient pas songé, que d'ailleurs leur aîné, que Georges... Et c'est probablement ainsi que dut se décider le baptême : M. Dugoujon, Claude, serait le parrain, tante Margot, la marraine.

Demandais-je alors qu'on me « racontât » mon propre baptême ? Probablement. Et que pouvaient répondre mes parents ? Sans doute, que la guerre avait empêché que cette cérémonie eût lieu. « Ton père était à la guerre, tu comprends. » Je devais penser qu'il fallait être bébé pour pouvoir être baptisé, et qu'en conséquence je ne le serais jamais. En concevais-je amertume ou au contraire vanité ? De l'une ni de l'autre, ma mémoire n'a gardé trace, mais plutôt de quelque chose qui eût pu ressembler à un sentiment de différence. Je me sentais un peu différent des autres enfants puisque, à l'occasion du baptême de ma sœur, j'interrogeais mes camarades de classe ou bien les petites Daccord, et tous et toutes me répondaient que : oui, bien sûr, ils étaient baptisés. Décidément, je restais le seul de mon espèce.

— Toujours, il faudrait respecter la liberté des gosses ! décrétait grand-père Jules. Qu'est-ce que c'est que ces simagrées ! Je t'asperge d'eau bénite et je te déclare catholique, un marmot !... Georges, du moins, il sera libre de choisir en connaissance de cause quand il aura vingt ans...

J'avais été impressionné par la cérémonie à l'église, bien qu'elle fût brève : ces chuchotis, ce prêtre si bien vêtu, la lumière des vitraux. Je regrettais, quand venait le mois de mai, et que le soir, route d'Ambazac, du jardin où nous prenions le frais, nous entendions l'église Saint-Paul-Saint-Louis tout illuminée résonner des hymnes du mois de Marie, je regrettais de ne pas être de la fête.

— Tu n'aimes pas mieux respirer le bon air, comme nous faisons, entendre les grillons, regarder la lune, chercher l'étoile polaire ? s'étonnait grand-père.

Inquiet de mon silence, il promettait :

— Demain soir, si tu veux, nous irons à la gare de triage.

Le lendemain promesse tenue : main dans la main, nous passions devant l'église, et cette fois les chants qui traversaient ses murailles me paraissaient bien mornes. Nous remontions le faubourg, arrivions à la passerelle qui enjambe l'éventail des rails, empruntions (malgré l'écriteau : « Passage interdit »), le raidillon qui descend de l'amorce du pont aux voies ferrées.

— Les cheminots me connaissent, affirmait pépère Jules, eux, ils ont le droit de passer par là, c'est un raccourci quand ils vont à leur travail, ils ne nous diront rien.

Parvenu à pied d'œuvre, je sentais la main de mon guide affermir sa pression sur la mienne : il ne fallait pas que me vînt l'idée de vagabonder sur ces traverses, ces aiguillages et ces rails sur lesquels pouvait surgir une locomotive haut le pied. Nous gagnions un terre-plein et nous y installions, assis à même le sol, pour observer sans risques les manœuvres des compound rentrant aux entrepôts ou en sortant, ou bien s'immobilisant sur la plaque tournante qui les placerait juste en face de la voie à prendre. Des hommes tout noirs s'affairaient autour des machines. D'autres, avec une hardiesse qui provoquait en moi une anxieuse admiration, se faufilaient entre les wagons d'un train de marchandises sans en attendre l'arrêt. Ils commençaient à décrocher les attaches entre les tampons puis s'éclipsaient par un saut de côté, et l'on voyait peu à peu s'égrener les wagons libérés cependant que le reste du train continuait à rouler au ralenti vers d'autres destinations. Parfois, si grand-père pensait reconnaître quelque voisin parmi les hommes de la voie, nous nous approchions d'une rame ainsi en manœuvre. Quelle joie, lorsqu'un cheminot m'autorisait à monter dans la guérite flanquant et surmontant l'arrière du wagon de queue ! Comme j'aurais aimé faire mien ce logis et voir défiler en marche arrière la France entière cependant que le train de marchandises en sifflant m'eût emporté. Décidément, la gare de triage était bien le plus magnifique des terrains de jeux. Et puis, nous y étions entre hommes, entre ouvriers, ce n'était pas là qu'on amènerait la petite sœur, même quand elle serait grande.

On ne l'emmenait pas non plus — ou du moins pas encore — au cinéma ni au café. Au cinéma, c'étaient mes grands-parents qui m'y conduisaient parfois le samedi soir pour voir les films qui les intéressaient et dont ils pensaient qu'ils ne m'ennuieraient pas trop. Souvent, il s'agissait de films à épisodes : *Les Misérables, Les Mystères de Paris, Les Trois Mousquetaires* que présentait « Le Capitole », un cinéma installé au-delà de la gare de voyageurs, à la hauteur du tunnel par où débouchaient les express de Toulouse. Bien des fois, au moment le plus palpitant d'une chevauchée pour sauver la reine, ou d'une fuite dans les égouts de Paris, ou d'un combat avec les Indiens dans le Far West, un sifflet strident retentissait, comme si la locomotive et tous les wagons de l'express allaient déboucher du tunnel sur l'écran ; la pianiste avait beau plaquer de puissants accords sur le clavier, elle ne parvenait point à nous faire oublier le train si proche. Grand-mère se plaignait de ce voisinage trop moderne, elle trouvait que cela « l'arrachait » à Jean Valjean que l'instant d'avant elle eût voulu secourir ou à d'Artagnan auprès duquel elle croyait galoper ; cependant, lorsque la scène sur l'écran était angoissante, elle avouait que le sifflet du train pouvait être bienvenu, par exemple en lui permettant d'échapper aux desseins meurtriers du Surineur. Pépère Jules riait de ces propos, et bientôt on entendait des « Chut ! », des « Taisez-vous ! » quand ce n'était pas : « Vos gueules » que lançait un bourineur du premier rang où les places se payaient moitié prix.

Nous revenions du cinéma, silencieux, évoquant en nous-mêmes les aventures que les héros nous avaient fait partager. Je marchais, déjà somnolent, entre mes grands-parents qui me donnaient la main. De loin en loin, grand-mère Louise poussait un soupir au souvenir de quelque péripétie.

— Jules, crois-tu que cela existait, des gens aussi méchants, d'autres aussi malheureux, d'autres aussi fous ?

— Bah ! faut en prendre et en laisser, lui conseillait grand-père. Tu sais, les bonshommes qui inventent les histoires, ils sont pas à une sornette près !

Seul, l'auteur des *Misérables* demeurait au-dessus de toute critique. Grand-mère disait en baissant la voix :

— Mon père, il aurait bien pu voler un pain comme ce pauvre Valjean, tant nous avions faim et pas un sou, pas un sou à la maison.

Jules se contentait d'ajouter :

— Ça oui, il aurait bien pu, et même il aurait dû, et à Saint-Yrieix, on n'aurait pas osé l'envoyer au bagne, mais, ton père, il était si honnête qu'il serait mort de faim et il vous aurait laissés mourir avec lui plutôt que de voler.

— Oh, c'est vrai, ça c'est bien vrai.

Je les écoutais à travers mon demi-sommeil et, un peu plus tard, quand nous arrivions enfin dans le jardin de la route d'Ambazac, je prenais Jean Valjean pour mon arrière-grand-père et Cosette pour une petite sœur de grand-mère Louise.

Un jeudi pluvieux, grand-mère pouvait me conduire au Capitole si l'on affichait « un Charlot » pour les enfants. Elle riait d'aussi bon cœur que le jeune public aux chutes, aux bévues et aux malices du petit homme, mais ensuite elle semblait avoir honte de sa joie.

— C'est bête, c'est quand même trop bête de rire comme ça de bêtises pareilles, à mon âge, marmottait-elle, si tes parents me voyaient !

Au dîner, j'essayais de raconter le film à grand-père, je m'embrouillais, je me perdais parmi les péripéties :

— Alors, Charlot a glissé et patatras... Alors, il a voulu sauter et pouf... alors il courait, il courait, mais vlan par terre...

— Bref, c'est toujours tombe Rigadin, concluait grand-père.

Il faisait ainsi allusion à ma première découverte du septième art : tout juste après la guerre, j'avais assisté aux exploits de cette gloire de l'écran : le clown Rigadin qui, à chaque instant, se retrouvait les fesses par terre ; je manifestais, me disait-on, une bruyante joie devant ces chutes à répétition, et, pendant des semaines, à chacun de mes faux pas, qu'il fût volontaire ou non, je m'écriais au moment où mon séant frappait le sol : « Tombe Rigadin ! »

Voilà pour le cinématographe. Quant au café, autre lieu de fête et qui vous donnait, lorsqu'on y était admis, plus encore que la salle obscure, le sentiment d'être l'égal des grandes personnes, c'étaient les parents qui, de loin en loin, consentaient à m'y emmener avec eux, le dimanche en fin d'après-midi.

— Va-t-on à l'Univers ou au Central ? demandait papa.

Maman hésitait longuement. Au Central, il y aurait l'orchestre, mais à l'Univers les musiciens commençaient plus tard, ainsi pour jouer au jacquet ou aux dames ou pour parler, on serait plus tranquille. Souvent, le jacquet faisait pencher la balance : nous entrions à l'Univers après un dernier coup d'œil de regret lancé vers la riche façade du Central de l'autre côté du carrefour Tourny. Je ne pensais pas qu'il pût y avoir plus beau, plus somptueux, plus extraordinaire que la salle étincelante de l'Univers. Aux murs alternaient miroirs et panneaux d'ébène incrustés de chinoiseries en nacre — à moins que ce ne fût des japonaiseries — aux couleurs chatoyantes. Le plafond lui-même était orné de scènes exotiques qui me faisaient me dévisser la tête pour mieux les admirer. Nous nous installions sur les banquettes devant le guéridon de marbre. Autour de nous le brouhaha, la foule endimanchée, la fumée des pipes et des cigares. Mes parents se montraient des couples, des familles, ils donnaient ou rendaient des saluts d'une inclination de tête. Un palais, et tous ici, nous étions des rois, des reines, des princes. Mes grands-parents ne venaient pas au café. Ils disaient que ça ne leur plaisait pas. Je ne comprenais pas comment on pouvait ne pas se plaire dans ce luxe, dans ce faste. Peut-être ne possédaient-ils pas d'assez beaux habits ? Maman prenait ses plus jolies robes lorsque nous venions ici, et tout le monde autour de nous était tiré à quatre épingles. C'était vrai qu'on ne pouvait imaginer un cheminot entrant avec son costume, ses mains, son visage tachés de charbon, ni un ouvrier en bleu de travail, la casquette sur le crâne comme père Jules quand il allait à l'usine.

Le garçon arrivait, donnait un coup de torchon au marbre.

— Un Dubonnet et une Suze, commandait Papa.

— Et pour le jeune homme ? demandait le garçon en se tournant vers moi.

— Une grenadine.

A chaque fois, lorsque l'eau rendait si frais et si clair mon breuvage rouge, je m'attendais à découvrir je ne sais quel goût délicieux que me semblaient promettre et la couleur du liquide et la musique de son nom : grenadine ; et, à chaque fois, c'était la même déception : je ne trouvais point désagréable la douceur que je buvais, mais elle restait si banale par rapport à la succulence escomptée ! Le garçon revenait avec un coffret de jacquet. A tour de rôle, mes parents plaçaient les dés dans le cornet de cuir, les agitaient, les lançaient, annonçaient le point, déplaçaient leur pion sur les cases. Ce jeu auquel je ne comprenais goutte me fascinait ; j'aimais le bruit sourd — dans le cornet — puis clair — sur le bois — des dés secoués et jetés, l'air réfléchi que prenait mon père pour faire progresser les pions. Maman, je le voyais bien, jouait à l'étourdie, ce qui amenait un sourire indulgent aux lèvres paternelles. Une fois amorti l'émerveillement de l'entrée dans la féerie de l'Univers, une fois épuisés les plaisirs du rite de la grenadine et du jacquet, ceux du déchiffrement des scènes chinoises — ou japonaises ? — sur les panneaux de nacre (combats de guerriers munis de longs sabres, promenades de cortèges au bord des lacs, ou devant des pavillons, rêveries de dames sur de frêles ponts...), je commençais, à vrai dire, à m'ennuyer ferme. Je me gardais de l'avouer, de crainte que mon père se dispensât désormais de m'emmener au café. Je m'incitais à la patience, me disant que la prochaine fois nous choisirions sans doute le Central pour lieu dominical : là, sous les lambris et parmi la profusion de sculptures sur bois qui ornaient murs et plafonds, un orchestre donnait le concert-apéritif. Parfois, je reconnais l'un des airs que mon père chante le matin en faisant sa toilette ; d'ailleurs lui-même tout en sirotant sa Suze fredonne à voix basse les refrains que violons, violoncelle, contrebasse et piano semblent accompagner : « L'amour-est-au-fond-des-bois-aime », ou bien : « Pas de femme ! pas de femme ! tel est l'ordre du colonel », ou encore : « Lorsque tout est fini »..., « Salut demeure chaste et pure »... « Heureux petit berger ! heureux petit berger ! » et toutes ces Manon, ces Mireille, ces Carmen, ces Veuve joyeuse (les serments, les pleurs, les amours qu'elles suscitaient m'intriguaient fort). Les airs me plaisaient, je trouvais superbe la voix du ténor paternel, je l'écoutais ravi, mais, ciel, que les paroles chantées me paraissaient étranges ! Et cette obsession de l' « Amour », des « Z'Amours » m'agaçait. Dès que papa, maman ou leurs amis se mettaient à chanter, invariablement couplets et refrains tournaient autour de l'amour, cela me gâtait la joie que me donnait la musique. Quelle chance lorsque certaines des chansons parlaient enfin d'autre chose, comme cette « Madame Angot », par exemple, en qui je croyais reconnaître une de nos laitières rougeaudes et bien en chair, ou encore ces « Mousquetaires au couvent » qui avaient « bon cœur et mauvais caractère », cette « Mascotte » dont mes parents entonnaient parfois le duo — ils n'arrivaient jamais à la fin car le fou rire les prenait en chemin ; là aussi, il était bien question, une fois de plus, d'aimer : « Je t'aime mieux que mes moutons ! — Je t'aime mieux que mes dindons ! », mais c'était du genre farce, pas si loin des chutes du clown Rigadin.

Je me demandais où mon père pouvait apprendre tant d' « airs ».

— C'est un air d'opéra, disait-il, ou bien : C'est un air d'opérette.

Il ajoutait :

— Quand tu seras plus grand, nous t'emmènerons au Cirque-Théâtre, maman aime bien y aller pendant la saison lyrique.

J'avais vu des affiches sur les murs de ce Cirque-Théâtre annonçant en lettres immenses : *La Tosca*,

Madame Butterfly, Carmen, Le Trouvère, et, d'autres fois, mes sympathiques *Mousquetaires au couvent,* ou *Les Cloches de Corneville ;* mais on ne me conduisait dans la vaste arène que lorsqu'elle abritait acrobates, amazones ou dompteurs.

De toute façon, les parents ne semblaient guère pressés de revenir à l'Univers, au Central ou au Cirque-Théâtre. Ils attendraient sans doute que la petite sœur fût en âge de les y accompagner. Ce ne serait pas pour demain. Ils se moquaient pas mal de ne plus voir le scintillement des miroirs et des lampes de l'Univers, ni de ne plus entendre les violons du Central ou les artistes du Cirque-Théâtre : les mimiques et les gazouillis de leur fille leur tenaient lieu de tout.

Ainsi, un des hauts moments de la journée était le bain de Jacotte. Au soir tombant, maman trempait la bambine effarouchée dans une bassine garnie d'eau chaude. La naïade ouvrait plus grand encore ses grands yeux bleus tout en essayant de se cramponner des menottes au pourtour du récipient cependant que ses pieds battaient l'eau, la faisant plus d'une fois jaillir par-dessus bord. Au lieu de se fâcher, comme ils n'auraient pas manqué de le faire, me disais-je, si je les avais arrosés de telle copieuse manière, les parents éclaboussés riaient et s'extasiaient devant la vigueur de la petite poissonne. Moi je regardais son corps potelé rosir sous la chaleur du bain, étonné de cette fente dessinée en bas de son ventre (elle me faisait penser à celle pratiquée dans la panse du cochonnet de porcelaine qui me servait de tirelire). On sortait la poissonne du bain, papa la roulait dans une serviette, ensuite maman l'embrassait sur toutes les coutures en criant qu'elle allait la manger, la manger, la manger. La petite se laissait essuyer, embrasser, manipuler, talquer, puis langer, placide, sans marquer la moindre inquiétude devant l'appétit d'ogresse manifesté par sa mère.

Si quelque membre de la famille ou quelque ami, voire quelque voisin, se trouvait à passer chez nous lorsque sonnait l'heure du bain vespéral, les parents le conviaient à assister à la cérémonie, et le visiteur ne manquait pas d'admirer et de glorifier les fossettes, les rondeurs et la carnation de la baigneuse. Intérieurement, je désapprouvais une telle exhibition. Qu'aurait-on dit si je m'étais permis de me montrer ainsi sans voiles ? Lorsque maman me conduisait aux « Bains chinois » — « Douches et bains publics, Établissement d'hydrothérapie moderne », pouvait-on lire en lettres bleues sur fond blanc au-dessous de l'enseigne qui signalait la maison —, nul n'était convié à me voir enjamber avec précaution le haut bord de la baignoire. Encore une chose : « Les Bains chinois », que la petite sœur ne connaîtrait pas de sitôt !

Et l'école ? Tantôt, je me disais que la petite ne mesurait pas sa chance de ne pas y aller, tantôt, avec condescendance, je demandais si un jour elle serait tout de même assez grande pour pouvoir se rendre en classe.

— Ce ne sera que trop vite là, soupirait maman.

Et ses amies ou voisines de renchérir :

— Ah ! il ne faudrait pas qu'ils grandissent, n'est-ce pas ? C'est si mignon tant qu'ils sont petits.

D'où je déduisais qu'à leur avis, je ne possédais plus ces deux... qualités. Alors, que le temps se mette à passer vite, vite, pour que la petite sœur à son tour ne soit plus petite, et que moi je sois tout à fait grand, c'est-à-dire un élève du Grand Lycée. « Sept ans passés, tu as l'âge de raison », décrétait mon père. L'âge de raison qu'était-ce donc ? Qu'aurais-je dû sentir en moi ? Quelles forces nouvelles ou quelle sereine sévérité ? Étais-je donc anormal, ou à tout le moins retardataire ?

J'avais beau observer mes camarades d'école, je ne leur trouvais non plus rien de changé, or eux aussi avaient à présent dépassé les sept ans. Ils ne me paraissaient ni plus forts ni plus sages qu'avant d'avoir franchi le cap fatidique : timides demeuraient les timides, batailleurs les fortes têtes ; et tous se précipitaient au-dehors de la cour d'honneur, avec la même frénésie, lorsque, deux ou trois minutes après que la cloche eut sonné, la maîtresse nous permettait de rompre les rangs. Tous encore manifestaient la même admiration béate lorsqu'il arrivait, aux approches des vacances, que des « artistes » fussent autorisés à venir donner spectacle à l'école : comme par exemple ce couple de dresseurs d'oiseaux qui vint faire jouer dans notre classe la comédie à ses minuscules acteurs : moineaux, bouvreuils, pinsons, chardonnerets, serins. On pouvait voir notamment un roi et une reine ailés monter dans un carrosse que tiraient, attelés au brancard, quatre piafs, cependant que deux valets canaris en livrée jaune se perchaient à l'arrière de la voiture et qu'un serin au plumage orangé tenait dans son bec, en bon cocher, les rênes de l'équipage. Mais voilà que d'autres oiseaux amenaient... un canon, l'installaient sur le trajet du carrosse, le faisaient tonner en tirant de leur bec sur un fil : Pan ! Le cocher-serin se laissait tomber du siège puis restait par terre sur le dos, raide, pattes en l'air ; d'autres serins, tout blancs, venaient emporter le « cadavre » après l'avoir placé, en infirmiers dévoués, sur une civière. Lorsque la troupe ailée revenait sur la table-scène saluer le public en s'inclinant vers nous, bec au sol et queue en l'air, la salle était en délire ; mes contemporains, les possesseurs de « l'âge de raison », ne se montraient pas les moins fous dans leur enthousiasme ! et nos aînés faisaient de même.

En tout cas, la petite sœur, elle, ne me paraissait pas le

moins du monde progresser vers « l'âge de raison ». Quant aux parents, ils ne savaient certes pas la « dresser » comme n'auraient pas manqué de le faire, me disais-je parfois, les montreurs d'oiseaux. Voilà que, faute de savoir marcher, elle s'était mise pourtant à se déplacer, tantôt en avançant à quatre pattes, tantôt en glissant sur le derrière ou de côté, ses mains tirant ou poussant, agrippées au tapis. Alors que, sagement assis devant la table de la salle à manger, je lisais ou dessinais, elle se faufilait entre les pieds de chêne sculpté et, soudain, de ses minuscules ongles, elle me pinçait le mollet. Je n'eusse pas hurlé plus fort si quelque guêpe m'avait piqué ! Je sautais de ma chaise, courais vers maman pour protester et me faire plaindre. Pour toute réponse, je n'entendais que des mots de cette sorte : « Oh ! que veux-tu, elle est si petite, elle ne fait pas ça pour te faire mal, d'ailleurs elle n'a pas assez de force pour te faire mal... » C'était pire encore quand mon père était là ! « Non mais, entendez-moi ce grand dadais... Tu penses comme Jacotte a pu serrer, avec ses doigts si petits, si petits... » Il se penchait sous la table, tendait sa main à la tortionnaire.

— Tiens, Jackie, pince-moi.

La démone pinçait.

— Rien, on ne sent absolument rien, c'est une caresse.

J'en déduisais soit qu'il avait le cuir tanné — forcément, un « poilu » — soit que la coquine se gardait bien de le pincer aussi passionnément qu'elle le faisait en tordant entre ses ongles la peau de mes mollets.

Comble du paradoxe, mes parents en vinrent à plaindre non pas les victimes de la pinceuse, mais celle-ci même. Maman commença à s'inquiéter : « Je t'assure, Pierre, ce n'est pas normal ce besoin qu'elle a de pincer. Cette petite est trop nerveuse, la pauvre. » On consulta le médecin, il prescrivit un vermifuge. « Jackie a des vers », cette phrase me troublait. Je regardais la mignonne, fraîche et rose comme une fleur de printemps, et je m'attendais à voir apparaître quelque ver hideux au coin de sa bouche (cela arrivait dans certains contes dont grand-mère berçait mon enfance). « La pauvre », disais-je à mon tour, et je m'efforçais de ne pas trop crier quand de nouveau ses frêles doigts venaient me tourmenter. Car elle continuait à pincer malgré le vermifuge.

Le monde ne retrouvait sa douceur que le jeudi et le dimanche auprès de mes grands-parents. Leurs oreilles et leur cœur demeuraient attentifs à mes plaintes qui devaient sans doute redoubler pour avoir dû attendre plusieurs jours une consolation.

— Oui, papa, au lieu de gronder Jackie quand elle me pince, c'est moi qu'il attrape, et il lui tend son bras pour qu'elle le pince lui aussi.

— Je ne savais pas que Pierre était devenu chrétien, persiflait pépère Jules. C'est bien ça que les curés leur apprennent aux croyants : si on te frappe la joue gauche, tends la droite. Pierre est donc chrétien puisqu'il dit à la petite : ah ! tu as pincé ton frère, eh bien, tiens, pince mon bras maintenant.

Grand-mère hochait la tête, haussait les épaules.

— N'écoute pas ton grand-père, tu sais ; il ne peut jamais parler sérieusement. Ce qui est sûr, c'est qu'il vaudrait mieux lui faire passer l'habitude de pincer à cette enfant.

— Il paraît que c'est les vers, ajoutai-je en prenant un air docte.

— Ah !... (grand-mère semblait réfléchir avant de poursuivre). Alors ce doit être quand la lune change.

Quel mystère pouvait donc lier à des vers si minuscules qu'ils demeuraient invisibles, et à l'énorme et lointaine lune, les pinceries de ma sœur ?

IX

On dut encore faire appel au médecin. Ce ne fut plus pour la petite sœur, mais pour des rougeurs qui me venaient avec une forte fièvre. Ce ne pouvait être les roses ou les pourpres de la rougeole, non plus les couleurs de la varicelle, puisque ces roses, ces pourpres et ces maladies, je les avais déjà « subies ». Non, ce fut une méchante scarlatine. On m'isolait le plus possible pour préserver la petite sœur. Je dus parfois délirer ou tout au moins plonger dans un univers où le réel et le songe échangeaient un moment leurs apparences : était-ce ma mère qui entrait dans la chambre, un bol de tisane à la main, ou bien l'ombre immense d'une inconnue introduite chez nous à la faveur de quelque guerre ? Cette caresse sur mon visage ? Ah ! c'étaient bien les doigts de maman, si frais, et sa voix. « Il a le front brûlant. » De nouveau, l'ombre de l'inconnue, et qui parle ? « Le front... il est au feu, il est au front. »

— Papa !

— Ne t'agite pas, mon chéri, papa est à son travail, il va venir te voir plus tard.

— Son travail, c'est la guerre ?

— Mais non, voyons, la guerre est finie... Tiens, bois cette tisane, doucement, doucement, et maintenant repose-toi, essaye de dormir.

D'autres images me reviennent de ce temps, celles sans doute de la convalescence : des îles, des palmes, un soleil fixe, une mer si bleue, des plages sauvages, pendant des heures et des heures, des jours et des jours, et la construction d'une barque, l'aventure minutieuse, exaltante, puis, le soir : îles, jungle, soleil, vagues, je les range pour la nuit en refermant les couvertures blanches du volume, des couvertures cartonnées avec sur l'une en lettres dorées : Robinson Crusoé. Quand je suis fatigué de lire, je regarde indéfiniment les trois ou quatre illustrations qui ornent le livre : leurs couleurs sur papier glacé me donnent une extraordinaire impression de luxe et de beauté, et l'odeur même du volume, celle sans doute de la colle employée pour la reliure, concourt à mon enchantement. Mon lit devenait le navire du voyage, puis le radeau sur lequel je survivais, puis l'île dont je découvrais les ravins, les vallées, les collines figurés par les plis des draps et des couvertures, de nouveau une embarcation que je fabriquais si adroitement avec les débris du naufrage et que le vent ou les courants poussaient jusqu'à la crique.

— Allons, Georges, tu te fatigues, laisse ton livre, il va falloir dormir.

— Ah ! que vite ce soit demain, que la nuit passe en un clin d'œil : j'ouvrirai de nouveau les portes blanches à lettres d'or afin de repartir sur les traces de Robinson et de Vendredi.

— Dans deux semaines, tu pourras commencer à sortir, ensuite tu reviendras à l'école et tu pourras jouer avec ta sœur... tu comprends quand tu ne seras plus contagieux... Le temps doit te sembler long, mon chéri.

Combien de semaines a donc duré le voyage ? Car c'était bien un voyage pour moi, et un naufrage, cette scarlatine, avec ensuite la délicieuse impression de renaître, de revivre, faible, las et ravi, échoué sur un rivage neuf. Non, il ne me semblait pas long, le temps. Que durent, que durent encore ces journées passées ailleurs, en ces mers lointaines, à craindre, à espérer, à m'émerveiller avec mon ami Robinson, le « poilu » maritime. L'école ? La petite sœur ? Rien ne presse. Ni mes camarades de classe, ni Jacotte ne connaissent des heures aussi pleines que les miennes quand je parcours la forêt ou les plages l'arme au poing, quand je guette les oiseaux multicolores ou que j'observe le changement des saisons sur mon île.

Est-ce à cette maladie (il me semble que oui) que se rattache le souvenir d'un autre livre aux mêmes couvertures blanches cartonnées, aux mêmes pages de papier glacé pour les illustrations : *Le Petit Lord Fauntleroy ?* Que faisait-il, cet enfant lord ? Je l'ai oublié, mais son visage de porcelaine ondé de rose, la blondeur de ses cheveux aux vagues souples, la gentillesse de son sourire, et l'élégance de sa vêture me charment encore. Je rêvais de vivre la vie de Robinson dans son île tout en ressemblant au jeune Fauntleroy. Et ma foi, en chemise de nuit blanche, au creux du lit, j'y parvenais tout à fait. Non, le temps ne me durait pas : courir d'aventure en aventure aux pays chauds, s'en reposer dans un château seigneurial de Grande-Bretagne, enfin retrouver l'inquiète et vigilante tendresse de maman, comme au temps où la petite sœur était encore cachée dans sa rose ! C'était le bonheur.

Il fallut bien pourtant guérir, être déclaré guéri. Quand je m'apercevais dans le miroir, je ne ressemblais guère au Robinson vigoureux, tanné, bronzé par les soleils et les embruns, mais plutôt à un cousin chlorotique du frêle lord Fauntleroy. Tous de dire : « Comme il s'est étiré, le pauvre ! »

Je me demandais si ce microbe qui m'avait ainsi fait

grandir n'était pas également responsable du changement que je constatais dans la taille de la petite sœur. Elle aussi, comme elle avait grandi ! Du moins, elle n'en perdait point pour autant sa rondeur et ses couleurs. Et qui donc, pendant que je fondais et m'allongeais dans mon lit, lui avait appris à marcher et à parler ? Car, maintenant, c'était vrai, elle marchait, elle trottinait même, toujours à courir, à tourner, et elle disait des mots reconnaissables, elle posait des questions, insistait pour qu'on lui répondît bien que nul n'en fût capable. « C'est comme ça, parce que c'est comme ça », lui disait maman. A mon tour, je lui lançais de telles affirmations sans réplique, mais j'avais honte de le faire, de devenir le complice des grandes personnes. Et, secrètement, voilà que, peu à peu, naissait en moi un sentiment de solidarité à l'égard de la petite. Je pressentais qu'une alliance, au-delà de nos rivalités passagères, pourrait un jour s'établir entre nous, *les enfants*.

Pour me fortifier, le soir, papa me frictionnait dos, bras et jambes au baume de Fioraventi ; maman cousait dans un sachet un morceau de camphre que je devais porter sur la peau. De sorte que j'empestais. Lorsque je revins en classe, mes camarades ne semblèrent pas apprécier mon voisinage parfumé : « Qu'est-ce que tu sens ? » Je restais muet. Quel beau nom pourtant : le baume de Fioraventi. Je les voyais se boucher le nez, ostensiblement. Quand, de retour à la maison, je m'en plaignais : « Laisse-les faire, ces ânes, disait mon père ; dans deux ou trois jours, ils s'habitueront. » Il avait raison, les nez autour de moi s'accoutumèrent.

Fortifiant encore, le sirop iodotannique, sucré, si onctueux. J'en avalais sans déplaisir des cuillerées à soupe. « Mais s'il pouvait prendre de l'huile de foie de morue, les forces lui reviendraient plus vite. » Héroïque, j'essayai. Après quelques tentatives, un répit me fut accordé : on attendrait l'hiver, aux grands froids l'huile passerait mieux.

Maman et grand-mère m'avaient toujours « élevé dans du coton » : cache-nez, bas de laine au-dessus du genou, gilets de flanelle, badigeonnage de la poitrine et du dos à la teinture d'iode dès le moindre rhume (l'odeur en était quand même moins entêtante que celle du camphre ou du baume) ne m'étaient point épargnés à la faveur des maladies bénignes : du coryza à l'angine, de la varicelle à la rougeole, ou de leurs convalescences. « Attention, ne cours pas, tu vas te mettre en nage et après tu prendras froid... Attention, relève tes bas, noue ton cache-nez, sinon tu vas prendre froid. » On eût dit qu'un souffle glacé n'eût cessé de souffler sur notre Limousin, ou que les pluies, certes fréquentes et insistantes, pussent me rendre sans défense devant tant de microbes porteurs de mauvaises intentions à mon égard. Il est vrai qu'au premier âge, on avait tremblé pour ma vie, me disait-on, à cause du croup : on me parlait de blanches membranes qui venaient tapisser la gorge et vous étouffer. Il me semblait que ce mot lui-même « croup » recelait une image de cauchemar : celle d'une énorme croupe animale venant écraser la gorge. C'était le docteur Boulland, le fameux docteur Boulland, qui m'avait sauvé du croup. Il me reste de lui le souvenir (est-ce un souvenir vraiment ? N'est-ce pas plutôt le portrait que mes parents durent m'en faire ?) d'un homme pâle, grisonnant, un peu voûté, à l'air toujours grave et absorbé. Comme il se déplaçait à pied à travers la ville et qu'il consacrait aisément une heure à chacune de ses visites, il fallait à ses patients l'attendre longtemps. Ainsi, le voyait-on arriver à n'importe quel moment de la nuit, quand on l'avait espéré parfois depuis le matin. Dix heures, onze heures du soir, minuit, voire les premières heures d'avant l'aurore, c'était là pour lui un horaire familier. Il auscultait, palpait, examinait minutieusement, totalement, le malade, quels que fussent les malaises évoqués, prenait le pouls en consultant d'un œil fixe son gros oignon d'argent, obligeait à reprendre la température bien qu'on la lui eût déjà indiquée. Ensuite, il remplissait d'une fine écriture d'interminables ordonnances recto-verso. Puis il posait la plume, ajustait son lorgnon et donnait lecture — complétée de commentaires — de ses instructions. A la liste des remèdes, s'ajoutait un régime ou plutôt l'énumération de tous les aliments, viandes et légumes, interdits au malade En général, les familles se montraient atterrées à l'audi tion des interdits. « Mais, docteur, que pourrons-nous donc lui donner à manger ? » Imperturbable, le docteur Boulland leur citait un ou deux légumes ou une viande non mentionnés sur sa liste fatidique. Mes parents racontaient en riant la réponse qu'il fit ainsi à une personne de leur connaissance après lui avoir remis deux pleines pages chargées des noms des légumes à proscrire.

— Mais, docteur, il ne reste pas un seul légume, pas un seul que je puisse donner à notre malade.

Indigné, le docteur ôta ses lorgnons, toisa l'ignorante :

— Alors, madame, que faites-vous du céleri-rave et des crosnes du Japon ?

Bien que nul ne mît en doute la compétence du docteur Boulland, ses visites à des heures impossibles finissaient par lasser sa clientèle. A la maison, il fut supplanté par un nouveau médecin, un jeune savant, au beau nom : de Léobardy, dont on commençait à dire merveille. Sa distinction, sa douceur, de même que son modernisme (il connaissait, pensait-on, des remèdes « à la pointe du progrès ») séduisaient maman. Toutefois, mon oncle Demarty ne cessait de recommander à mon père un autre médecin de ses amis, lui aussi nouvellement installé, le docteur V. « Votre Léobardy, je ne dis pas, mais quand même, un médecin paraît-il toujours fourré à la messe, vous croyez qu'il peut être vraiment scientifique ? Tandis que V., voilà un homme d'aujourd'hui, un libre penseur, ouvert aux idées socialistes et puis un artiste, il joue du violon aussi bien sinon mieux que les artistes du Central ! »

Quand c'était maman qui « appelait » le médecin, on voyait arriver, efficace et discret, le jeune M. de Léobardy, ancien interne des Hôpitaux de Paris. Mais si mon père était chargé d'alerter la Faculté, c'était le docteur V. myope, la barbiche en pointe, qui sonnait à la porte. Ses visites duraient presque aussi longtemps que celles du docteur Boulland bien qu'il ne consacrât que peu de minutes à l'examen du malade : le reste du temps, il nous étourdissait de paroles volubiles, parlant musique, théâtre, politique et racontant sa vie du temps où il vivait encore dans son pays natal, la Roumanie. Si papa se trouvait là, il l'écoutait ravi et, une fois le bavard reparti, s'extasiait sur l'intelligence et le brillant du médicastre.

Grand-mère se méfiait du protégé de l'oncle Demarty, trouvant peu rassurante l'infime attention qu'il portait au malade comparée à l'intérêt sans fin qu'il manifestait à l'égard de ce qui, précisément, n'était pas le malade. Sa méfiance était — ô combien ! — justifiée, mais on ne s'en assurera que dix années plus tard, lorsque je serai atteint de lésions pulmonaires que le docteur V. laissait tranquillement — c'est-à-dire avec force visites, consacrées comme toujours à parler violon, littérature ou politique — me conduire à la mort, dont M. de Léobardy, lui, me sauva.

Mais, sans doute était-il écrit que les maladies de mon enfance demeureraient relativement bénignes, et que les potions, lotions, prescriptions du docteur philosophe ne les empêcheraient pas du moins de guérir d'elles-mêmes. Quant aux tisanes, cataplasmes, sinapismes, gouttes goménolées, gargarismes, badigeonnages à la teinture d'iode, suppositoires et lavements généreusement administrés par grand-mère et maman, dans l'ensemble, ils ne semblaient pas trop nuire à ma santé qu'ils prétendaient rendre victorieuse des rhumes et de la constipation. Il faut dire que les hivers limousins avec leurs pluies froides, leurs bruines et leurs brumes ne ménageaient guère mon « appareil respiratoire ». J'avais pu voir le dessin colorié de celui-ci, ou plutôt de son modèle, dans le gros Larousse médical que maman consultait volontiers et qu'elle oubliait, parfois, de replacer, hors de ma portée, tout en haut d'un placard. Subrepticement, le cœur battant, l'oreille aux aguets (au moindre bruit dans le couloir je refermais précipitamment le livre interdit), je feuilletais le lourd et grand volume, m'arrêtant, fasciné, devant les « planches » coloriées où l'on voyait les corps nus d'hommes et de femmes, la plupart du temps déformés ou minés par des maladies aux noms étranges, ou couverts de pustules, boutons, furoncles, plaques rouges, roses, rosâtres. Dans l'ensemble, la couleur dominante des corps et de leurs misères était le rose dans des nuances diverses, et, comme je remarquais au passage des noms de maux tels que : scoliose, arthrose, furonculose, tuberculose, sclérose, il me semblait que la maladie devait être une sorte de monstre gélatineux et rose qui mijotait, tapi dans les haleines, sueurs et sécrétions du corps, prêt à la moindre défaillance ou malchance à vous envahir, à se développer en vous et à faire apparaître à travers la peau ses bourgeons maléfiques.

D'autres « planches » me fascinaient elles aussi, dotées d'une plus grande variété de couleurs et montrant comment nous étions faits à l'intérieur : là il y avait, en plus du rose habituel, du rouge, du grenat, du violet, du vert, du bleu, du blanc, et quel fantastique enchevêtrement de formes : bronches, poumons et cœur, foie, estomac, reins, et tout le dédale des entrailles, ces plis et ces replis, comme un serpent logé, lové, noué dans le ventre... Quand je refermais le livre, il me semblait sentir mon cœur prêt à s'arrêter de battre, mon gros intestin, a moins que ce ne fût le grêle, en train de dérouler son amoncellement d'anneaux, et mon estomac sur le point de vomir le repas ingurgité un peu plus tôt. « Qu'est-ce que tu as, Georges ?... Comme ce petit est pâle... Qu'est-ce qu'il est encore en train de nous couver ? » s'inquiétait maman apparue sur ces entrefaites. « Si ça ne va pas, tu vas te coucher, et je vais appeler le médecin. » Je protestais : non, non, pas le lit, pas le médecin ! si on allait plutôt en ville. Je savais bien que le spectacle de la rue serait le meilleur remède pour me permettre d'échapper au monstre rosâtre, toujours assoupi dans un coin de mon corps et que j'avais dû réveiller en regardant quelques-unes de ses images dans le Larousse médical.

Est-ce cette même année de la scarlatine ou un peu plus tard que la Faculté émit ce diagnostic : tous mes maux provenaient de « végétations » qui prospéraient dans mes fosses nasales ? J'imaginais des tiges, des feuilles, des fleurs de viande, toujours de ce rose douteux cher au Larousse, croissant, s'étendant, prospérant comme un affreux jardin au fond de mon nez jusque dans mon crâne — je sentais parfois leur pression douloureuse dessous et derrière mes yeux, contre la paroi interne de mon front, ou bien j'étouffais, le nez bouché, en vain je me mouchais : aucune feuille, aucun bourgeon des végétations ne consentait à se détacher.

Maman me conduisit chez un oto-rhino alors en vogue

à Limoges. Le spécialiste se couronna d'un casque orné d'une ampoule frontale qui m'éblouissait et m'épouvantait, puis m'introduisant dans la bouche un abaisse-langue, il explora les arrière-fonds de ma gorge. « Hum, hum », grognait-il de temps à autre. Il semblait découvrir en moi des choses insoupçonnées et redoutables comme un spéléologue qui se hasarderait torche à la main dans une grotte. A peine me laissa-t-il reprendre souffle avant de m'enfoncer dans une narine, puis dans l'autre, une sorte de cornet d'acier dont il augmentait ensuite le diamètre en manipulant une vis : une fois la narine suffisamment dilatée à son gré, il glissait un œil par l'orifice où sa lampe frontale jetait son rayon. « Hum, fameuses ces végétations, fameuses. » Ce fut au tour des oreilles d'accueillir un autre cornet afin d'avouer elles aussi leurs vices ou leurs malformations : non, d'un ton déçu, le docteur les décréta normales.

Après quoi, le maître ôta son casque à lampe, se munit d'une autre sorte d'abaisse-langue mais qui, à son extrémité, comportait une ampoule minuscule et à l'autre un fil électrique. Il entoura le bout métallique et la petite lampe d'un morceau de gaze, m'enjoignit de prendre le tout dans le bouche et de serrer les dents sur ma prise. Après quoi, il appuya sur un bouton qui dut allumer la lampe car je la sentis chauffer contre mon palais, en même temps, il éteignit l'éclairage de son cabinet : nous fûmes dans le noir, et maman poussa un bref cri effrayé qui me bouleversa. Pourtant, je n'osais bouger avec, au fond de ma bouche, cet objet et sa chaleur qui, peu à peu m'étouffait. Le docteur avait maintenant une drôle de voix : « Allons, petite madame, n'ayez pas peur, il faut s'aguerrir, voyez, là, les os du crâne, ici les maxillaires, le trou des orbites, au milieu la masse oculaire, hum, les sinus s'éclairent mal, très mal. » Quand donc finirait cette nuit où j'étais une proie prise au piège, le cœur battant ?

Lorsque le docteur consentit à redonner la lumière et à me délivrer de cette lampe enfournée dans la bouche, je fus ébloui. Instinctivement, je cherchai maman du regard : elle était si pâle, les larmes aux yeux. Le spécialiste parla d'opération, il demanda à maman à quelle date on pourrait « extirper » ces « végétations » ; elle ne répondit pas.

Quand nous sortîmes du cabinet du docteur, j'émis le souhait d'aller jouer au Champ-de-Juillet qui s'étendait de l'autre côté de la rue, mais maman, d'une voix plaintive, me pria de renoncer à cette idée : il lui tardait, disait-elle, de rentrer rue Bernard-Palissy, tant cette visite l'avait fatiguée, oui, tellement fatiguée.

— Pourquoi tu as crié quand le médecin a éteint ?

— Oh ! je ne sais pas... C'était de voir l'intérieur de ta tête.

— L'intérieur de... Qu'est-ce que j'ai à l'intérieur de ma tête, qu'est-ce qu'on voit ?

— On voit... on ne voit rien, non, on ne voit rien, ou pas grand-chose.

— Mais tu disais que tu voyais...

— Oh ! Je t'en prie, laisse-moi tranquille... je suis fatiguée...

Grand-mère vint s'informer rue Bernard-Palissy du résultat de la visite. J'essayais en vain de comprendre ce que maman lui confiait en baissant la voix. Je saisissais seulement au vol quelques bribes de leur entretien :

— Soudain il a fait le noir, et j'ai poussé un cri...

Maman malgré elle haussait le ton :

— La lampe placée dans la bouche du petit éclairait la tête de l'intérieur, une lumière rouge... Ah ! j'ai cru... une tête de mort !

— Mon Dieu, le petit, une tête de mort ! reprenait grand-mère.

— Oui, et à ce moment, ce cochon... sous ma jupe...

— Par exemple... Tu l'as dit à Pierre ?...

— Oh ! non... Tu connais Pierre... Il irait lui...

De nouveau leurs chuchotements.

Ainsi, dans ma tête, il y avait une tête de mort ! Et pourquoi maman traitait-elle le médecin de cochon ? Qu'avait-il fait sous sa jupe ?

Quand j'étais seul, j'allais me planter devant l'armoire à glace, j'y regardais fixement mon visage, obligeant mes yeux à ne pas ciller : au bout d'un moment, ma vue se brouillait, je m'attendais à voir apparaître dans le miroir une image semblable à celle que j'avais pu découvrir dans le Larousse médical... N'allais-je pas m'évanouir de frayeur en voyant, à la place de mon visage, un crâne posé au-dessus du col blanc de ma chemise ? Je passais la main sur mes paupières pour dissiper les larmes qui embuaient mes yeux : ma tête était toujours là, ma tête avec son nez, ses joues, sa bouche, ses yeux bleus, ses cheveux blonds, ma tête quoi, pas celle de la mort, de ma mort.

J'aurais voulu demander à ma mère comment c'était fait exactement, si le visage que je connaissais n'était en somme qu'un masque ? Et maman, lorsqu'elle criait, avait vu ce qui se cachait sous ce masque. Au dernier moment, je n'osais plus. Un jour, je pus quand même prononcer :

— Maman, le docteur des végétations...

Puis, une fois encore, le courage me fit défaut ; j'achevai :

— Pourquoi c'est un cochon ?

Elle me regarda, ouvrit la bouche comme pour dire quelque chose et, d'un coup, devint toute rouge, les joues, le front rouges, rouges. Elle tourna les talons et quitta la pièce.

On confia le soin de m'opérer à un autre praticien. Plus d'un demi-siècle plus tard, je vois encore le masque de caoutchouc qu'une main approche de mon visage, me plaque sur le nez et la bouche ; je respire encore la lourde bouffée de chloroforme, je l'avale, je retrouve cette chose grise, obscure contre laquelle j'essaye en vain de lutter et qui, immense, m'envahit, m'enténèbre et m'emporte.

C'est presque a même impression qui me reste — et l'une en ma mémoire évoque toujours l'autre — de mon évanouissement survenu route d'Ambazac. Ce devait être un dimanche après-midi, je jouais devant le seuil de la cuisine. Accroupi ou assis sur le sol, sans doute y dessinais-je à l'aide d'un bâton des plans de forteresse — j'aimais en effet imaginer tout un système défensif derrière lequel je m'abriterais si quelque ennemi se mettait en tête de vouloir conquérir la maisonnette de mes grands-parents ; du haut des remparts, à moi tout seul, je ferais reculer et s'enfuir l'envahisseur. Pour me relever, je voulus m'appuyer d'une main sur la terre, au lieu de cela ma paume s'enfonça sur une pointe dépassant toute droite d'une planchette dont j'avais dû faire quelque pont-levis et qu'ensuite j'avais oubliée. A peine eus-je le temps de me retourner, de soulever la main que la pointe fichée dans le muscle en bas du pouce clouait à la planche, et une haute vague noire me submergea.

Je revins à moi étendu sur le lit-cage de la salle à manger. Grand-mère Louise et grand-père se penchaient au-dessus de mon visage. Je me retournai vers le mur pour ne plus voir leurs yeux. Avais-je rêvé ? Le cauchemar gardait alors une hallucinante apparence de vérité : il me semblait que, pendant un interminable moment, grand-mère s'était changée en une horrible femme noire, une sorte d'ogresse vêtue d'amples voiles de deuil dans lesquels elle tentait de me ligoter comme une mouche dans la toile d'araignée — ensuite, approchant sa bouche sombre de ma gorge, elle eût bu mon sang avant de me dévorer.

Pendant plusieurs semaines, je ne pus chasser cette angoisse qui demeurait tapie en je ne sais quel coin de ma cervelle : de voir soudain grand-mère Louise se transformer en une effrayante mégère avide de ma chair.

Parfois, je demandais :

— Où j'étais quand j'étais évanoui ?

— Tu étais là... Tu étais là, étendu par terre.

— Pourtant je ne le savais pas...

— Hé, bien sûr, puisque tu étais dans les pommes, remarquait pépère Jules.

— Mon pauvre petit, n'écoute pas ton grand-père, il t'apprendrait à mal parler.

— Mais c'est quoi quand on est évanoui ? On est mort ?

— Oh !... non, non, mon chéri, tu n'étais pas mort... tu étais... comme endormi...

— On se réveille toujours quand on est évanoui ?

— Bien sûr... d'ailleurs tu n'as pas tardé à revenir à toi.

— A... revenir ?... Si on restait longtemps, longtemps évanoui, on ne reviendrait pas ?

— Mais si, mais si... Écoute, Georges, ne pense plus à ça.

— Moi, au régiment, quand j'ai raté mon soleil à la barre fixe, je suis tombé... vlan... à toute volée sur le dos. Il paraît que je suis resté des minutes et des minutes dans les pommes, les autres se demandaient si j'étais pas parti pour tout de bon... Eh bien, non, je suis quand même revenu... Mon cœur, lui, il n'est pas revenu comme avant... C'est depuis qu'il me joue des tours, de sales tours... En tout cas, toi, petit, ça n'a rien à voir avec mon affaire ; pour moi, c'était pas l'évanouissement qui était grave, c'était le choc, ma carcasse en avait pris un fameux coup, et depuis... le moteur a des ratés.

Pépère Jules souriait en disant cela, mais je comprenais à la tristesse de grand-mère, combien, au contraire, il parlait d'un malheur qui les atteignait tous les deux. Il ajoutait, toujours comme s'il « blaguait » :

— Ce qu'il faudrait, ça serait que les hommes, on puisse les réparer comme les machines. Alors Jules Reix, le cœur est usé ? Venez un peu, on va vous le remplacer avec un cœur tout neuf, un cœur en acier inoxydable.

— Pourquoi ils te faisaient faire un soleil au régiment ?

— Tu verras, petit, quand tu seras soldat : faut faire du sport, des exercices à la barre fixe, faire le soleil : c'était tourner bras tendus, en haut, en bas, en haut, en bas, tout autour de la barre, et moi quand j'ai voulu lâcher la barre pour sauter en arrière, j'ai lâché trop tôt, alors je me suis comme écrasé, comme si j'étais tombé de très, très haut... Que veux-tu, c'était de ma faute... Seulement, j'aurais dû faire des démarches, faire constater ma maladie de cœur après ma chute ; comme ça j'aurais peut-être obtenu une pension et je pourrais m'arrêter de travailler si un jour ça ne va plus...

— Mon Dieu, Jules, tu te sens plus mal ces temps-ci ? demandait grand-mère d'une voix blanche.

— Pas du tout... C'est le petit, avec ses questions, il m'a fait souvenir de cette affaire... Bah ! c'était quand même le bon temps, j'étais jeune.

— Oh ! avec leur service militaire, bougonnait grand-mère Louise, ils n'apportent que du malheur...

Après l'ablation des végétations, mes forces ne revenaient pas vite, et j'en souffrais d'autant plus que je voyais celles de la petite sœur s'affirmer de jour en jour. Elle jouissait d'un bel appétit et d'un bon sommeil, et, plus ses joues s'arrondissaient, se coloraient, plus les miennes se creusaient et pâlissaient.

Pour un peu de froid, ou de vent, ou de pluie, rhume et toux s'emparaient de moi. Il fallait manquer la classe, souvent me mettre au lit, en tout cas « garder la chambre » comme le prescrivait le docteur V.

Je trouvais mes journées de convalescence plus plaisantes lorsque je pouvais les passer route d'Ambazac, mais, quand j'étais contraint de demeurer rue Bernard-Palissy, je parvenais tout de même à me distraire en « explorant » notre modeste appartement comme mon ami Robinson l'eût fait de son île déserte.

Je restais de longs moments à contempler les statues et statuettes, les bibelots, les peintures et les images qui ornaient la chambre des parents au second étage, la salle à manger et le bureau paternel au rez-de-chaussée. Dans la chambre, les belles dames nues chères à mon père : de la Vénus au papillon, plus grande que la petite sœur, à la Psyché enlevée par l'Amour, sans oublier Phryné dévoilée, celle-ci pas plus haute qu'une bouteille, me paraissaient constituer le comble du luxe, de la douceur et de la grâce, de telle sorte que j'imaginais mes parents très riches, puisque, dans aucun des appartements où il pouvait m'arriver de pénétrer, je ne voyais des statues comparables : tout au plus, chez mon oncle Demarty, ou chez quelque camarade de lycée, pouvais-je découvrir, en dessus de cheminée, un bronze; mais comme cette matière me paraissait commune et pauvre à côté des corps lisses, froids et blancs de nos déesses ! Seuls, en fait de statuettes de bronze, me plaisaient deux angelots ou plutôt deux cupidons qui encadraient la pendule installée sur la cheminée de la salle à manger. Les images cernées d'une baguette dorée, telles que *La liseuse* (une jeune femme sans voiles à plat ventre sur une fourrure, l'ample chevelure éparse sur les épaules, un livre entre les mains) ou *L'Adieu de Sapho* (au bord d'une falaise, de jeunes femmes, dont le corps se devine sous la tunique transparente, entourent l'une d'elles qui élève vers le ciel sa lyre), ou encore *Portrait de jeune fille d'après Greuze,* me paraissaient former la cour destinée à honorer la plus belle d'entre les belles : cette dame blonde aux épaules voilées de gaze bleue à la couleur de ses yeux, maman telle que l'avait photographiée M. Blanc. J'englobais aussi dans ce cortège féminin les danseuses plus ou moins dévêtues selon la saison symbolisée, qui nouaient leurs rondes au centre des assiettes bordées d'or et de bleu-de-four suspendues aux murs de la salle à manger pour y figurer le printemps, l'été, l'automne et l'hiver. J'étais fort sensible à toutes ces beautés ; les contempler me plongeait dans un état à la fois euphorique et nostalgique : il me faisait évoquer, je ne savais pourquoi, le temps où maman me prenait encore dans ses bras, et où nous restions ainsi, enlacés, sans bouger, joue contre joue.

Pourtant, plus que tous ces trésors, une récente acquisition me comblait. Il s'agissait d'une grande gravure — à moins que ce ne fût une photographie coloriée — entourée d'une large marge blanche et encadrée d'une baguette d'or. On y voyait un sous-bois, l'été. Le soleil criblait de rayons les feuillages d'un vert pâle, les arbres étendaient avec majesté leurs branches au-dessus d'une rivière dont l'eau ici semblait presque dormir, ponctuée çà et là d'algues ou de joncs que surmontaient des libellules. En pensée, je m'embarquais sur la rivière, me laissais entraîner par son cours tranquille à travers la forêt dont j'imaginais l'immensité pleine de fraîcheur, de senteurs des fougères et du bourdonnement des insectes.

Au-delà du tableau, savoir vers quel horizon s'enfuyait l'onde, dans quel fleuve elle se jetait, quelles villes elle traverserait et quels pays avant d'aboutir enfin à la mer comme nous l'enseignait notre maîtresse au Petit Lycée? « C'est un paysage anglais, me disait maman. Tu vois, sur la marge, au-dessous de l'image, la phrase imprimée est en anglais; ça veut dire : " un coin souriant d'ombre verte et dorée ". » J'essayais de lire cette phrase. Je prononçais :

— *Ah smilingue nooc of gren ande goldan chadove.*

— Non, non , s'écriait maman en riant, *a smiling nook of green and golden shadow.*

Elle répétait : « *É smailing nouc of grine ind goldène chadau.* » Quelle drôle de langue cette langue! me disais-je. Cela assombrissait un peu la belle lumière d'or du tableau : comment ferais-je, si je m'embarquais sur cette rivière? Je ne pourrais point comprendre les paroles des gens que je verrais, plantés sur les rives, au cours de mon voyage, ni me faire comprendre d'eux. « Dans deux ans, tu apprendras l'anglais au Grand Lycée », affirmait maman. Me faudrait-il donc attendre tout ce temps avant d'explorer *pour de vrai* le pays que je savais être celui du petit lord Fauntleroy, de Robinson, et celui aussi de Robin des Bois qui, précisément, aurait bien pu surgir dans ce « *smiling nook of green and golden shadow* ».

Parfois, prenant ma sœur par la main, je l'amenais devant la gravure. « Écoute, écoute bien, je sais lire et parler l'anglais : *É smailiing noukof...* » Mais la fillette se moquait pas mal de mon savoir, elle se laissait tomber sur le derrière et se remettait à parler dans son propre langage qui m'était aussi incompréhensible que la langue de Shakespeare. Décidément, les bébés ou, en tout cas, les bébés filles, ce que ça pouvait être décevant, comment faire leur éducation?

A force de me voir rêvasser devant la gravure estivale, l'idée vint à ma mère que mon corps affaibli devait sentir instinctivement ce dont il avait besoin pour se remettre des langueurs des convalescences, c'est-à-dire de plein air, de bois, de rivières et de soleil, bref de vacances à la campagne. Elle s'ouvrit de son inquiétude au docteur V. Celui-ci, d'un revers de main, chassa ces billevesées : allons donc, je me portais comme un charme. Il allait me prescrire quelque nouveau remède de sa composition et voilà qui suffirait à me fortifier tout à fait, après quoi, je pourrais attendre que sonnât enfin, dans deux mois, l'heure officielle des vacances. Quelle idée de me faire quitter l'école avant le 14 juillet, c'était ainsi que d'un bon élève on pouvait faire un cancre ! Maman n'était pas convaincue de la justesse de ces arguments. Papa, quant à lui, donna raison au médecin beau parleur. Je dus continuer à « prendre l'air » en me promenant en pensée à travers la futaie éclairée par le soleil de Grande-Bretagne; ainsi jusqu'au 14 juillet — date à laquelle j'ignorais encore qu'on eût pris la Bastille, du moins savais-je qu'on prenait alors la clé des champs.

Où allions-nous en vacances ? Sans doute devais-je passer la plus grande partie de l'été route d'Ambazac dont le jardin me tenait lieu de campagne, les quelques arbres de forêt, et le dénivellement des terrasses de montagnes.

Cet été-là cependant, mes parents jugèrent pour moi indispensable de changer d'air un bon bout de temps. Nous passâmes le mois d'août à Ambazac, mon père nous rejoignant là-bas du samedi soir au lundi, et mes grands-parents y venant aussi quelquefois le dimanche. Nous logions dans deux pièces louées chez Mme Lacore, notre ancienne voisine, dont la fille, Suzanne, ma malheureuse amie, était morte de tuberculose trois ou quatre ans plus tôt. La maison possédait un jardin, de là il n'y avait guère à marcher pour sortir du bourg et se trouver au flanc des hautes collines couronnées de sapins. Nous nous arrêtions encore bien loin de ces futaies, car maman se lassait vite de faire avancer devant elle, sur le sentier pierreux, la poussette où s'agitait Jacqueline enthousiasmée par les fleurs, les oiseaux ou les insectes croisés en chemin. Nous nous installions dans un coin ombragé de quelque pré où ma mère jugeait possible de libérer la petite qui, aussitôt, se vautrait dans l'herbe. Moi, j'enrageais de ne pouvoir gagner les bois sombres au-dessus de nous pour monter jusqu'au sommet d'où la vue devait s'étendre à l'infini si j'en croyais les descriptions que notre logeuse nous faisait volontiers de son terroir.

Il me fallut attendre la venue de grand-père, un dimanche, pour découvrir enfin ce haut pays dont je rêvais. Nous laissâmes en bas le reste de la famille et reprîmes le sentier : il traversait un moment encore les prairies au soleil puis pénétrait dans l'ombre parfumée de résine : là, les oiseaux devenaient plus rares, à peine entendions-nous de loin en loin un coucou appeler.

— Prends des sous dans ta main, me conseillait grand-père. Comme ça tu es sûr de devenir riche... Tu vois, moi, je n'ai jamais pu devenir riche parce que je n'ai jamais eu de sous à prendre dans la main quand le coucou chantait.

— Mais j'ai pas de sous !

— Tiens, prends celui-ci, prends celui-là.

— Mais alors et toi ?

— Moi, tant pis, c'est trop tard.

De temps à autre, pépère Jules s'arrêtait pour reprendre souffle. Je m'apercevais alors que mon cœur battait, battait, et que je respirais trop vite — je n'en avais point pris conscience tant il me tardait de parvenir au sommet.

— Dis donc... on nous prendrait... pour deux

machines à vapeur... Moi, c'est mon fichu... cœur... avec le temps qui passe... il ne s'arrange guère... Mais toi, petit, je te trouve... bien... essoufflé... pourtant... maintenant qu'on t'a enlevé... les végétations !

Quand nous avions repris haleine, nous repartions, cette fois d'un pas plus lent. Nous traversions des clairières garnies de bruyère violette. Soudain les bois prenaient fin, une lande parsemée de rochers et d'ajoncs s'élevait en pente douce.

— Hardi, les gars, nous arrivons à la cime, lançait grand-père en riant.

Comme j'esquissais un pas de course pour atteindre plus tôt le sommet :

— Hé... je disais ça comme ça... nous avons tout le temps.

De la main, il semblait battre une lente mesure... Je l'attendais, et nous parvenions ensemble à un amoncellement de granit qui couronnait la colline. Il m'aidait à me hisser sur la table de roc. Là, le vent cognait par rafales. Il me semblait qu'en écartant les bras et en sautant, j'aurais pu m'envoler vers l'immense horizon de collines que nous découvrions à l'est.

— C'est du côté de Millevaches, du plateau de Millevaches.

J'écarquillais en vain les yeux dans l'espoir de déceler ce troupeau si considérable.

— Mille vaches ! m'étonnais-je.

— Oh ! je ne sais même pas s'il y a des troupeaux là-bas, dans ce cas, ce serait plutôt des troupeaux de moutons. Il paraît que les gens y sont encore bien pauvres, peut-être aussi pauvres que nous l'étions, grand-mère Louise et moi, et nos familles, quand nous avions ton âge.

— Et après les mille vaches ?

— Après, c'est l'Auvergne. Il y a un peu de brume aujourd'hui, quand le temps est tout à fait clair, on doit voir les monts d'Auvergne.

— Et Paris ?

Grand-père riait.

— Et pourquoi pas la terre entière, tant que tu y es, et pourquoi pas la mer ?

— Mais Ambazac, le chemin de fer qui passe à Ambazac, eh bien, il va à Paris, rétorquais-je, vexé. Si on le prenait, on arriverait à Paris.

— C'est vrai, petit, seulement c'est trop loin pour nos yeux... pour ma bourse aussi... Je n'y suis jamais allé à Paris... Je n'irai jamais, et... pas de chance, on ne le voit pas d'Ambazac.

Nous quittions notre observatoire, nous dirigions vers un autre rocher dressé en contrebas, au-dessus d'une pente dénudée. De là, nous surplombions la vallée : sur notre gauche, tout en bas, luisaient les tuiles brunes du village.

— Tout Ambazac dans un mouchoir de poche, remarquait grand-père en sortant son mouchoir et en l'étendant au bout de ses bras.

Je m'amusais à reconnaître et à désigner l'église, la mairie, la grand-place. Je cherchais en vain la maison de Mme Lacore et son jardin.

— Et l'académie, tu la vois, l'académie ? m'interrogeait grand-père.

— Non... Quelle académie ?

— Voyons, Georges, l'académie d'Ambazac, tu sais bien, celle où en enverra M. Émile le contremaître, l'académie des Anes.

Il riait de nouveau, sans que je comprisse pourquoi. Ce que je comprenais : c'est que, ce matin, il était heureux,

heureux de cette promenade que nous faisions tous deux dans la « montagne ».

— Hein, petit, disait-il, tandis que nous redescendions, le faubourg, la route d'Ambazac, c'est pas mal, mais Ambazac c'est autre chose : là-bas, l'usine, ici, la liberté.

Le soir, sur le quai de la gare, lorsque, avec grand-mère Louise, il nous faisait ses adieux, il avait perdu sa gaieté.

X

L'ÉTÉ passé à Ambazac donna de meilleures couleurs encore aux joues de la petite sœur. Quant à moi, le docteur V., après m'avoir fait tirer la langue et compter : « Trente, trente-trois... trente, trente-trois », affirma que l'air des collines m'avait réussi et que j'allais pouvoir donner un bon coup de collier en classe pour rattraper le retard dû à mes maladies et convalescences de l'hiver et du printemps précédents.

Le premier trimestre scolaire se passa tant bien que mal. Après quoi, dès janvier : rhumes et bronchites s'abattirent sur moi si fort qu'il fallut renoncer à m'envoyer au Petit Lycée. Une fièvre légère mais sournoise et tenace m'envahissait chaque soir. Je maigrissais. Et les remèdes du docteur V., de nouveau consulté, ne parvenaient ni à me redonner appétit ni à chasser ma toux. Je suppose que ma mère dut s'alarmer et réclamer une radiographie, car je me souviens de ces mots qu'on répétait d'un ton navré : « Le petit a un voile au poumon. » Je me demandais comment ce voile (et de quoi était-il fait ?) avait bien pu s'introduire dans ma poitrine. J'interrogeai maman, elle me rassura : ce voile, c'était une image, ça voulait dire que je respirais mal. Elle, pourtant, ne le paraissait point, rassurée, ni grand-mère avec qui je l'entendais parler de ce poumon voilé. Souvent, dans leurs conversations, revenait le nom de Suzanne Lacore, la jeune fille qui « s'en était allée de la poitrine » voici quelques années. Maintenant, le docteur V. n'osait plus tenir tête à maman quand elle avançait qu'il faudrait bien, hélas, interrompre mes études et me mettre à l'abri des pluies, des gels et des poussières de la ville jusqu'au retour de ma santé. « Pourquoi ne reviendriez-vous pas à Ambazac ? suggérait-il. Vous le savez, là-bas, l'air est bon, et, comme ce n'est pas loin, je pourrais continuer à suivre mon petit malade, vous me l'amèneriez chaque semaine, ou même, si vous craigniez pour lui la fatigue du voyage, c'est moi qui me déplacerais. » Mes parents n'avaient plus confiance dans les vertus du « bon air » d'Ambazac, ils parlaient de séjour à la montagne ou sur la Côte d'Azur. Leurs paroles me faisaient rêver. Déjà, je me voyais escalader les montagnes blanches, puis glisser, comme au toboggan de la fête foraine, mais un toboggan qui n'aurait pas de fin, sur leurs pentes glacées ; sortis des forêts, les loups peut-être voudraient me dévorer, alors, armé d'une pique, vaillamment, je les mettrais en fuite, et si un ours venait à se dresser devant moi, je saurais l'apprivoiser, ensuite il me suivrait comme mon ombre ; quand je reviendrais en ville, pareil à un chien, il m'accompagnerait jusqu'à la porte de l'école. Ou bien ce serait la mer bleue, le sable d'or, les palmiers, la Côte d'Azur à l'étrange nom — n'était-ce point pareil à l'île de Robinson ? Il me tardait de découvrir ces terres inconnues, celles des cimes de l'hiver comme celles de l'été en hiver. Pour maman, le départ ne semblait pas aussi facile.

— Que ferais-je si loin, soupirait-elle, avec Georges malade et Jacqueline encore si petite ? Et toi, Pierre, que ferais-tu tout seul ici ?... Et l'argent ? Des mois à la montagne ou à la Méditerranée, tu te rends compte... c'est pour les millionnaires... nous n'y arriverons jamais.

— L'argent, nous le trouverons, j'emprunterai.

— Emprunter !... Mon Dieu, alors que nous avons encore des dettes !

— Tu sais bien : j'ai presque tout remboursé.

— Oh... et que tu ailles tomber malade, toi aussi... Que deviendrions-nous ?

Il protestait en riant :

— Lison, Lison, toujours, tu vois toujours tout en noir.

Il embrassait maman qui, d'un doigt furtif, essuyait une larme.

Fini mon rêve de voyages, d'ascensions et de plages, l'inquiétude maternelle me gagnait : allions-nous connaître la misère comme grand-mère autrefois ? Et cela, par ma faute, à cause de ce maudit voile au poumon ? Et, plus encore que les images incertaines pour moi de la misère, m'effrayait l'idée que, faute d'argent, mes parents se résigneraient, ainsi que maman l'envisageait parfois, à m'envoyer seul, au loin, dans une « pension pour enfants ».

Ce fut le parrain de Jacqueline, M. Dugoujon, « le voyageur de la Chicorée Williot » qui nous tira d'embarras.

A l'entendre, son fils cadet, Francis, qui, deux ou trois ans plus tôt, avait dû quitter l'école, ayant eu, lui aussi, le poumon voilé, était revenu non seulement guéri, mais transformé d'enfant lymphatique qu'il était en un gaillard comme ça ! grâce à un séjour de quelques mois dans une propriété au milieu des pins, non loin de Bordeaux, à Gazinet.

— Ah ! vous verrez... les Landes, l'air des pins, l'air embaumé de résine... la résine, à pleins poumons, votre

Georges il la respirera à pleins poumons... Le voile, fûû, effacé, et ensuite, un gaillard, un costaud... Madame, chère Élise, vous vous y installez trois mois, six mois, avec les enfants, Jacotte poussera comme un champignon. La maison, la demeure, on peut dire : la demeure, elle est grande, trop grande, mais du charme ; devant : une pelouse ; le pays, Gazinet, à deux pas, à peine un kilomètre, et derrière le château, enfin derrière la maison, les pins, des centaines d'hectares de pins... Je connais les propriétaires. Je pense que la maison n'est pas encore louée... Si vous voulez, je les vois dès mon retour à Bordeaux et je leur en parle.

Ce qu'il fit, et, par son intermédiaire, un bail fut conclu. La Faculté consultée, daigna reconnaître que « l'air résineux » pourrait être bénéfique, bien que le docteur V. ne fût pas ravi de voir lui échapper « son petit malade ». Mes parents se gardèrent de lui dire que le médecin de Bordeaux qui soignait le fils Dugoujon veillerait là-bas sur ma santé.

— Tu vas voir Bordeaux, tu as de la chance, petit, disaient mes grands-parents.

— Ça, c'est une ville, une grande ville, ajoutait Jules. Je ne connais pas Paris, mais je ne crois pas que Paris puisse être beaucoup plus grand, ni plus beau.

— Tu te souviens, Jules, les bateaux sur les quais ?

— Si je me souviens... Des bateaux longs comme d'ici à la gare.

— Longs, si longs que ça ?

— Hé oui, petit, de véritables villes flottantes. Ils peuvent emporter des centaines et des centaines de passagers, ces navires, sans compter la foule de leurs marins.

— Où vont-ils ?

— De Bordeaux, ils vont en Afrique, d'autres en

Amérique du Sud, d'autres jusqu'en Chine ou en Indochine.

— Nous en avions visité un quand nous étions allés à Bordeaux, reprenait grand-mère. C'était beau : le pont, les cabines, les salons, des salons en bois précieux, on y serait bien restés pour traverser la mer... l'Océan.

— Et les machines, ah ! cette machinerie pour entraîner l'hélice, des bielles, des poulies, des chaudières d'une taille !

— Et puis, il y a aussi le théâtre à Bordeaux, et des églises, des églises... Et les momies !

— Les momies ? Qu'est-ce que c'est les momies ?

— Dans le caveau de la tour Saint-Michel, des gens, des moines je crois, morts depuis des cent et des cent ans, l'air, enfin le manque d'air plutôt, les a conservés, tout racornis, tout desséchés.

Ils continuaient à redécouvrir leur voyage à Bordeaux et à s'en émerveiller en me le racontant : « leur voyage », le seul qui les eût emmenés « au loin ». C'était, il y avait longtemps, avant la guerre, avant ma naissance ; toute la famille ouvrière : Jules et Louise, Jeanet et sa femme, oncle Louis et tante Margot, avait profité d'un « train de plaisir » organisé à l'occasion de quelque fête pour aller visiter la capitale de l'Aquitaine. On avait donc mis le pied sur un transatlantique, on avait même humé le vent du large grâce à une navigation sur l'estuaire de la Gironde jusqu'au lieu où l'eau jaunâtre se fond dans le bleu et l'argent de la houle océane, les sœurs (ou les belles-sœurs ?) avaient eu le mal de mer. Qu'importe : dix ans ? quinze ans plus tard ? il restait ces souvenirs, soudain si vifs, si grisants de nouveau parce que le petit-fils, à son tour, allait traverser Bordeaux ; ces souvenirs de deux journées pareilles à un miracle dans la grisaille des semaines, des mois, des années de travail à l'usine, ce havre, un instant, au seuil du monde immense : de sa liberté, de son aventure.

Et moi aussi, je découvris Bordeaux, ses Quinconces, ses façades seigneuriales, ses quais où, le long des navires en partance avec leurs cheminées blanches timbrées de l'étoile orange des « Cargos réunis », passaient des hommes de toutes races, de toutes couleurs : des basanés, des noirs, de grands blonds, des verdâtres, des jaunâtres ; rien à voir avec les gens de Limoges qui, tous, malgré leurs différences, me paraissaient offrir un aspect familier, et parmi lesquels les étrangers étaient tout simplement des paysans, des paysannes semblables à mes grands-parents de Châlus ou à mes cousins et cousines de la Roche-l'Abeille.

Sans doute, M. Dugoujon fréta-t-il sa limousine, une Citroën propre et luisante comme un soulier verni, pour conduire les Clancier et leurs bagages arrivés de Limoges par le « Bordeaux-Genève », de la métropole à Gazinet distant d'une dizaine de kilomètres. J'aurais préféré demeurer plus longtemps dans le port d'où la maison des Dugoujon était voisine. Chaque jour, je serais allé surveiller le mouvement des navires, me racontant des histoires de départ à la nuit, de passager clandestin, de mousse engagé volontaire, à moins qu'il ne fût enlevé sur les ordres d'un capitaine, voire d'un pirate à court d'équipage. Mais je n'étais point là pour vagabonder : il ne s'agissait pas d'aller sur les traces de Robinson ; ce qu'il fallait, c'était dissiper le voile du poumon gauche en respirant l'air des pins.

L'arrivée au village puis à la grande maison carrée au bout de la longue et large pelouse ne dut pas m'enchanter. Quoi, c'était là le « château », cette bâtisse d'un étage au rez-de-chaussée surélevé — on accédait à la porte d'entrée par un perron de quelques marches ? Et cette pelouse, dont M. Dugoujon nous vantait les proportions, en quoi différait-elle d'un simple pré partagé par une allée centrale et cerné par une autre allée et des fossés bordés de chênes, de hêtres et de platanes ? Je pense que devait me manquer l'horizon de collines mauves, violettes ou bleues sur lequel s'ouvre si souvent la campagne limousine : cette terre plate me décevait, même si je ne formulais pas pour moi cette déception.

Il me fallut m'habituer à cet autre pays que le mien, à ses traits plus calmes, à l'accent de ses habitants, à son odeur aussi, imprégnée quand soufflait le vent du sud des senteurs de la résine. Pour me consoler d'avoir dû quitter le jardin de la route d'Ambazac, je m'efforçais d'admirer l'ampleur de la pelouse et du « parc » autour de la maison. Et ne voulant pas m'avouer combien la solitude me pesait, loin de mes camarades, je prenais, tout en arpentant les allées, l'allure du propriétaire qui se répète intérieurement : « Tout cela, cette étendue si vaste, ces arbres qui bordent le domaine, ces hectares de pins, là-bas, que je ne connais pas encore (ils commencent, paraît-il, à plusieurs kilomètres de la maison, et ensuite ils n'ont plus de frontières avec la forêt des Landes), tout cela est à moi, seulement pour moi, pendant le printemps et l'été et l'automne ; bien sûr pour maman aussi et pour Jackie, mais elles sont trop occupées l'une par l'autre pour profiter de ce domaine. C'est moi qui vais devoir et pouvoir le parcourir, le reconnaître, l'explorer. Du moins dans quelque temps, quand je me serai habitué un peu à ce pays. » J'aurais pu ajouter : « Quand je me serai habitué à ma nouvelle vie. »

Mais pourrais-je m'habituer à cette vie extraordinairement réglée, où les heures de repos avaient à présent la même rigueur qu'hier celles de l'école ? Le matin, maman m'apportait à neuf heures un grand bol de lait teinté de café avec force tartines beurrées, et je ne devais me lever qu'une heure plus tard ; après le déjeuner que nous prenions dans la cuisine aux murs vêtus de carreaux de faïence jaunâtre, je devais remonter dans ma chambre et m'allonger encore sur le lit pendant une heure. « Maman, ça fait une heure maintenant ? » Mais non, il manquait encore quinze, vingt minutes, affirmait la voix courroucée. Je désespérais : ah ! m'évader, bientôt je m'évaderais ! Cette existence d'ennui et de torpeur, non, ce n'était plus acceptable. Un matin, nanti de quelques victuailles, je prendrais le sentier derrière la maison, j'irais jusqu'à la lisière de cette forêt où je ne m'étais pas encore risqué, et puis, droit devant moi à travers les hectares et les hectares de résineux. On y trouvait de loin en loin, nous avait dit M. Dugoujon, au sommet des arbres, des huttes de branchages où les chasseurs se juchaient pour guetter le passage des palombes : c'est là, dans ces hauteurs, que je me cacherais et passerais les nuits. Je me nourrirais de pignes de pin, et, un beau matin, je sortirais de l'autre côté de la forêt, sur les dunes. A mes pieds, je découvrirais une plaine sans fin et bleue, bleue : la mer.

— Eh bien, Georges, si tu veux, tu peux te lever, tu peux descendre jouer sur la pelouse. Maintenant ça fait plus d'une bonne heure.

Quoi ? Me lever ? Descendre jouer ? Que voulait la voix maternelle ? Juste au moment où j'allais plonger dans l'Océan !

Je grognais un vague acquiescement, fermais les yeux pour essayer de reprendre le voyage, mais rien à faire : malgré moi, je me retrouvais dans cette chambre où flottait une légère odeur de moisi, j'étais à Gazinet, en plein après-midi, le mieux n'était-il pas de l'admettre et de me hâter de gagner le jardin ? Car, dans deux heures de là, il me faudrait connaître une autre corvée : celle

« des devoirs de vacances », maman s'étant mis en tête de me faire continuer le programme scolaire de la huitième, comme si les quelques saisons d'école buissonnière nécessaires au rétablissement de ma santé eussent pu, pour me sauver d'un péril, me jeter dans un autre plus redoutable encore : celui de devenir un cancre, un « redoublant ».

Je quittais la chambre, descendais le large escalier sombre dont certaines marches craquaient sous les pas (parfois, la nuit même, l'une d'elles faisait entendre ce craquement comme si quelqu'un eût marché, et, dans mon lit, je tremblais à l'idée qu'un malfaiteur, à moins que ce ne fût un fantôme, s'était introduit dans la demeure; d'une voix blanche j'appelais ma mère; si elle gardait le silence, je m'enfouissais sous les draps; et quand il arrivait qu'elle ne dormît pas encore, sa réponse ne me rassurait guère, car dans sa voix je devinais une frayeur égale à la mienne). Pour le moment, l'ombre de l'après-midi me paraissait sans piège, et amical le craquement des marches. Dès que j'atteignais le corridor, derrière la porte d'entrée Dick se mettait à japper.

Ce Dick était un grand chien noir au poil ras, seule une tache blanche de la grandeur de la main s'étalait sur son poitrail. Des voisins de la rue Bernard-Palissy nous l'avaient prêté afin qu'il veillât sur nous dans notre exil. Comme il était jeune et qu'il nous connaissait déjà, il s'était vite fait à sa nouvelle existence, loin de ses maîtres, et il était devenu pour nous, à Gazinet, un personnage d'une haute importance. Tantôt il remplaçait le chef de famille absent, son sérieux et son courage réconfortaient la timide Élise et son fils craintif; tantôt il me tenait lieu de compagnon de jeux et de promenades, avec lui je pouvais me passer aisément de mes camarades du lycée; tantôt il devenait la parfaite nounou de la petite sœur, veillant sur son sommeil de l'après-midi, voire donnant l'alarme s'il jugeait que maman et moi devions venir nous occuper d'elle. Par exemple, quand, après la sieste, nous étions descendus au jardin, alors que Jacqueline dormait encore là-haut, nous le voyions, soudain, se dresser sur ses pattes, pointer les oreilles, émettre un soupir. Nous-mêmes alors tendions l'oreille pour entendre si Jackie appelait : non, rien, elle devait continuer à dormir paisiblement, pourtant Dick ne quittait pas sa posture de vigie, cette fois il jappait, tout doucement, comme tout à l'heure quand il avait perçu mes pas descendant les marches, et, brusquement, il s'élançait, franchissait le perron, du museau poussait la porte entrebâillée. Nous entendions sa galopade à l'assaut de l'escalier, et bientôt ses aboiements joyeux dans la chambre de la petite. Nous montions et nous trouvions Dick debout contre le lit, ses pattes de devant posées sur l'oreiller, le cou enserré par les bras nus de l'enfant.

— Ah ! ce Dick, heureusement que nous l'avons, me confiait maman, sans lui, je crois, je n'aurais pas la force de rester ici.

S'il arrivait, à la fin du jour, que notre chien demeurât un moment introuvable, je m'alarmais vite et maman plus encore. Elle racontait comment on avait vu des chiens emmenés à des centaines de kilomètres de leur logis trouver leur route par un instinct quasi magique, et revenir chez leurs maîtres. Dick n'était-il pas de ces chiens fidèles ? La nostalgie ne l'avait-elle pas pris, ne le guidait-elle pas en ce moment même sur la route de Limoges ? Je lisais la montée de l'angoisse dans les beaux yeux dont le bleu virait au noir. Je me mettais à crier : « Dick ! Dick ! » Je guettais en vain, tournant mon regard tantôt vers les arbres qui bordaient la pelouse, tantôt vers l'allée en direction de Gazinet, tantôt vers la forêt, là-bas, loin derrière la maison.

— Où peut-il bien être ? murmurait maman.

Je commençais à partager sa panique. J'allais vers la petite sœur qui jouait sur le sable au bord de la pelouse.

— Écoute, Jackie, écoute-moi... tu vas appeler bien fort : Dick ! Dick !... C'est un jeu, c'est pour jouer.

La petite se redressait, jambes écartées, elle prenait son souffle et, de sa voix frêle, lançait : « Digue ! Digue ! Digue ! »

Maman haussait les épaules :

— Comment veux-tu qu'il l'entende ?

Pourtant, bien souvent, nous avons vu s'agiter, tout là-bas, à l'extrémité du parc, les basses branches au-dessus des fossés, et voilà qu'une boule noire en surgissait, fonçait à travers la pelouse, et Dick enfin, époumoné, la langue pendante, s'écrasait aux pieds de l'enfant, levant vers elle un regard anxieux.

— Digue... mon Digue, roucoulait la petite.

Elle le pressait contre elle, et lui, à grands coups de langue, léchait les joues roses.

— Jackie ! oh ! Jackie, recule-toi... Georges, empêche ce chien de lécher ta sœur... Les microbes...

— Ingrate ! avais-je envie de crier à ma mère.

Le jour pouvait s'éteindre à présent, venir la nuit aux senteurs de résine, bientôt ululer les chevêches au fond du parc, se mesurer notre solitude au rond de clarté que dispensait l'abat-jour vert de la lampe à suspension — la vieille demeure ne bénéficiant pas encore de l'électricité, nous devions nous éclairer à la bougie et aux lampes à pétrole — et même, vers minuit, pouvaient craquer inexplicablement les marches de l'escalier, qu'importe ! Nous étions prêts à affronter ces épreuves, nous en serions vainqueurs puisque Dick était là, près de nous, avec nous.

Ce Dick, quel plaisant camarade pour moi. Sauter, courir, jouer à la balle, je pouvais tout faire avec lui, et, plus exaltante que ces jeux devenait la moindre promenade en sa compagnie : je me prenais pour un chasseur, mieux : pour un explorateur, quand j'arpentais les prés ou les bois en l'encourageant à chercher devant nous le gibier, ou bien le lion, ou encore je ne savais quel mystérieux ennemi. L'ennuyeux parfois, c'était cette passion qu'il manifestait pour ma sœur ! Et d'abord de quoi avait-il l'air à se laisser embrasser, tirer, tripoter, écraser, asservir par la petite !

Cet après-midi-là, j'avais l'autorisation maternelle de me promener à ma guise — ce devait être un jeudi, et le jeudi c'était vacances comme au temps où j'allais à l'école. Je m'apprêtais donc à aller vagabonder dans la campagne, mais au lieu de me rejoindre, Dick restait prisonnier de la petite suspendue à son cou... Les oreilles basses, les yeux tristes, l'air penaud, il se laissait faire, captif de la minuscule tyranne. J'enrageais : « Il est capable de se laisser pincer par cette petite chipie si ça amuse mademoiselle, regardez-le, elle en fait son jouet, son jouet, et lui, il ne bronche pas, il accepte tout d'elle, tout, exactement comme... comme mon père ! »

J'esquissais quelques pas, me retournais. Là-bas, le chien s'arc-boutait prêt à bondir, eût-on dit ; la petite serrait plus fort ses bras autour de lui, Dick gémissait mais ne bougeait pas. Bientôt, j'arrivai à un bosquet que le chemin allait contourner ; une dernière fois, au moment de disparaître derrière les arbres, je tournai la tête. « Viens, Dick ! » Un aboiement sonore me répondit cependant que la bête s'élançait et que Jacqueline piquait du nez sur le gravier. Déjà Dick était près de moi, et nous filions à travers les taillis, le plus vite possible, de crainte d'entendre les pleurs de la délaissée.

A la fin de l'après-midi, quand nous rentrâmes, j'eus droit à une belle semonce : « Regarde, regarde ta sœur, tu n'as pas honte! » Le nez, une joue, les mains, les genoux écorchés, Jackie n'avait pas fière allure. Dick se coucha à ses pieds, courbant l'échine comme s'il attendait le châtiment.

Les jours qui suivirent, je fus privé de promenade, et, de crainte que je pusse enfreindre les consignes, Dick attaché à un arbre autour duquel il tournait en levant vers moi des yeux suppliants. Puis les croûtes se détachèrent sur le visage, les mains et les genoux de l'enfant, laissant des traces roses sur la peau rose; ces traces enfin disparurent, et maman leva la punition. Je pus reprendre mes courses, veillant désormais à ne faire signe à Dick que si la petite était loin de lui.

Il m'arrivait donc maintenant de m'aventurer seul sur le domaine inconnu en direction de la forêt landaise. Cela me valut quelques émotions si fortes qu'il me semble presque les éprouver encore (au cœur et à la gorge) en évoquant les circonstances qui furent à leur origine. Ainsi, quand, au plus sombre d'un taillis, un long serpent partit sous mon pied, glissa en zigzaguant, sa tête plate levée, retournée vers moi et dardant une langue fourchue avec un sifflement qui me glaçait d'effroi. Je demeurais sur place, pétrifié : pourvu que le boa, le naja, le python ne fît pas soudain volte-face, ne revînt pas se jeter sur moi. Ce devait être une couleuvre géante, mais sa taille, sa menace, et la solitude de ce bois noir ne me laissaient point me souvenir de mes jeux d'autrefois avec les inoffensifs reptiles que mon oncle Jeanet ou grand-père Jules capturaient et me tendaient comme un présent. En cet instant de panique, j'étais seul, perdu, affronté à un monstre. Enfin, dans un froissement de feuilles mortes, la bête peu à peu s'enfouit sous l'humus et disparut. J'eus du mal à reprendre haleine et à laisser mon cœur se calmer. Pour rentrer à la maison, tantôt je courais quand le sol nu ne portait ni herbe ni mousse où quelque autre dragon eût pu se dissimuler, tantôt j'avançais lentement, pas à pas, écartant avec une branche morte, ramassée au passage, les herbes, les fougères ou les feuilles devant moi.

L'autre frayeur me vint d'un énorme chien qui bondit devant moi, hurlant, la gueule béante plantée de crocs terribles. Une fois de plus, il me semble que c'était au cœur sombre d'une futaie. Je vis l'animal au pelage grisâtre pareil à un loup. Déjà je m'attendais à ce qu'il s'élançât pour me dévorer, lorsqu'une voix appela qui immobilisa le fauve. Le maître parut entre les arbres, sa mine n'était guère avenante ; il me demanda qui j'étais, ce que je faisais, ici, sur ses terres. A l'en croire, j'avais eu de la chance, je serais passé là un peu plus tôt, il n'eût pas été encore de retour et son molosse me mettait en charpie. Il rejoignit le chien toujours aux aguets devant moi et grondant, passa une laisse à son collier. Tous deux s'en allèrent, bientôt effacés derrière les arbres. Je restais sur place, sans retrouver mes forces : la disparition si prompte de l'homme et de son chien me faisait douter de leur réalité. N'avais-je pas été dupe d'un cauchemar ? Pourtant, je ne dormais pas, je ne rêvais pas, il n'y avait de cela qu'un instant : le monstre se dressait devant moi aussi présent que ce chêne, par exemple, contre lequel je m'appuyais sur le point de défaillir.

Après ces mauvaises rencontres du serpent puis du molosse, je me gardai de me hasarder seul loin de la maison. Je me contentais de jouer avec la petite sœur dans les allées ou de galoper tout autour de la pelouse au côté de Dick. Certes, je continuais bien de rêver à la grande forêt qui devait commencer au-delà des lieux maléfiques où m'avaient menacé les monstres, mais, peu à peu, je me résignais à ne jamais la connaître, à ne jamais découvrir les pins géants aux troncs tailladés pour que s'écoulât dans les godets fixés à l'écorce la précieuse résine, ni les bergers montés sur leurs hautes échasses afin de traverser les marais (c'était grand-père Jules qui, avant le départ pour Gazinet, m'annonçait ces merveilles). Peut-être, comme si je ne voulais pas m'avouer humilié et vaincu par mes peurs, je me racontais que je restais, volontairement, près de maman et de ma sœur, pour les protéger. Après tout, j'étais le seul homme de la maison, ne devais-je pas remplacer mon père ? C'était d'ailleurs ce que maman elle-même se plaisait à rappeler.

« Tu dois comprendre, Georges, il faut que tu m'aides en l'absence de papa. Veille sur Jackie, prends garde qu'elle n'aille pas jouer vers les fossés ou près du puits...

Veiller sur Jacqueline, ce n'était point si facile, la bambine avait une façon de disparaître dès que vous tourniez les talons ! Ensuite, vous aviez beau appeler : « Jackie, Jacotte ! où es-tu ? Allons, ne me fais pas crier, sinon gare à toi ! », rien n'y faisait. Il fallait demander son concours à Dick, mais celui-ci ne comprenait pas toujours ce qu'alors on attendait de lui : « Dick, cherche la petite, cherche-la », ou bien faisait-il peut-être exprès de ne pas comprendre — il y avait entre elle et lui une telle complicité. Souvent ce n'était qu'à l'instant où, se penchant à la fenêtre, maman demandait : « Où êtes-vous ? Que faites-vous, les enfants ? Georges, gardes-tu bien ta sœur ? » qu'enfin la petite daignait réapparaître, là, sous mon nez. Tout ce temps où je m'étais inquiété pour elle, et plus encore pour moi que l'ordre maternel rendait responsable, elle était restée tapie dans quelque massif à me lorgner et à se moquer de moi à mon insu.

J'étais indigné. « Elle est fausse », me disais-je. Et plus elle me regardait de son regard d'ange, plus je m'indignais. Ensuite j'avais du remords : « La pauvre, c'est qu'elle est petite, elle est si petite. »

J'imagine que ces faits et gestes de la benjamine devaient être minutieusement relatés dans les longues lettres que, plusieurs fois par semaine, je voyais maman écrire et en bas desquelles elle me demandait souvent « de mettre un mot pour papa ». Les cartes postales que j'envoyais à mes grands-parents étaient certes plus rares et plus laconiques. Il me fallait cependant du temps pour les écrire en caractères d'imprimerie afin que grand-mère pût les lire.

Nous avions parfois, le dimanche, la visite des Dugoujon accompagnés de leur cadet. Francis devait alors avoir une douzaine d'années. Il me paraissait un « grand » : il allait en effet au Grand Lycée à Bordeaux, déclarait que plus tard il serait médecin de la marine afin de faire le tour du monde; déjà il avait pu visiter les paquebots amarrés dans la Gironde qui se préparaient à gagner l'Asie ou l'Afrique. Il apporta secrètement à Gazinet un pistolet à barillet qu'il s'était procuré je ne sais comment. Ainsi armé, il me convia à le suivre dans la « jungle », le long des fossés bourrés de moustiques qui entouraient le parc. Revolver au poing, il s'élançait sur des troncs abattus au-dessus de l'eau, me faisant signe d'une main de me tapir derrière lui. A nous deux, nous conquerrions pour la France de nouvelles colonies dont nous deviendrions les gouverneurs : il nous faudrait, selon Francis, tantôt utiliser la ruse : nous déguiser en Arabes, en Annamites, en Zoulous (si je voulais remarquer que nous n'étions ni noirs ni jaunes, il m'imposait silence d'un haussement d'épaules), tantôt foncer vaillamment à un contre cent, ou même à un contre mille ! Il donnait alors l'exemple en bondissant d'un tronc à un autre. « A l'assaut ! » criait-il, mitraillant l'ennemi de son pistolet. Une fois, il bondit ainsi avec une telle intrépidité qu'il alla donner du front contre un arbre courbé au-dessus du fossé... et floc dans l'eau noirâtre. Je le crus assommé et noyé. Plus de nouvelles colonies, plus de gouverneurs, mais le nom d'un héros à inscrire en lettres d'or sur une rue de Bordeaux. Cependant, le téméraire, le conquérant se redressait en titubant, de l'eau jusqu'au ventre. Je l'aidais à se hisser sur la berge, dégoulinant, des paquets de vase dans les cheveux et tout le long de son beau costume vert des dimanches. Quant à son front, il virait déjà du rouge au violet. Comme je déplorais son triste état, il m'assura que tout cela n'était rien, mais le désastre, vraiment le désastre, c'était que le pistolet à barillet avait disparu dans la vase. De cela, il ne se consolerait pas. « Une arme de prix », affirmait-il, dont il se serait certainement servi plus tard pour se défendre dans les pays lointains. Francis me fit promettre de passer mes loisirs à fouiller le fond du fossé, là où l'arme s'était engloutie, à l'aide d'une canne à pêche munie d'un crochet.

Pendant quelques jours, je tins parole : patiemment, je maniais la perche en quête du pistolet, en vain. Je revenais de mes recherches les mains, les jambes, le visage criblés de piqûres de moustiques. Comme nous nous étions bien gardés, mon camarade et moi, de parler de l'arme perdue, maman se demandait quel plaisir je trouvais à défier ainsi des essaims de moustiques. Elle finit par m'interdire de revenir sur ces lieux néfastes. Je fus, sans le dire, bien content de cette interdiction qui me délivra de ma promesse et, partant, des blessures que m'infligeaient les vampires ailés.

Notre mésaventure mit fin aux expéditions coloniales. Dorénavant, lorsque nous avions la visite du futur médecin de marine, il ne me parlait plus de voyages ni de son arme légendaire. Il se mit en tête de m'apprendre à jouer au billard car la villa en possédait un. Ce vestige de fastes bourgeois était à vrai dire assez mal en point : le tapis vert en était crevé en deux endroits. Faisant fi de ces détails, Francis tentait de m'expliquer le subtil itinéraire des boules destinées à s'entrechoquer toutes trois dans un joyeux cliquetis. Je ne comprenais pas grand-chose à ses explications. D'ailleurs, il ne paraissait lui-même guère apte à les mettre en pratique, si j'en jugeais par les déplacements fantaisistes de la boule qu'il avait pourtant longtemps visée avant de la frapper de la queue soigneusement frottée de craie bleue.

Sans se laisser impressionner par ses échecs, Francis prenait un ton docte pour m'asséner :

— Tu comprends, ce sont des principes mathématiques, tu apprendras cela avec la géométrie.

Quant à moi, je n'étais nullement pressé de m'initier à la géométrie et je préférais Francis Dugoujon dans son rôle de conquérant d'empire. L'été venu, il me manqua : c'était pour lui le temps des grandes vacances, il allait les passer au bord de la mer, à Arcachon. « Nous nous reverrons à la rentrée, m'avait-il dit, à moins que d'ici là le voile de ton poumon ait disparu... Dans ce cas, toi aussi, tes parents, ils te remettront au lycée, dans ta ville. » Pourvu, pensais-je, que le voile ne s'en aille pas. Maintenant je m'étais habitué à cette existence de retraite et de solitude, et l'idée de devoir reprendre un jour le chemin de l'école m'effrayait.

Au mois d'août, mon père put prendre quelques jours de congé qu'il passa auprès de nous. Il avait porté à Jacqueline un tambour. Du matin au soir, elle ne cessait d'en jouer, ce qui faisait aboyer lugubrement Dick. Papa, lui, écoutait ces batteries maladroites comme la plus divine des musiques.

Il fut question d'aller rejoindre les Dugoujon à Arcachon pour un jour ou deux. A la pensée de revoir mon ami

Francis et de découvrir la mer, je ne me tenais plus de joie. Il fallait voir aussi le sourire qui rendait maman plus jeune et plus belle que jamais. On attendait encore l'arrivée de son amie d'enfance Yvonne Lamy, et puis, en route pour Arcachon.

Mais, voilà que maman, pourtant si impatiente de s'envoler vers la mer, fut prise soudain d'inquiétude à mon égard. Cela faisait plusieurs semaines qu'elle ne m'avait conduit à Bordeaux chez le médecin chargé « de me suivre », et elle estima qu'il devait m'examiner avant ce séjour dans l'air marin. Hélas, le médecin consulté déconseilla le voyage. Je respirais certes mieux, beaucoup mieux, déclarait-il, mais il n'eût pas été sage de courir le risque, fût-il minime, que l'iode, le sel, le sable et l'humidité du vent océanique vinssent compromettre une guérison encore fragile.

Nous fûmes tous désappointés. Tous, c'est-à-dire mes parents, moi-même, et Yvonne Lamy qui nous accompagnait. Elle fut la première à réagir contre la maussade torpeur qui pesait sur nous depuis notre sortie de chez le docteur.

— Hé quoi, s'écria-t-elle, avec ce rire léger qu'elle avait l'air d'écouter comme s'il l'eût toujours étonnée elle-même, pleure pas, tu la reverras, ta mer !

Mes parents la regardèrent, puis, en même temps, ils se mirent à rire. Pour autant, je ne partageais point leur bonne humeur retrouvée.

Je jetai un coup d'œil mélancolique vers les cargos et les steamers amarrés le long des quais. J'aperçus au-dessus de nous, accoudé au bastingage d'un paquebot à la coque blanche, un jeune marin : il semblait contempler les quais, la ville et nous-mêmes traînant les pieds dans la poussière, avec un parfait dédain. Du moins tel était le sentiment que je lui prêtais, ne pouvant imaginer qu'on n'eût point pour la terre, les terriens et leur existence monotone et bornée, un mépris bien compréhensible quand on avait soi-même la chance d'appartenir au monde des océans et des navires. Je fus stupéfait d'entendre Yvonne Lamy déclarer, en désignant d'un mouvement de tête le matelot désœuvré.

— Pauvre gosse... Ça doit pas être drôle de passer sa vie sur la flotte.

Les jours suivants, il ne fut plus question du voyage manqué à Arcachon. Cependant, maman et son amie devaient regretter ces jours à la mer dont elles avaient rêvé. Elles sortaient les maillots de bain qu'Yvonne avait apportés dans ses bagages, elles les essayaient, et, par les chauds après-midi d'août, s'étendaient, ainsi dévêtues, sur la pelouse où mon père les photographiait.

— Vous voyez, Pierre, s'écriait la Parisienne, l'habit fait le moine... Quand nous sommes comme cela en maillot, c'est un peu comme si nous étions allongées au bord de la grande bleue ! N'est-ce pas, Lison ?

Maman acquiesçait avec un sourire. Comme je les trouvais belles ! J'ai gardé les photos prises par mon père : les jeunes naïades nonchalamment étendues continuent à m'y sourire dans la lumière de l'été, si loin, au fond du temps.

Parfois ma mère marmonnait à voix basse :

— Ah ! il faudrait que je fasse faire ses devoirs au petit.

— Oh ! protestait Yvonne, il fait trop beau... Aller vous enfermer par un jour pareil ?... Vous aurez tout le temps de jouer à l'école avec Georges quand Pierre sera reparti... N'est-ce pas, Georges, tu mettras les bouchées doubles ?

— J'espère bien, reprenait maman. C'est que, dans un an, il y a l'examen de passage, pour entrer au Grand

Lycée. Ce serait catastrophique si la maladie, les mois passés sans école... s'il devait redoubler.

— Ah ! Lison, toujours la même, toujours à voir les choses en noir... Et puis quoi, même s'il redoublait, la belle affaire...

— Vous ne vous rendez pas compte, gémissait maman... Cette location à Gazinet, ça coûte les yeux de la tête... Et deux enfants à nourrir, à habiller... et des années, des années d'études... Pierre s'est renseigné, nous pourrions obtenir une bourse pour que Georges ait les études gratuites au Grand Lycée... Pour cela, il faudrait que le petit réussisse à un examen, s'il était reçu, il deviendrait boursier de l'État.

« Boursier de l'État » ! Je m'imaginais recevant des mains du président de la République une bourse remplie d'or. Avec ça, je tirerais toute ma famille de l'embarras. Nous serions riches, riches, nous pourrions peut-être acheter la maison et les terres de Gazinet, ou bien une maison et une propriété aussi belles et aussi grandes près de Limoges, et nous y vivrions tous ; grand-mère Louise et pépère Jules occuperaient un étage, ils n'auraient plus besoin de travailler. Oui, mais, cet examen ? En attendant que ma famille, grâce à mon succès, rembourse ses dettes et n'ait plus à travailler, quel travail, moi, je vais avoir à fournir pour me préparer, pour apprendre et pour réviser : problèmes, dictées, rédactions, leçons de choses, leçons d'histoire ! Soudain, le ciel me paraissait terne et grise la pelouse. Il me semblait que ma grande récréation de Gazinet touchait à sa fin. Sans aucun doute, dès que mon père et Yvonne Lamy seraient repartis, maman, comme le prédisait son amie voudrait « mettre les bouchées doubles » : alors, entre ses cours, les devoirs qu'elle me donnerait, les leçons qu'il me faudrait lui réciter, et les heures de sieste et de sommeil qu'elle me contraindrait à respecter afin que le voile du poumon achevât de se dissiper, il me resterait bien peu de temps pour explorer les coins du domaine que je n'avais pu encore parcourir.

Pourtant, les jours qui suivirent, maman ne paraissait plus se soucier de cet examen destiné à assurer le salut financier de la famille. D'ailleurs, comment imaginer que nous étions pauvres à nous voir ainsi en vacances dans cette vaste demeure, au milieu de ce parc, maman élégante dans une longue et légère robe de voile bleu, Jacqueline vêtue comme une poupée toute neuve, moi-même fier de mon blazer blanc à rayures violines ?

Un matin que mon père me semblait particulièrement de bonne humeur — il chantait : « Souviens-toi de notre petite table », ce qui chez lui était toujours signe de paix et de tendresse — j'en profitai pour solliciter la permission d'être dispensé de sieste, ayant remarqué combien maman s'en remettait volontiers à l'autorité paternelle pour faire respecter la discipline. Pour la forme, le chanteur se fit quelque peu prier, puis s'employa lui-même à rassurer maman : il suffirait que ce soir je fusse plus tôt couché pour rattraper cette heure de repos.

Dès le repas avalé, je filai. Le fermier voisin m'avait indiqué bien des fois le chemin à prendre pour gagner la forêt, et mon père était dans la confidence : il ne doutait pas que de respirer, là-bas, à pleine poitrine, l'air chargé de résine me serait salutaire. Quand il me vit sortir, Dick se dressa, prêt à me suivre, mais, prudemment, je lui ordonnai de rester là : je ne voulais pas que son départ provoquât les pleurs de la petite sœur et que, du coup, la bénédiction paternelle me fût retirée. Le regard désolé et réprobateur du chien assombrit mon départ, d'autant plus que j'aurais souhaité sa compagnie pour me garder de tout danger au cours de l'expédition. Certes, l'effroi lié à mes rencontres avec les monstres : le serpent puis le cerbère, s'estompait peu à peu dans mon souvenir, mais il fallait que fût bien fort le désir de découvrir la forêt pour que j'eusse le courage d'affronter de nouveaux périls.

Au vrai, je n'en menais pas large, m'attendant à chaque pas à voir surgir sinon boa ou tigre, du moins quelque bête à mes yeux aussi redoutable. Je m'en voulais de m'être lancé dans cette aventure, j'en voulais à mon père de me l'avoir permise et à maman de ne pas s'être opposée à la mansuétude paternelle. Au moindre frémissement sous la mousse, au moindre craquement dans un buisson, je m'arrêtais, le cœur affolé. Puis, la nature autour de moi reprenait un calme non suspect; un minuscule oiseau s'envolait du buisson qui tout à l'heure me paraissait prêt à dissimuler l'ennemi, un lézard vert sortait d'une touffe d'herbe où j'avais imaginé le repaire d'un reptile. Allais-je donc renoncer à ma quête, alors que, peut-être, j'avais déjà parcouru la moitié du chemin? Par ailleurs, il faisait si beau, le ciel était sans nuages, le soleil franc dans son ardeur : comment un jour aussi radieux eût-il pu contenir des menaces? Je repartais d'un pas allègre.

Au bout d'une heure ou deux de cette marche entrecoupée de brèves haltes, je débouchai sur un terrain découvert où le chemin se faufilait entre les souches ornées de rejets feuillus. Là, on avait dû abattre un bois d'ormes ou de hêtres et je trouvais au lieu, malgré son revêtement de rameaux verts, un air de champ de bataille. Le découragement me prit, et si *ma* forêt, elle aussi, on l'avait abattue! J'eus envie de rebrousser chemin : il valait mieux garder en moi l'image inventée de cette forêt des Landes, dont je pourrais vanter la beauté, l'immensité à mes camarades de lycée, quand, dans quelques semaines, je serais rentré à Limoges et que je raconterais mon voyage, mon long séjour en ces pays lointains, plutôt que d'apprendre la disparition, le massacre de cette forêt. Mais non, elle devait être bien trop vaste pour qu'ils aient pu la détruire tout entière ! Il me fallait au contraire reprendre ma randonnée, et même forcer l'allure, de sorte que, même si les bûcherons s'étaient attaqués aux pins, il me restât suffisamment de temps encore pour rejoindre, au-delà des chantiers et des coupes, l'armée des arbres toujours vivants.

A la suite de la clairière, le sentier traversait un bois de jeunes pins dont je pouvais atteindre la cime en levant le bras. Quelques baraques abandonnées faites de planches noirâtres mal équarries se dressaient au centre du bois. Elles avaient dû loger les bûcherons lorsqu'ils abattaient les ormes, ou les pépiniéristes qui plantaient les pins dont les aiguilles vertes frôlaient maintenant mon visage. J'avançais mal parmi ces petits arbres dont les rangs étaient trop serrés. Les forestiers avaient-ils oublié d'en déterrer un certain nombre pour aller les transplanter dans le voisinage ? Cette épaisseur touffue des feuillages à hauteur d'yeux me donnait une impression d'enfermement, d'étouffement. La peur de me perdre me saisit. Sur le sol plat, la trace du sentier était peu marquée : ne l'avais-je pas déjà quitté sans y prendre garde ? Dans ce cas, je pouvais errer, tourner sans fin dans cette plantation de jeunes arbres tous uniformes où nul repère ne viendrait me guider. Le soleil était encore haut, pourtant il me semblait avoir quitté la maison depuis si longtemps. Je continuais ma marche, mais à chaque pas s'aggravaient mon regret et mes craintes : regret de m'être hasardé dans une telle expédition pour au bout du compte n'aboutir qu'à cette plantation sans intérêt et, craintes de ne pouvoir rentrer au bercail.

Je fus cependant tiré de mes pensées maussades

lorsqu'il m'apparut que, peu à peu, autour de moi, les petits arbres s'espaçaient. Quelle fut ma joie, quand, parvenant à la lisière de la plantation, je découvris enfin, au-delà d'une nouvelle clairière, jalonnée de troncs abattus, LA FORÊT !

Elle se dressait là-bas, muraille brune sommée de vert sombre où le jeu du soleil et du vent allumait des points d'or. Je m'arrêtai, à la fois soulevé d'allégresse et bouleversé : « Victoire ! Victoire ! » Ainsi, j'étais parvenu jusqu'à cette pinède des Landes qui de là devait s'étendre sur des lieues, des lieues et des lieues jusqu'à l'Océan ! Au cœur de mon orgueil, je me sentais dérisoirement seul et frêle face à la démesure de ma découverte : ces milliers, ces millions de pins alignés à l'infini tels les guerriers géants, immobiles, d'une armée de légende. Il me semblait y avoir là, dans ma rencontre avec cette forêt dont j'avais si longtemps rêvé et qui dépassait en beauté, en puissance les images de mon songe, quelque chose de surnaturel. J'aurais voulu que mes parents, que la petite sœur fussent avec moi en cet instant, j'aurais voulu partager avec eux cet émerveillement qui, d'être trop fort, trop grand pour ma solitude enfantine, me devenait presque douloureux. Voilà que je me sentais au bord des larmes. Alors, pour échapper à cette métamorphose d'une conquête en un désastre, je me mis à chanter, à crier, à gesticuler, tout en avançant vers la forêt. J'imaginais que grand-mère Louise et pépère Jules, et aussi Francis Dugoujon, et Jackie et le chien Dick, et maman et mon père me voyaient, m'entendaient, se confiaient l'un à l'autre leur admiration pour ma sagacité, ma vaillance et ma réussite.

Quand j'atteignis les premiers pins, que je foulai l'épais et souple tapis d'aiguilles sèches, je me sentis apaisé. De l'intérieur, la sylve ne me donnait plus cette impression à la fois exaltante et inquiétante que m'avait procurée tout à l'heure la vision de sa masse illimitée. Maintenant, je goûtais le calme, le silence, le mystère qui régnaient entre les hautes colonnes. Je m'approchais des troncs pour observer l'écoulement odorant de la résine dans le godet fixé sous l'entaille de l'écorce. Je plongeai un doigt dans un godet, le retirai tout poisseux de sève, en reniflai le chaud, l'entêtant parfum — « l'air des Landes, de la résine, voilà qui chassera le voile du poumon » —, je me risquai même à le porter à ma bouche, surpris, déçu par ce goût de drogue pharmaceutique, ensuite mes lèvres restaient collées l'une à l'autre, je ne savais comment les débarrasser de cette glu qui m'écœurait légèrement.

Je ne faisais que quelques pas dans mon domaine, ne voulant point prendre le risque de m'enfoncer dans la forêt et, cette fois, de me perdre pour de bon, à moins que, monté sur ses échasses, un berger landais ne pût de sa vue perçante apercevoir l'explorateur égaré, le rejoindre à grandes enjambées, lui désigner le chemin du retour. J'avais beau regarder en tous sens et aussi loin que me le permettaient les rangées interminables des pins, nul berger n'apparaissait.

Du moins, j'eus le plaisir de découvrir, abritée sous le sommet feuillu d'un pin, l'une de ces huttes faites de branchages entrecroisés, montées sur un socle de quelques planches, où les chasseurs devaient se mettre à l'affût, attendant la venue des palombes. Une échelle étroite reliait la cache au sol. Je me mis à l'escalader, mais, arrivé au troisième barreau, il céda et je me retrouvai par terre, le dos endolori, fort penaud, mais conscient de ma chance que ce fût le troisième et non pas le dixième ou le quinzième barreau qui eût lâché. Je n'en regrettais pas moins de ne pouvoir accéder au poste de guet : il me semblait que, de là-haut, j'aurais pu déceler d'autres aspects et d'autres secrets de la forêt. D'abord, qui sait, peut-être voyait-on au loin, émergeant des frondaisons, les toits de notre demeure ? Ce devait être plaisant de reconnaître, malgré la distance, le havre familier et familial alors que l'on se trouvait soi-même, de tous ignoré, à tous invisible, au cœur de l'immense pinède. Et même, le temps était si clair, qu'en gagnant depuis la hutte, de branche en branche, le faîte de l'arbre, je n'aurais pas été étonné d'entrevoir dans le lointain les clochers de Bordeaux, puis, me tournant vers le point de l'horizon où le soleil dans quelques heures se coucherait, le trait d'argent de l'Atlantique.

En attendant, je demeurais tout en bas, les reins, les épaules, la nuque engourdis par le contact rude du sol ; des aiguilles de pin agaçaient de leurs piqûres mes mains, mes jambes nues. Il me faudrait me remettre sur pied et partir pour être rentré avant la nuit. Malgré l'inconfort de ma position et malgré la conscience de l'heure tardive, je ne parvenais pas à me décider. Je me sentais comme pris au fond d'un rêve à la fois irritant et envoûtant, et le dormeur se dit qu'il faudrait, qu'il pourrait, qu'il devrait y mettre fin, s'éveiller, rejoindre le réel, cependant qu'il se complaît à demeurer enseveli dans ces images, à l'orée du songe et de l'éveil.

Un vent léger s'était levé (Francis Dugoujon me disait : « A la marée montante, la brise souffle du large vers la terre ; tous les marins savent ça »). Il venait certainement de la mer, ce vent, comme en venaient ces nuages blancs effilochés qui passaient, haut, si haut dans le ciel, pareils aux voiles d'une escadre de goélettes, et, au-dessus de moi, les cimes des pins se balançaient comme les cordages, les filins et les pavillons aux mâts d'un navire. Ce mouvement des arbres et des nuées, ces clignotements du soleil caché, révélé, caché, révélé, ainsi indéfiniment, par le passage des cirrus, tout cela me donnait le vertige et il me semblait que le sol même, auquel mes doigts s'agrippaient, sous mon dos tanguait lui aussi. Bien qu'élevé hors de toute église, n'était-ce point pourtant une émotion quasi religieuse que j'éprouvais : à la fois joie et crainte également ineffables dans leur intensité ? L'émotion d'un voyageur que sa barque emporterait au seuil de l'inconnu : le passé fuit à tire-d'aile, et les êtres, les lieux, les gestes, les pays qui nous quittent, nous sommes soulagés de les perdre pour ce qu'ils offraient de monotone, d'usé, de ressassé, et nous sommes déchirés de nous défaire à jamais de leur domaine si rassurant, si tendre parce que infiniment familier ; le futur dresse devant nous son éblouissante cataracte où nous allons plonger, et nous frémissons d'impatience à l'idée de découvrir tout proche, immédiat, un ailleurs où nous-mêmes allons nous trouver si fondamentalement changés que peut-être ne saurons-nous plus qui nous étions ; et nous essayons en vain d'ensevelir au fond de notre sang l'angoisse qui, malgré nous, accompagne cette imminente et totale métamorphose du monde et de notre vie.

Oh ! sans doute, imprudent Poucet assis à présent sur ses fesses douloureuses, les yeux toujours levés au ciel dont le gouffre m'appelait, je ne me contais point en ces termes ce qu'il m'advenait ; mais c'était ainsi, ainsi, je le sens encore, je le sais, que s'emparait de mon âme enfantine, la bouleversant, la soulevant sans fin, le sentiment de l'étrange et du merveilleux, en cet instant, ce simple et mystérieux instant, indissolublement mêlés.

Mon exil à Gazinet me livrait enfin un trésor que j'avais désespéré de jamais atteindre — bien que je l'eusse à diverses reprises pressenti, par exemple quand je m'enfonçais avec Madeleine dans la « jungle » en bas du jardin de la route d'Ambazac, ou encore à travers les mots et les images de mon *Robinson,* comme au fil de la rivière dans la gravure anglaise accrochée au mur rue Bernard-Palissy — oui, un trésor : cet univers à l'état sauvage que la forêt, malgré son ordre, me semblait ériger par sa démesure, sa solitude, sa puissance comparable à celle du ciel ou du vent marin qui, maintenant, la creusait de sa houle murmurante.

Ma convalescence et ses grandes vacances allaient s'achever, et avec elles tout un versant de mon enfance. Demain, je serais cet élève qui devrait préparer dans l'ancienne et grise cité retrouvée ce redoutable examen destiné à obtenir la Bourse : ainsi pourrait-il poursuivre ses études et tirer d'embarras sa famille désargentée. Demain... Qu'importait demain ? Aujourd'hui, seul convive à ces noces de la forêt, du ciel et du vent, je me sentais promu au rang des rois, et je savais que demeurerait pour toujours, au fond de moi, tel un talisman, le souvenir de cette éphémère mais bienheureuse royauté.

OUVRAGES DE
GEORGES-EMMANUEL CLANCIER

POÉSIE

Une voix, édit. Gallimard.
Peut-être une demeure, édit. Gallimard.
Évidences, édit. Mercure de France.
Terres de Mémoire, édit. Robert Laffont.
Choix de Poèmes (avec une étude de M.-G. Bernard). Collection « Poètes d'aujourd'hui », édit. Pierre Seghers.
Oscillante parole, édit. Gallimard.
Le Poème hanté, édit. Gallimard.

CRITIQUE DE POÉSIE

André Frénaud, collection « Poètes d'aujourd'hui », édit. Pierre Seghers.
Panorama critique de Chénier à Baudelaire, édit. Pierre Seghers.
Panorama critique de Rimbaud au Surréalisme, édit. Pierre Seghers.
La Poésie et ses environs, édit. Gallimard.

ROMANS

La Couronne de Vie, édit. E. Charlot (épuisé).
Quadrille sur la Tour, édit. Mercure de France.
Dernière Heure, édit. Gallimard.
Secours au Spectateur, édit. Robert Laffont.
Le Pain Noir, édit. Robert Laffont.
* *Le Pain Noir*
** *La Fabrique du Roi*
*** *Les Drapeaux de la Ville*
**** *La Dernière Saison*
Les Arènes de Vérone, nouvelles, édit. Robert Laffont.
Les Incertains, édit. Robert Laffont.
L'Éternité plus un jour, édit. Robert Laffont.
La Halte dans l'été, édit. Robert Laffont.
L'Enfant de neige, collection « Plaisir des Contes », édit. Casterman.

ESSAIS

La Vie quotidienne en Limousin au XIXe siècle, avec la collaboration de Pierre-Sylvestre Clancier, édit. Hachette.
Terres de Mémoire, le Limousin, édit. J.-P. Delarge.

La composition de ce livre
a été effectuée par Bussière à Saint-Amand,
l'impression et le brochage ont été effectués
sur presse CAMERON
dans les ateliers de la S.E.P.C. à Saint-Amand-Montrond (Cher)
pour les éditions Albin Michel

AM

Achevé d'imprimer en juin 1984
N° d'édition 8452. N° d'impression 1163.
Dépôt légal : juin 1984.

Imprimé en France